立人天地

楼外寻梦

红楼女性赏析 续编

宋歌◎著

黑龙江教育出版社

图书在版编目（CIP）数据

楼外寻梦：红楼女性赏析：续编／宋歌著. --哈尔滨：
黑龙江教育出版社，2014.11
ISBN 978-7-5316-7973-8

Ⅰ.①楼… Ⅱ.①宋… Ⅲ.①《红楼梦》人物－女性－人物形象－小说研究
Ⅳ.①I207-411

中国版本图书馆CIP数据核字（2014）第281370号

楼外寻梦：红楼女性赏析 续编
LOU WAI XUN MENG：HONGLOU NVXING SHANGXI XUBIAN

作　　者　宋　歌
责任编辑　宋怡霏
装帧设计　八度出版服务机构
责任校对　吕　红

出版发行　黑龙江教育出版社（哈尔滨市南岗区花园街158号）
印　　刷　山东临沂新华印刷物流集团有限公司
新浪微博　http://weibo.com/longjiaoshe
公众微信　heilongjiangjiaoyu
E-mail　heilongjiangjiaoyu@126.com

开　　本　700×1000　1/16
印　　张　17
字　　数　220千
版　　次　2015年4月第1版　2015年4月第1次印刷
书　　号　ISBN 978-7-5316-7973-8
定　　价　30.00元

目录

目录

诗人作家视角下的《红楼梦》

丁广惠

我住通肯头，他居通肯尾

我和宋歌有着多半个世纪的不解友谊情缘，我们的故乡海伦，老老年叫作通肯城，是副都统庆祺将军的驻地。它所以叫通肯，是因为有条通肯河流经境内，城以河名。这通肯河虽无长江黄河那种一泻千里、白马素盖、惊涛拍岸的气概，却也有曲流婉转、浴星濯月、鲤游浅底、荻生滩侧的清幽。那清亮亮的河水，滋润着两岸沃野，人们在这里繁衍生息，连续不断的婴儿坠地呱呱之声在这里响起。先是河水穿过与通北的交界线，留下一个海北镇，1937年的呱呱声中，便有我的一声。河水西上南拐至与拜泉接壤处，留下一个伦河镇，两年后，宋歌也在那里啼出了他的第一声。我住通肯头，他住通肯尾，一条通肯河在冥冥中将我们联系在一起。

在无数同龄婴儿中，我和他绝对是普通得不能再普通了。毫无例外地经历了吃奶，裹襁褓，睡摇车，穿开裆裤和尿床，先后背着书包走进学堂。然而我俩却沉醉于古今小说美妙的虚幻世界之中，甚至也邯郸学步起来，一个共同的文学爱好在我俩的心里发酵。

当通肯河两岸蒲公英花开花谢十多次后，我俩先后升入了高中，一座海伦一中把我们汇集在一起。那时候我是校刊主编，他是特邀通讯员（后接任主编），于是我开始陆续读到他散发泥土清香的诗与小说，一个《前进》刊搭建了我们文字交的桥梁。但那时我们尚未相识，直到1955年初夏在操场一角召开的编委扩大会议上，有人指给我说："那就是宋汇滨！"在苍茫的暮色中，我看到了一位衣着朴素憨厚腼腆的青年，他便是今天的宋歌。他果然为人忠厚，于是我们开始了六十余年的交往，一个文学家的梦想成了我们共同的前进动力。

1956年和1958年，我们先后告别了海沦一中和心血浇灌的《前进》刊，我考入了辽宁大学中文系，而他却回到伦河中学当了教师。似乎命运厚我而薄他，然而1957年的那个运动，堵死了我的文学道路，转而向教学科研发展。而他却一步一个脚印地坚定地走他文学创作道路，由伦河中学而县文化馆，县文化馆而黑龙江人民出版社，成为著名的诗人和作家，而我则成了平庸的大学教师。一个运动把我们对换了位置，改变了我们的命运。

然而这并没有影响我们的友谊，无论是他身陷僻乡，还是我倒霉透顶的时候，我们的交往都没有中断，而且日益加深。不知是不是我们的友谊感动了上苍，反正我们后来先后分别由沈阳、海伦来到松花江畔，哈尔滨又成了我们聚首的地方，使我更有幸就近走进他的艺术园圃。我披阅了他第一部诗集《春风春雨》，让我仿佛回到通肯河畔，看到生产队的劳动场面，知识青年的汗水……我读到了他的中篇小说集《泪洒聊斋》，陶渊明那《归去来兮》的吟咏，潇湘的杜甫桨声帆影，李清照清宵的冷月泪光，蒲松龄的长夜烛火和曹雪芹新坟上的夕阳余晖……伴着我的青灯书案，走进古人的精神世界。他还送来长篇小说《混沌》《日蚀》《月晕》三部曲，展示混沌初开时北大荒的自然风光、风土人情和钟际士几代人创业历程……他的著作成了我们心灵交流的渠道。

2006年6月，我和宋歌携手参加"中国边疆文化研讨会"。似乎此会专为我们二人所设，因为那开会地点就在友谊县。我们自然要充分利用这一时机，会前会后把臂叙旧，举杯抒怀，西窗夜语，东皋放歌，登葱郁草莽覆盖的凤林古城，望七星山上的残堡古垒，我们的友谊如七星河水，浩荡而晶莹。在依依惜别时，我赠给他一首《友谊县赴会赠宋歌》：

少年同一梦，风雨各天涯。
恨未并韩柳，幸终成管牙。
月晕三部曲，文苑一枝葩。
携手来边地，西窗看落霞。

我在文学创作上确实无法与他相提并论，但我们的友谊却可以和管仲、鲍叔牙相比。八年后的2014年5月25日，我俩和在省里工作的原海伦市委首任书记钟雨亭、原副县长李元玺，以及在大庆工作的原《海伦报》总编王乐群聚会。我们正被浓烈的乡情友情和醇酒浸渍得逸兴遄飞之时，宋歌出示了一部《楼外说梦》，好家伙，那是前序后记外，十章四十八节，煌煌二十八万言的红学著作，另附咏红七律十首，立刻为酒兴增添了无限春色。

几天后，我还快意于《楼外说梦》的论述和文字的优美之中时，宋歌打来了电话，说他近期将有另一部红学著作出版，最想让它有个我写的序，以标记我们几十年的友情。而且这事不容商量，因为他已将它编入目录和写入后记中了，输入完就给我传来。我自然无法推脱。

一个月后，他传来电子稿《楼外寻梦》，于是我又一次沉浸在美的享受之中……

沁入骨髓的生命体验与诗的盛宴

当西山黄叶纷飞的深秋，穷愁潦倒的曹雪芹在悼红轩披阅心血呕成的《石头记》时，何曾想到二百年后在通肯河畔有两个青年学子为这部书而魂牵梦萦。然而我天性顽劣，虽然很小便喜读杂书，但喜欢的却是《三国演义》《水浒传》《说岳》《说唐》《三侠剑》《瓦岗寨》《薛丁山征西》……金戈铁马、朴刀杆棒类的小说，那些没有军阵厮杀、拳脚相斗的《绣鞋记》《梁祝姻缘》《秦雪梅吊孝》《金镯玉环记》等书则看不进去，于是我在小学第一次接触《红楼梦》时，只觉得索然无味，未及读完便还给书主了。当然后来也为之感情激荡起伏，但那是渐晓风月之后的事了。而宋歌则不然，他天生有着诗人的气质，有着诗人的丰富、细腻而敏锐的感情，林黛玉的一声叹息一滴泪水，都能砸得他心弦颤巍巍地鸣响。1957年，清冷月光下的沈阳新开河畔，在宁静的辽大图书馆，我拂去函套上的灰尘，打开《四松堂集》，搜寻与《红楼梦》诗词有关的资料。那心情是沉静的，思路是理性的。而同一月光下的千里之外的通肯河畔乡下摇晃的麻油灯光和袅袅的灯捻儿黑烟中，他正贪婪地读着《红楼梦》，他回忆说："有一天晚上，当我读到晴雯被逐和惨死的章节，我柔弱的心经受不住这样沉重的打击，不由得十分伤心，以致潸然泪下，眼泪一颗接一颗地落在书页上……从这个晚上起，我的心便生出一种苍凉……"

这就是诗人和教书匠的不同，宋歌是用他那诗人的心去读《红楼梦》。

另一次，也是1957年"那一年的暑假期间"，他"与父亲来到通肯河鱼亮子下网捕鱼，晚上在渔窝棚里读《红楼梦》"。窝棚里弥漫着"草的清香，花的甜香，蜂的蜜香"，棚外是"金星银月，虫音水韵"，父亲织网，他"则借着微弱的灯光贪读《红楼》。这时候，似乎书香与诸多的色香气味融合而为一了，形成了一种沁人心脾的气息直达心底：那便是青春的气息，艺术的气息，红楼的气息，文学的气息。……于是那种词采之美，音韵之美，那种激荡在书中的青春朝气便与不舍昼夜的通肯河水相融相会，形成了一种沁入骨髓的生命体验和难以言说的读书之乐，直到今天仍然拷贝在我的心底。"

这就是诗人与学者的不同，艺术鉴赏与学术分析的不同。宋歌以他诗人的视觉与炙热的激情、飘逸的妙想和飞扬的词采，将人、书、环境融成物我混同，天人合一，因而使他的读红成为"一种沁入骨髓的生命体验"，并拷贝在他的心底。

就这样，他一次次地读红，一次次地进行沁入骨髓的生命体验，一次次思想情感的升华，又一次次地拷贝于心底。"后来便渐渐……写起和《红楼梦》有关的文章了"，也就是今天散发墨香的《楼外寻梦：红楼女性赏析初编》和《楼外寻梦：红楼女性赏析续编》，就是他由心底再拷贝于缥缃之上读红的沁入骨髓的生命体验，以便再拷贝于读者心底。

因而决定了这部书的整体风格即最大特点不是三家村冬烘先生的刻板宣讲，也不是黄冠道士的庄严说教。它不同于胡适之的考据，蔡元培的索隐，冯其庸的治谱，陈毓罴、刘世德的辨伪，郭豫适、韩进廉的修史，孙逊的探脂，吴新雷的考迹，李希凡的宏论……它有着何其芳的宏肆，蒋和森的文采；它将抽象的推理、论断赋以诗的灵魂与外貌，使枯燥的文字化成华丽的乐章、天籁的交响和诗的盛宴。

首先，激情的倾诉。《楼外寻梦：红楼女性赏析续编》是作者将诗人独特的心灵体会化为诗的语言又宣泄于读者。情节的叙述，因果的探讨，人物的评价，都充满了诗人的激情，请看他对鸳鸯的评价：

> 曹雪芹在十分有限的篇幅里，以发烫的文字热情地赞颂了鸳鸯的“独立之人格，自由之精神”（陈寅恪语）。这种人格和精神的出现，令作者惊叹不已，在死气沉沉、铁壁合围的世界里，它无疑于一声惊雷震撼于天宇，能使万物复苏。毫无疑问，作者从中看到了新的生命的萌芽。这只浴血的鸳鸯，以血的鲜红展开了一面独立、自由的旗帜，当它在天空飘扬之际，这沉寂已久的大地，会有更多的新芽萌生。曹雪芹以他悲悼过去的眼睛，搜寻着，在鸳鸯之死的血光中，他肯定看到了一个他久已渴望的世界。

它不是鸳鸯的政治鉴定书，而是一曲火热的颂歌。当然，语言是夸张的，但这是诗人的倾诉。又如对平儿的评价：“平儿做事公平允当……她做事不偏不倚，恰到好处”。对于这个形象的意义，他说：

> 她的公关能力是一般人所不及的，在贾府的高楼深院中，她微笑着面对每个人，那张美丽的脸上对任何人都流露出温情、热情和真情……她是“夜夜的月圆”，以迷人的幽光抚慰着人心，她是“初放芽的绿”，总是给人以希望，她是“在梁间呢喃”的燕，努力给人们

的心头衔去温暖。四月，犁耕春野，播下种子，不久，目之所及便生长出一片绿的和谐。那么可以说，平儿就是贾府的四月天。

其次，情节的想象。文学作品中的空白，犹如绘画中的飞白，是作者不写之写，留给读者思考想象的空间。如曹雪芹并没有描写鸳鸯投缳时的心情与过程，而宋歌却以其诗人的想象，再现了那惊心动魄的一幕：

时至今日，每当我们读到鸳鸯之死的章节，我们都似乎看到她那双临死之前黯淡无主的眼睛，那里分明闪动着对生命执着的留恋和慨然赴死的决绝。她曾几度徘徊，她曾几次悲叹，她曾几次撩起衣襟擦去两腮的眼泪，望着长夜难明的天空，最后她的牙齿把嘴唇咬出鲜血，才把柔嫩的颈子伸向悬空的绳索，投缳而死。

鸳鸯投缳前的徘徊、悲叹、撩衣、擦泪、咬唇、伸颈的诸般动作，虽为想象，却系事之必有。合理的想象增强了人们对鸳鸯的理解与同情。又如金钏儿被逐，临走出贾府大门的那一刻的撕心裂肺的心情，在书中也是空白，宋歌也为我们展开了他那诗人丰富的想象：

当金钏儿“含羞忍辱”地走出贾家那朱红大门的时候……那高墙环绕的贾府，在她的眼中，渐渐地远了，那是一处伤心之地，一处剥夺了她无数天真的鬼域，一处囚禁灵魂的监狱。她不想回头，只把眼泪滴在前程未卜的迷途上，无目标地前行着，大概此时，她淌血的心已朦胧地想到，在前面等着她的那就是：死，她的眼前迷茫一片，有一眼井像巨兽张开的大口正在焦灼地等着她。

与其说是对金钏儿心理的想象，不如说是对贾府的宣判。

再次，诗力的渲染。一个立论，一个例证，或人物一个行为，有时宋歌为了突出其重要性，便浓墨重彩渲染得淋漓尽致。如他为了论证是贾府，是封建制度毁灭了尤三姐，便强调她入贾府前出身山野而清纯无玷，作为诗人的宋歌，没有将这一立论简单交代了事，而是用诗的语言大事渲染：

> ……在她短暂的生命流程中，是大自然的钟灵毓秀塑造了她，否则她的生命之花为什么会开得这般绚烂呢？她像一条没有照过人影的清澈小溪，在时光中无忧无虑地徜徉；她像一朵纤尘不染的白云，在晴空逍遥；她像牧童在牛背上吹奏的一声牧笛，悠扬地、细腻地在山野飘过，然后渗入人心；她像一株秋野的高粱，红颜绿袖地在秋风中舞着，含笑地望一眼山村的炊烟；她像一朵山道旁的野花，马踏车轧而不死，在四季里轮回……

这实际是作者对人物爱怜情感的宣泄，但却成功地在读者心中树起了尤三姐美的形象。

又次，诗的盛宴。《楼外寻梦：红楼女性赏析续编》是诗的海洋，不仅作者的行文具有浓重的诗情画意，而且还引用了大量古今中外诗人的诗作，按引诗先后顺序，它们是陈敬容、冯乃超、李金发、阿垅、冀汸、绿原、胡也频、蓬子、林徽因、戴望舒、韩作荣、闻一多、兰斯顿·休斯、卞之琳、昌耀、于右任、余光中、席慕蓉、沈从文等人的诗章。作者信手拈来，或冠以章首，统摄章意，或比况所论人物，作诗意解读；或以诗兴起，引领下文；或斜刺插入，佐证所论；或以诗作结，余韵袅袅……再辅上莎士比亚、托尔斯泰、鲁迅等人名句，将云章锦文连缀成琳琅缤纷的诗林；再加上一篇《香菱诔》和九首《咏红》诗，营造了浓浓的诗的氛围，让读者享受一餐诗的盛宴。

按创作规律的解析

《红楼梦》是什么？这是问题吗？是！因为关于《红楼梦》究竟写了什么，二百多年来有许多说法，有人说它是写清康熙武英殿大学士明珠家事，宝玉即其子纳兰容若；有人说它是影射顺治帝和董鄂妃；有人说它写明清民族斗争，“吊明之亡，揭清之失”；有人说它是曹雪芹的自叙传……直到现在，还有人说它是一部密电码；有人说它是一张沿北大未名湖的寻宝图；有人说它隐藏着清朝康雍乾三朝的宫廷斗争。然则，《红楼梦》到底为何物？很简单，它就是一部伟大的现实主义文学作品。

作为已出版八部长篇小说和四部中篇小说集的宋歌，很自然地没有把它当作密电码或推背图，而是把它看作曹雪芹经过“披阅十载，增删五次”写成的一部长篇小说，他的笔，犹如庖丁的解牛刀，是顺着现实主义创作规律的纹理，解析曹氏的创作意图、创作方法和艺术技巧的，读者便沿着他踏出的柳径花蹊，欣赏《红楼梦》琳琅满目的风光。

第一，《红楼梦》是现实的艺术反映。

和所有文学艺术作品一样，《红楼梦》不是作者凭空臆造的，是康雍乾社会现实在曹雪芹头脑中的反映，如果没有当年曹家江南织造，秦淮繁华，亏空抄家，到举家食粥酒常赊的经历，就不会有《红楼梦》。作品之所以成功，是和作者的经历和对题材的熟悉分不开的。他在分析刘姥姥人物形象时，特别指出作者在现实中曾经接触过这类人物：

> 她的形象像生活本身那样真实和本色，原因就是作者对于这样的人物有过接触，对她们了解得很深，所以作者在描写这样人物的时候，举手投足间已见性格。

也就是这个形象来源于现实，来源于生活。但同样的生活经历，为什么别人写不出伟大的作品呢？还有作家的头脑——先进思想与艺术才能亦即作家典型化的过程。为了让读者明白这个道理，他引用了刘敬圻先生一段话，并在引文后说：

> 这段引文有极强的概括性，它深刻地说明了曹雪芹为什么写下《红楼梦》，因为他曾遭遇了大不幸，与书中人物的遭际感同身受，他是带着伤、流着血、和着泪写下这些文字的，这是一部血写的书……

曹雪芹取材于自己"遭遇的大不幸"生活，加以艺术处理，所以才能与其"感同身受"，才能使作品取得成功。

第二，揭示环境对性格形成的重要。

恩格斯在《致玛·哈克奈斯》的信中说：

> 据我看来，现实主义的意思是，除细节的真实外，还要真实地再现典型环境中的典型人物。(《马克思、恩格斯选集》，人民出版社1972年版，第4卷，第462页。)

宋歌曾经多次按着现实主义创作原则在他的小说中构造人物赖以产生和生存的典型环境，所以他在评论《红楼梦》时也轻车熟路地告诉我们，人物所处的典型环境的诸般影响决定人物的命运：

> 一切悲剧的发生都是环境、条件、偶然因素和必然因素的巧妙配合。如果这些因素排除了或然性而可怕地交织在一起，那么一场悲剧想躲也难以躲过。

他以尤二姐为例：

> 我们可以责备尤二姐的性格懦弱，却不能说她原本就是一个淫荡之人，一切都是环境使然。“橘生淮南则为橘，生于淮北则为枳”，此非他，水土异也。我们不妨逆向想一下，如果贾府果真是个名副其实的“诗礼”之家，子弟均以“仁义礼智信”为行为准则，那么自然就不会在这个“诗礼簪缨”之族有淫荡败行的行为存在，尤二姐就可以有个清白之身，可以毫无愧色地面对后人了。

正因为原本清纯无瑕的尤二姐处于这样的险恶的人际关系之中，悲剧就是不可避免的了。环境也包括人们所处的政治关系和经济关系，它们也制约着人们的思想行为，他以贾母的追求快乐享受为例：

> 贾家数代的政治资本和丰厚的经济基础都为贾母追求快乐创造了有利条件，她只要利用一下这些条件就行了。山珍海味，绫罗绸缎，亭台楼阁，山溪美景，这一切都是贾母追求快乐的物质基础。如果没了这些，她老人家的快乐也就没有根基了。我们可以发散一下思维，如果把这位老太太放在破瓦寒窑，求一饱而不可得，寒风吹着满身破絮，又不时有虱蚤来叮上一口：处在如此这般的环境，心中恐怕只有速死之意，还何来追求快乐之心呢！

环境不仅决定人物的思想情感，作者还告诉我们，环境还决定人物性格的形成和特点，如刘姥姥的生活环境是农村大地：

> 刘姥姥出身农村，一生下来就与泥土相亲，自然她胸中就涵有一种雄浑朴野之气，所以她胸怀广阔，能够像大地那样包容一切；她生在乡野，长在乡野，从小就得到了大自然的恩赐，所以她的处世哲学便能够顺应自然之理，积极而又灵活；她的社会地位是低下的，饱尝了苦难的人生况味，所以她坚忍而又顽强。她大概是生在幽燕之地，

那里自古便多慷慨悲歌之士，她受到了一些濡染，所以身上便有一股侠义之风。

从环境入手，宋歌为我们阐释了《红楼梦》人物性格形成的原因。

第三，人物形象的典型性。

现实主义文学创作方法，其主要特征是塑造典型环境下的典型形象。《红楼梦》塑造了四百多个人物，其主要人物都是典型化了的形象，是那一时代某一类型人物的典型，《楼外说梦》中的黛玉、宝钗等十个人物是如此，《楼外寻梦》中鸳鸯、平儿等九个人物也是如此，所以作者在解读人物形象的同时，总是要告诉读者它的典型意义，如王夫人的形象：

> ……曹雪芹虽然只写了一个王夫人，实则是概括了一个社会典型。他们盘踞要津，高高在上，由于亲小人而远君子，两耳失聪，双目不明，所以尽做些颠颠倒倒的事情。他们不知悔过，因而一错再错。王夫人就是这一“千古庸流”形象的浓缩，有很高的审美价值。

当然，典型化不等于同一化，概括性不等于概念化，每个典型都是活生生的具有鲜明个性的形象。曹雪芹就是这样做的，而宋歌的任务，犹如导演说戏，解说每个演员独特的性格特点，只不过导演是向着演员，而宋歌是向着观众。他是怎样引导读者认识典型形象的独特性呢？

一是比较异同。他将《红楼梦》人物按其共同特征分成不同的类别，再探求他们的相异之处：

> 在这部百科全书式的伟大小说中，有多组人物都是在对比的描写中展现了他们性格的异同，这就使人物的形象更丰富、更鲜明。比如贾宝玉之于甄宝玉，林黛玉之于晴雯，薛宝钗之于袭人，在他们的性

格对比中，既有同中之异，也有异中之同，在作者的笔下各显风采、各具形态，形象鲜活、呼之欲出。

他还具体地为读者比较了贾母与刘姥姥、尤二姐与尤三姐……形象的异同。有时他还将多个相类的人物放在一起比较。如鸳鸯、晴雯、袭人，她们相同处都是供人支使的女奴，但是在个人心态方面，却是各异：

鸳鸯是个识时务的姑娘，她清楚地知道，与其抱恨终生，莫如随遇而安，所以她在贾母身边，开始了尽职尽责的服务工作。她不像袭人，欣赏奴才的生活，安于奴才的生活，并且时时觊觎宝玉姨娘的位置，所以心中总是躁动不安的；她不像晴雯，像烈火借着风势那般燃烧，要扫荡世间的一切不平，然后自己也被烧成灰烬。

二是换位置思考。作为一个很有成就的作家，宋歌当然懂得人物的思言行为是受着他的性格支配的，同一情况，不同性格的人物各有不同的表现，所以他在分析某人的个性时，往往设想换成另一人时将会出现什么结果，从而向我们展示曹雪芹所塑造人物具有的鲜明特征。如叙述平儿时：

平儿处在那样重要的位置，又深得王熙凤的信任，如果换了袭人又将是怎样的情景呢？那一定得狐假虎威起来，日进谗言，夜行诽谤，把一切处在与她同等地位的人都看做仇敌，她一个人就差不多等于一个克格勃机关了。然而平儿始终不搞同类相残，也从来不在熙凤面前打小报告，不当人前议论人丑，也不当主人月旦人非。对败行者贾琏也时有袒护。但在大事面前，她的态度还是是非分明的。

这虽然是宋歌的设想，然而这却是根据袭人性格的合理推断，也是袭人性格的必然发展，从而论证了不可替代的独特人物性格特征。

第四，注意细节描写。

细节描写是现实主义文学作品不可缺少的部分，譬如庄严巍峨的大殿，细节描写就是那一砖一瓦和梁栋上笔笔彩绘；又如清澈万里的月空，细节描写就是那繁盛闪烁的星斗，它能使作品，使人物形象更具体丰满。《红楼梦》对此非常注意，宋歌的艺术分析自然也对此非常注意。他可以指出一个细节描写，让你理解曹雪芹的高明，如以《红楼梦》鸳鸯的肖像描写为例：

这是一幅工笔肖像画，曹公从穿戴到长相一一勾勒，细微之处，甚至到几点雀斑；这几行文字变成了优美的线条，把鸳鸯的形象活脱脱地画出来了。雀斑点腮，不但不掩其美，反增其媚。这便是作者的高明之处。它不像其他的中国古代小说，描写美女往往美得无以复加，不见一丝陋处，这便有些假了。而鸳鸯的形象，我们一见不忘的原因，恐怕倒不尽是那美丽的"鸭蛋脸面，乌油头发，高高的鼻子"，反倒是那令人难忘的"两边腮上微微的几点雀斑"。如果这几点雀斑长在一个丑陋之人的脸上，只能雪上加霜，更增其陋，而唯有长在像鸳鸯这样的可人的女儿的脸上，才会生出许多灵秀之气。大师对于描写人物的辩证法已经掌握到炉火纯青的地步了。

宋歌有时让我们注意书中人物的几个动作，然后解释它的妙处，如林黛玉初入贾府，被贾母"一把搂入怀中……"的细节描写：

"那一把搂入怀中"的动作以及"心肝儿肉"的大叫，又加上"大哭"，把心中压抑了许久的大痛、大爱、大怜淋漓尽致地表现出来了，也应该说是贾母对黛玉怜爱的一次大大的宣泄。从此黛玉便生活在外祖母的怜爱之中，羽翼之下。

有时作者的动作描写，看似不经意的用词，宋歌也能为我们挖掘出这个细节作者的艺术用心：

> 虚弱的黛玉要坐起来，但已坐不住了，紫鹃就挨近她，“倚在旁边”，她要用自己之力满足黛玉坐一坐的愿望。一个“倚”字，重如千钧，把紫鹃理解黛玉、关怀黛玉、心疼黛玉等复杂的感情一字写尽。此处续书作者虽然没有写紫鹃的表情如何，但我们却分明看到了她强忍泪水的表情，她为无力回天而自责着、痛苦着，那是人间的最大悲痛！

这是高鹗的文字，但宋歌是文学家，胸中没有门户之见，所以也没有那种不贬几句高鹗便显不出自己高明的毛病。又如王夫人逐出晴雯：

> 在金钏儿面前，王夫人暴露的是凶狠的本性，而在晴雯面前则暴露出残暴的本性。斯时晴雯已病入膏肓，……然而王夫人却命恶奴们“如今现从炕上拉了下来，蓬头垢面，两个奴才架起来去了”。大病的晴雯，在王夫人的淫威面前，像一根柔弱的小草，被恶风连根拔掉。一个“拉”字和一个“架”字，把王夫人的残暴“入木三分”地写尽了，也写绝了；那是一个女孩流不尽的泪和揩不尽的血，是痛苦无告的呜咽和肝肠寸断的控诉。

就这样，宋歌以他与曹雪芹相通的艺术感悟，为我们一一展示作者细节描写的艺术匠心，使我们享受了一餐美的盛宴。

阶级性与人性

在艺术形象的各种属性中，阶级性和人性是重要的，也是历来纠缠不清的属性。毋庸外调，也毋庸查档案，曹雪芹不是共产党员，也不是无产阶级，不懂也没听说阶级性和人性。他只是真实地形象地塑造他的人物形象，再现当时的社会现实。用阶级观点去分析作品、评价人物，那是曹公“一片铭旌”二百多年以后的事了。用今天的尺子去衡量古人的作品，还可以吗？从理论上是不错的，因为我们都承认，人们的出身、职业、年龄、文化素养都影响人们的思想情感，那出身自然也就包括阶级出身。《红楼梦》尽管写于封建社会，也不可避免地打上阶级的烙印。宋歌在作艺术分析的时候，也为读者指出了这点。他在分析贾母与刘姥姥这一对老年妇女性格的异同后说：

> 阶级分野，自然便使她们的思想意识大大的不同，对于“日日筵宴，夜夜笙歌”的生活，刘姥姥自然会认为奢侈，而贾母却认为很是正常。

宋歌在剖析平儿、尤氏姐妹、刘姥姥等众多人物形象时，都十分重视她们的出身，实际也是她们的阶级出身，并以此为基础论述他们的性格特点。

阶级分析的方法，和其他艺术分析方法一样，有它自己的适用范围，超过一定的限度，就会产生不好的效果，如在以阶级斗争为纲的时代，《红楼梦》研究无限上纲，从而庸俗化了阶级分析的方法。人物性格的特点与发展，受着阶级出身的影响，但也不完全决定于阶级出身。比如晴雯与袭人是两个截然不同的形象，但她们都出身下层，并同为宝玉房中的女奴。又如尤二姐与尤三姐，她们同出一个平民家庭，性格特征却有天壤之别。可见决定性格成长还有其他因素。按阶级斗争观点，晴雯与宝玉、鸳鸯与贾母是奴仆与主子的关系，分属统治阶级和被统治阶级，他们之间的关系应该是你死我活的敌对关系，是不会产生纯真爱情或互敬互爱的情感的，然而《红楼梦》所表现的现实却与此相反，这是为什么呢？宋歌解释道：

> 贾母爱护鸳鸯，自然是由于她生活中需要鸳鸯，但我们也不能否认，主仆二人长期相处，产生了一种超乎等级界限的感情，那是一种谁也离不开谁的感情，虽不能说心心相印，却也难解难分。因此，鸳鸯对贾母的侍奉才越来越尽心尽力；贾母对鸳鸯的依赖也越来越深。鸳鸯忠心报主，贾母回护仆人。这是合乎世间人情道理的。

他是用“世间人情道理”来解释的，而且还是“一种超乎等级界限的感情”。他还说：

> 一颗苍老的心和一颗年轻的心靠得越来越近，两种不同的感情像两水汇流一般地融合，她们既是主仆，又是忘年之交。贾母把那种老妇人对儿孙的怜爱给予了鸳鸯，鸳鸯则把对祖辈的尊崇和爱戴给予了贾母。这种关系只能用人间存在的普遍人性来解释，用阶级分析方法来解释，就未免胶柱鼓瑟了。

超越阶级界限的“普遍人性”存在吗？这是纠缠学术界许多年的老问题。以阶级斗争为纲的年代，人们谈“人性”色变，认为“人性论”是资产阶级的谬论，不同阶级之间，是不能产生爱情的，那硬朗朗的证据就是“贾府的焦大，也不爱林妹妹的”，但这只是说焦大不敢，不敢和不想是两回事，假如林黛玉成了罪犯家属，拉出去配人，焦大要不要？连同上世纪争论的爱情存不存在于统治阶级之间，《长恨歌》中李隆基对杨玉环的爱是不是爱情？都没有真正解决。宋歌不囿于成见，用“人性”来解释鸳鸯对贾母的情感，并非无的放矢，而是有其理论根据的，他说：

> “老吾老以及人之老，幼吾幼以及人之幼”，尊老爱幼也是中华民族的传统美德，这种美德不是封建统治阶级的专利，它存在于普遍的

人性之中。不止鸳鸯有焉，只是鸳鸯把它发挥到了极致而已。我们如果从这一侧面来赞美鸳鸯，一切悬疑都可以迎刃而解了。

传统道德为什么“存在于普遍的人性之中”呢？因为敌对阶级的双方总是互相依存的。封建地主阶级与农民阶级，资产阶级与无产阶级都是生活于一个矛盾统一体中，一方面，它们矛盾着，斗争着；另一方面，它们又以自己的思想观点影响着对方。特别是统治阶级以其统治地位，使统治阶级思想成为统治思想时，儒家的道德观与价值观便成为普及的观念，于是一些传统道德便会超越阶级界限而成为中华民族的共同行为准则。

然而，这仍是个有争论的问题，宋歌用人性的观点来解读《红楼梦》，与阶级分析方法互为补充，表现了他的勇于突破传统观念的探索精神和不媚俗不随时的学人品质。

针砭时弊与菩萨心肠

《楼外寻梦：红楼女性赏析续编》是红学专著，但不像一般学术著作那样一脸严肃道貌岸然，宋歌称其为大散文，文笔时而凝重，时而轻松；时而浓墨重彩，时而横笔直叙；时而饱含深情，时而诙谐隽永；或信手拈来，引诗作证，或斜刺里一笔，直指现实……

笔谈红楼却时时联系现实，是《楼外寻梦：红楼女性赏析续编》的一大特色。如叙述第三十八回，“写到大摆螃蟹宴的时候，鸳鸯不但敢于和凤姐开玩笑，给凤姐好一番奚落，而且竟然敢把剥蟹壳的手向那张娇滴滴的脸上抹去”，而作为主子的凤姐却“央道：‘好姐姐，饶我这一遭罢。’”对此，宋歌写道：

……奴才敢于和主子这样说话，确定是不同寻常的，从中我们不可以看到鸳鸯地位的特殊吗？这与今天某些机关单位的头儿向上级机关单位的头儿身边的秘书之类拍马屁、献殷勤是一个意思，此无他，为了官运亨通也。

行文百忙里突然一勾连枪，将“今天”的官们拍顶头上司身边秘书的马屁拉入文中，这不是闲笔，不是噱头，也不是卖萌，而是承担着重要的艺术职能。

首先，它形象地图解了曹雪芹的艺术匠心。

用浅近的熟知的事物比况较为生疏的事物，以今释古，是训诂学中一种常见的释义方法。引入写作中，就使文意更加清楚明白。凤姐的奉承鸳鸯，关系非常微妙，尽管宋歌道出那是因为：“有一千个心眼子的王熙凤岂能不知，鸳鸯是她沟通老太太的一座桥梁，如果没有鸳鸯做中介，有好多事情是办不成的。这也是足智多谋的王熙凤等人聪明之处。”但这毕竟是理论上的说明，而同时与现实中向上级头儿秘书拍马屁相比况，书中微妙之处立刻豁然开朗。又如，王熙凤为贾琏娶尤二姐事打了平儿，平儿受委屈反而向凤姐磕头赔礼：

> 平儿心有大局，而她的主人王熙凤便是身置大局中的一个重要角色，平儿不看她的眼色行事还能看着别人的眼色行事吗？这正像今天的一个单位，一把手成了绝对的权威，党政财文大权一把抓，放个屁都是香的，你不围着他转行吗？所以平儿必须把眼睛紧紧地盯在王某人的身上，从她的一喜一怒一颦一笑中体悟玄机，然后按照这位领导的意图行事。所以这次平儿把自己从一个有理之人变成无理之人，磕头且道歉，也是这种政治游戏在二百多年前的一次精彩呈现。

一个熟知的“官场游戏”，形象地解开了平儿不合理行为的奥秘，是平儿熟知凤姐好面子，才“让凤姐赚足了面子”，是凤姐的权势地位使平儿不得不磕头赔礼。

其次，使行文充满了跃动的灵气。

一支笔，忽而古代，忽而今日，在叙述死气沉沉的贾府时，泄入一股不同时代的水流，使文笔跳宕，文气翻转，打破宏文巨著的沉闷，使行文充满跃动的灵气。宋歌的笔，涉笔成趣，嬉笑怒骂，皆成文章。如叙黛玉初入贾府，分配给她众多的丫环仆人：

> 这个待遇是不低的，连如今的省级干部也不可望其项背。生活秘书、勤杂人员应有尽有，只是没有笔杆子陪侍左右；这也不足为怪，因为黛玉不必把整天发表演讲或作报告，作为自己每日生活的主要内容，她还要吟诗作赋呢。黛玉虽然初到贾府，那级别就已经很高了，可谓一跃龙门，身价十倍，享受了高级干部的待遇，可以住豪华的大宅，可以有众多的生活服务员，只是没有豪华的进口车可坐，是稍稍引为遗憾的。

叙的是清人的事，用的今日流行词语，其意不在讥讽，而只是使文笔变得十分俏皮、幽默和诙谐。有时兴之所至，信手一笔，如灵峰飞来之石，它使文眼全活。如叙刘姥姥的亲和力：

> 刘姥姥不愧是一个善于公关的人，见啥人说啥话，称呼别人是那样谦恭得体，语言是那样深入人心，见着这样谦和的老人，就是“门难进，人难见，脸难看，事难办”的人民公仆坐在舒适的老板椅上，也会暂且抬起尊贵的头，对老妪皮笑肉不笑一番。这老人的公关能力着实了得，进入侯门如海的贾府，也倒没费多少周折。

再次，透露出宋歌对现实丑事陋习强烈的疾恶如仇的感情。

一个现实主义诗人和作家，总是以先进的世界观和价值观去观察他所生存的社会现实，必然会敏锐地发现现实中的丑恶事物，并予以强烈的谴责，因而文中对它们的有力的鞭挞，就是顺理成章的了。叙平儿妥善处理柳五儿茯苓霜冤案：

用今天的话来说，就是突出了审理案情的人性化。如果采用王熙凤的简单粗暴办法，一板下去便可铸成冤狱。君不闻河南省有个赵作海，本未杀人却屈打成招，被判死刑，那几个人模狗样的办案人员所采取的办法，就是主观臆断，就是逼供信，跟他们的老祖宗王熙凤何其相似乃尔。他们的良心已被狗吃了，他们成了草菅人命的代名词。他们真该请这位二百多年前的小女子为师了。

维护正义之情可感，鞭挞丑类之声可闻。综观这些夹叙，他最痛恨者有二：一是贪赃枉法，买官卖官：

有了钱又可以买来“权”，贾家为了他们的不肖儿孙不是捐了官吗？就像今天的所谓企业家可以用钱买来政协委员和人大代表似的。可诅咒的历史，偏偏又这样走了一圈儿。

二是淫乱的丑恶现象，对“小姐”“二奶”，特别是色狼淫官，给以无情的口诛笔伐：

如果同今天某些“领导干部”相比，贾琏倒成了“贞节烈男”了。君不见有的人已淫五百女人，但犹感不够，还有三百女人在行淫计划之内吗？有的甚至恬不知耻把与女人的性感觉写入日记，有个把“三奶”已属平常了……

这些材料都是真实的，都见之于报端；宋歌的憎恶之情也是真实的。因为他是性情中人。真正的性情中人与中央的反腐精神总是一致的。但是这些针砭时弊的文字，却不是写作大纲之外的游离“情节”，不是政治小段，读来非常通顺和谐。那原因除了前文所说，用作比况与浅释外，还有作者用以警示后人，勿让历史重演的手法，使文气畅通。如叙贾琏偷娶尤二姐：

在这帮纨袴子弟引诱下，最后做了贾琏的妾，也就是今天那些腐败官员们藏在金屋中的所谓“二奶”吧。历史嬗变轮回，在某些时候竟出现了相同之处，不亦悲哉！

就文意说，是作者警告世人勿蹈前辙；就写作手法说，是文末述旨，自我解释了引入时弊的原意，从而使其不成赘疣，金镶玉嵌般地与正文融为一体。

《楼外寻梦》是将《红楼梦》这个七宝楼台一件件拆开，让读者看它的榫卯是如何组装一起的，我的序文则是将《楼外寻梦》一件件拆开，让人们看它是如何拆解《红楼梦》的。余之视宋歌，犹宋歌之视曹雪芹。宋歌在书中曾引用了卞之琳的《断章》，我也借来做本文的结尾：

你站在桥上看风景，
看风景的人在楼上看你。

明月装饰了你的窗子，
你装饰了别人的梦。

2014年6月12日于哈尔滨师范大学凤兮斋

第一章

一只追求自由的单飞的鸟儿

——鸳鸯

题记

苦难是骄矜者的王国，
那里日夜枯萎着生命的花朵；
当月色清冷或灯火青苍
曾经燃烧的梦魂
僵化于绝望的土壤。
——陈敬容：《水和海》

追求柔魅的死底陶醉，
飞蛾扑向残烛的焰心，
我看着奄奄垂灭的烛火，
追寻过去的褪色的欢忻。
——冯乃超：《残烛》

一、鸳鸯，以自由之身飞向天国

在《红楼梦》中，鸳鸯或许不是很重要的人物，但却是很关键的人物，她短促的生命的灵光一闪，把十分晦暗的红楼世界辉耀成一片光明。她虽然是被压在最底层的“家生女儿”（就是买来的奴隶在主人家所生的女儿），受的苦难最重，受的欺凌最深，但她并没有屈从于命运的摆布和捉弄，而俯仰于人，相反，她独立的人格和追求自由的精神却放射出异样的光彩，在红楼女儿中可谓一个特立独行的人物，好多人物和她相比，都相形见绌了。只有性情烈如“暴炭”的晴雯可以与她比肩，她们像并列双峰屹立在红楼世界，也屹立在人们的精神世界。人们望着她们，连委顿的心灵也为之一振，受着她们精神的启迪，也要重新思索一下自己的人生了。当她们颓然倒下的时候，我们在擦干悲悯的眼泪之后，都会发出来自心底的慨叹：“泰山其颓，则吾将安仰？”竟有了一种无所皈依的感觉。

在这里，我们绝不是矫情，她们如火焰般燃烧的生命，的确深深地触动了我们的心灵。让我们追问，一个个美如花朵的生命是因何寂灭的？在追索过程中，我们当然会想到诸多原因。想到晴雯死于被逐，鸳鸯死于抗婚；一个病死，一个缢死，她们死的方式虽有不同，但背后伸出的却是同一双黑手，那就是封建统治者那双沾满血腥的黑手。

鸳鸯是贾母的贴身丫鬟，那地位自然与别个丫鬟不同。她就像当今一些领导干部的生活秘书一样，与首长朝夕相处，须臾不离，因此也便日久情深，首长便把秘书当作家人对待了，因而秘书也就因首长而得宠、因首长而得势。在狗眼看人低的时候，秘书也便因首长一样成为一些人眼中的庞然大物了。鸳鸯可谓贾母的生活秘书，女孩子的地位是极为特殊的：她既是奴婢，但又是特殊的奴婢。在贾母风烛残年、来日不多的日子里，由于鸳鸯精心侍候，老太太的每个日子才过得这般滋润，才使这位每日里把追逐幸福、快乐视为第一要务的老人，觉得自己的每一刻光阴像珍珠般发光发亮。

应当说年事已高的贾母心灵是十分孤独的，虽然白日里儿孙绕膝，她似乎享受了应该享受的天伦之乐，夜间却每每有一股浸骨浃髓的孤凄之感萦绕年迈的心头；她不能每天都像李白所追求的那样——秉烛夜游，在所剩的时间里，难耐的孤零会像老鼠一样啃啮着她的心，这对于像贾母这样的老人来讲无疑是十分残酷的。这时，在摇曳的烛光里，她会发现鸳鸯俏丽的身影，那双大大的天真的眼睛正在含笑地望着她老人家，那是一双会说话的眼睛，在无声无息的交流中，大概老太太心中会升起一股暖意吧，于是一股温馨便甜蜜地在心中泛起，立刻消融了老太太的孤寂。贾母怎能不把鸳鸯另眼相看呢。

主仆的心就这样无声地靠近了。鸳鸯不仅成了贾母出行的拐杖，也成了能够慰藉心灵的亲人。我们甚至可以这样说，在贾母最后的岁月里，鸳鸯给予她的温情和安慰要比子孙们多得多。贾母爱护鸳鸯，自然是由于她生活中需要鸳鸯，但我们也不能否认，主仆二人长期相处，产生了一种超乎等级界限的感情，那是一种谁也离不开谁的感情，虽不能说心心相印，却也难解难分。因此，鸳鸯对贾母的侍奉才越来越尽心尽力；贾母对鸳鸯的依赖也越来越深。鸳鸯忠心报主，贾母回护仆人。这是合乎世间人情道理的。

有人或许会说，由于阶级的不同，贾母和鸳鸯的彼此关系不会存在什么真诚的感情，她们二人不过彼此互相利用而已，因为阶级的分野，她们的思想不会相通。这或许有一定的道理，但此论却忽视了她们生活的时代背景和她们的特殊关系。特殊性往往会把一切排除掉，按照自己的路径去发展，有时会出现一个令人难以想象的结果，鸳鸯与贾母的关系似应以此种观点视之，才可近乎历史的真实和生活的真实。

贾府上上下下，对于她们主仆这种特殊关系是有目共睹的。人们顺应这种关系，也尊重这种关系，所以大家也开始尊重鸳鸯。连凤辣子见着鸳鸯都得退避三舍呢，何况他人！人们都心知肚明，实质上人们尊重鸳鸯乃是尊重贾母，否则一个“家生女儿”，比一般奴婢还要矮三分，尊重她确实是缺乏理由的了。

聪明的鸳鸯充分地利用了这个特殊的身份，在贾府的角角落落，挺直身腰，昂然走过。人们都像对待贾母一样，对她投去艳羡的目光。但鸳鸯没有因为得宠于贾母，而把自己的脑袋弄得发昏，找不着北，她仍然惜老怜贫、尊长爱幼，尤其对弱者屡屡投去关切的目光。她的目光往往像春光一样，把人们心中疑虑的坚冰化掉。如对司棋和潘又安的私自在园中相会，她便把大事化小，小事化了，不仅如此，她反倒真诚地自责起来，似乎司棋和潘又安事情的发生，倒是自己的过失了。

她自在地在那片天地活着，好像比别的丫鬟有更多的自由。然而令她做梦也难以想到的是，在她的背后，早有一双色狼的眼睛把她紧紧地盯住了：那就是贾家大老爷贾赦的眼睛。他要把鸳鸯攫住，拉到他那肮脏阴暗的屋中，做他的妾。

一场人格的冲突不可避免地爆发了。如果是袭人之辈，可能把赦老此举看作是头上的福星高照呢，然而鸳鸯，这只决意一辈子单飞的鸟儿，断然拒绝了邢夫人恬颜的引诱，嫂子无耻的劝说，哥哥情急的逼迫，并剪下青丝一缕以明志，把色狼贾赦拒之千里之外，把她独立的精神，张扬得惊天地、泣鬼神；这时，她也知道庇护自己的老太太已如风前之烛、瓦上之霜，死亡只是倏忽之间的事，所以她已下了必死的决心，老太太一旦驾鹤归西，她便自尽而死，在她看来，自由比生命更重要。

这只追求自由的鸟儿，果然在贾母殁后自尽了。鸳鸯，本是双息双栖的鸟儿，然而在金鸳鸯的命中却注定了她是一只孤独的单飞的鸟儿；名字却与命运相反，她未能和自己意中人双宿双飞，而是孤单地飞去了，飞向另一个世界，泣血的哀鸣在人间回荡着。她以死抗争自己的命运，打破了贾赦的“凭他嫁了谁家，也难出我的手心”如意算盘和恶毒的计谋，以自由之身飞向天国。

曹雪芹在十分有限的篇幅里，以发烫的文字热情地赞颂了鸳鸯的“独立之人格，自由之精神”（陈寅恪语），这种人格和精神的出现，令作者惊叹不已，在死气沉沉、铁壁合围的世界里，它无疑于一声惊雷震撼于天宇，能使万物复苏。毫无疑问，作者从中看到了新的生命的萌芽。这只浴血的鸳鸯，以血的鲜红展开了一面独立、自由的旗帜，当它在天空飘扬之际，这沉寂已久的大地，会有更多的新芽萌生。曹雪芹以他悲悼过去的眼睛，搜寻着，在鸳鸯之死的血光中，他肯定看到了一个他久已渴望的世界。

然而，这却是红楼一梦，梦是虚幻的，曹雪芹的理想世界也是虚幻的。

他在《红楼梦曲》中说：

为官的，家业凋零；富贵的，金银散尽；有恩的，死里逃生；无情的，分明报应。欠命的，命已还；欠泪的，泪已尽。冤冤相报实非轻，分离聚合皆前定。欲知命短问前生，老来富贵也真侥幸。看破的，遁入空门；痴迷的，枉送了性命。好一似食尽鸟投林，落了片白茫茫大地真干净！

鸳鸯，这最后的一只鸟儿也哀鸣着飞走了，此时这个世界还能剩下什么呢？只能剩下一片白茫茫的大地了。鸳鸯之死，预示着贾家的气数将尽，这便是我们在前面认为鸳鸯是书中的一个关键人物的原因所在。她是一个特殊的人物，在文本中以一个特殊的存在起着特殊的作用。她的生命虽然短暂得犹如夜空中的流星一闪，但她的光辉却永远辉耀着红楼世界，昭示了“自由精神、独立人格”之可贵。这便是这个人物的艺术价值和审美价值。

中伤的野鹤，
从未计算自己的命运，
折翼死于道途，
还念着：多么可惜的翱翔。

李金发：《诗人凝视》

二、鸳鸯的智慧

鸳鸯父亲的名字叫金彩，与妻子一起在南京为贾家看房子，为人大概比较老实持重，很受贾府的青睐吧，所以才得到了这么一个不用出多大气力的闲差。但他们夫妻“从不大上京”，长期待在南京为贾府效力，很是忠于职守。鸳鸯还有一个哥哥，名字叫作金文翔，可能也是因为比较老实肯干，当了“老太太那边的买办”，媳妇呢，则做了“老太太那边浆洗的头儿”。这就是鸳鸯所有的亲人了。这一家人在贾府虽然并未据着要津，但确实都是比较体面的。尤其是鸳鸯以其才貌的出众，品行的高洁，一直受着贾母的怜爱和垂青，成了老太君身边的得宠近臣，给金家增添了许多荣耀。我们或许可以这样说，大概因为金家有了“有面子”的鸳鸯，父母兄嫂才得以获得“肥缺”的吧。从古至今，世间的事情都是这样，“一人得道，鸡犬升天”，并且荫及子孙，这样的事情已屡见不鲜了。君不见今天的“官二代”不是已经长得像雨后的蘑菇一样兴旺吗？所以，鸳鸯的双亲及兄嫂得到一些恩泽则不足为怪了。

但作为“家生女儿”的鸳鸯，她是深知自己的苦难的。因为她的父母是贾家的奴仆，那么她在娘肚里一坐胎，奴才的身份就已分明，从此，终其一生，她都将是贾家的奴仆，这个铁定的身份是任何时候也改变不了的。鸳鸯是个识时务的姑娘，她清楚地知道，与其抱恨终生，莫如随遇而安，所以她在贾母身边，开始了尽职尽责的服务工作。她不像袭人，欣赏奴才的生活，安于奴才的生活，并且时时觊觎宝玉姨娘的位置，所以心中总是躁动不安的；她也不像晴雯，像烈火借着风势那般燃烧，要扫荡世间的一切不平，然后自己也被烧成灰烬。鸳鸯始终保持着清醒的头脑，知道仅凭自己一人之力什么也改变不了，因而她才能审时度势，让自己体面地活下去。

她十分清楚，已近垂暮之年的贾母对她的人生是十分重要的，她可以躲在贾母的巨大身影里，凭着她的荫蔽，过上较为自在而又体面的生活。这个聪明的姑娘，不遗余力地为贾母服务，终于打动了那颗年老的心，贾母的怜爱和垂青使鸳鸯头上有了一圈足可以令他人生畏的光环。但鸳鸯是个通达事理、谨言慎行的姑娘，她没有借着贾母的权威在贾府横冲直撞，像王熙凤那样高视阔步，如入无人之境，反倒愈发谦恭起来。这便是鸳鸯的高明之处，因为她深深地知道，以她这样的低贱身份，能过上吃穿不愁、波澜不惊的生活，此生足矣！难道还要像袭人那样去追虚逐妄吗？"知足者常乐"，鸳鸯是深谙这个人生哲学的。

人生的最大智慧是改变环境，也顺应环境。只有这样，你才能像骏马一样任意驰骋在人生的原野，你也能像苍鹰那样搏击在命运的长空。能屈能伸，乃为丈夫；水为至柔，却可穿石。鸳鸯在一屈一伸之中得到了自己满意的位置，以滴水穿石之功，经历了一番心灵的探险，终于博得了安富尊荣的贾母的欢心。从此，她也便同贾母一样"安富尊荣"了。

蒋和森在《鸳鸯之死》中说：

> 她是封建家族"太君"——贾母身边的贴身丫鬟。正像大人物所使用的普通物件也会变得无限珍贵一样，由于主子的地位至尊，鸳鸯在丫鬟中的地位也显得最高。不但一般奴仆皆拭目相看，"见是他来，便站立待他过去"；就是贾府的爷儿奶奶们也对她优容相待，有时甚至还陪着笑脸求她呢！
>
> （《红楼梦论稿》，人民文学出版社，2006年6月版）

她有了这样令人仰视的位置，便也有了相应的权力。这似乎构成了一个悖论：一个终身为奴的奴仆会有什么权力呢？然而她却真的有了很大的权力。她不是为贾琏偷着从贾母的房中运出一箱子金银家伙吗？"暂押千数两银子"，解了贾琏的燃眉之急。行事谨慎的鸳鸯也偶尔坐大了一回，这是滥用职权呢，还是解人之难呢，恐怕两者兼而有之吧。当鸳鸯作出这决定的时候，这个本无寸权的丫鬟此时肯定饱尝了使权用权的快感，有了一种"舍我其谁"的居高临下的威严。

她有了这样令人仰视的位置，人际关系也自然地作出了调整。虽然这是暂时的，但却是事实。即使是声威势重的王熙凤，在她的面前，气焰也收敛了许多，也不得不把凤辣子的威风掩于裙下，与鸳鸯平视。第三十八回“林潇湘魁夺菊花诗，薛蘅芜讽和螃蟹咏”，写到大摆螃蟹宴的时候，鸳鸯不但敢于和凤姐开玩笑，给凤姐好一番奚落，而且竟然敢把剥蟹壳的手向那张娇滴滴的脸上抹去。

平儿早剔了一壳黄子送来，凤姐道：“多倒些姜醋。”一面吃了，笑道：“你们坐着吃罢，我可去了。”鸳鸯笑道：“好没脸！吃我们的东西。”凤姐儿笑道：“你和我少作怪。你知道你琏二爷爱上了你，要和老太太讨了你作小老婆呢。”鸳鸯道：“啐，这也是作奶奶说出来的话！我不拿腥手抹你一脸算不得。”说着赶来就要抹。凤姐儿央道：“好姐姐，饶我这一遭儿罢。”

这段绘声绘色的描写虽然有戏谑的成分在内，但奴才敢于和主子这样说话，确实是不同寻常的，从中我们不可以看到鸳鸯地位的特殊吗？这与今天某些机关单位的头儿向上级机关单位的头儿身边的秘书之类拍马屁、献殷勤是一个意思，此无他，为了官运亨通也。有一千个心眼子的王熙凤岂能不知，鸳鸯是她沟通老太太的一座桥梁，如果没有鸳鸯做中介，有好多事情是办不成的。这也是足智多谋的王熙凤等人聪明之处。

鸳鸯有了这样令人仰视的位置，却从来不作威作福，那颗慈爱的心始终关怀着她的同类，那些身处下层的姐妹们。在藕香榭的螃蟹宴之后，她为方才与王熙凤导演的让刘姥姥吃鸽蛋出洋相一事，主动赔礼道歉，真诚地笑着对刘姥姥说：“姥姥别恼，我给你老人家赔个不是。”宽厚的刘姥姥不知她们开的是善意的玩笑？所以她老人家以一番真诚的话回应鸳鸯——

刘姥姥笑道：“姑娘说那里话，咱们哄着老太太开个心儿，可有

> 什么恼的！你先嘱咐我，我就明白了，不过大家取个笑儿。我要心里恼，也就不说了。”

鸳鸯体谅他人，真是心细如发。她此时又与刘姥姥平视，所以她善良的想法才真能触到别人的心曲，温暖一颗又一颗卑微的心。

最令人感动的是鸳鸯时时想着他人。在这次螃蟹宴之后——

> 鸳鸯便问：“今儿剩的菜不少，都那去了？”婆子们道：“都还没有散呢，在这里等着一齐散与他们吃。”鸳鸯道：“他们吃不了这些，挑两碗给二奶奶屋里平丫头送去。”

然后她又惦记着素云、袭人吃没吃，如果没吃，这菜也要给她们送去。在这样时刻，兴尽人散，谁还会想到他人呢？然而鸳鸯却一一想到了。她虽然朝夕随侍于贾母身旁，却没有仰面朝天，而是平视人间，那些为了生活蠕动在人间卑微的人们，始终装在她的心间，把大的悲悯和大的爱给予他们。她知道自己不是振臂一呼而万众来归的英雄，可以在一瞬间改变蚁民的命运，但却可以把自己的爱——尽管是十分微薄的——像潺潺的春水一样送到每个需要滋润的心房。这是鸳鸯可贵的平等思想的表现，是一种博爱思想的萌芽。试想，在黑夜沉沉的18世纪的中国，有这种思想的人，可谓凤毛麟角，而这种吉光片羽的一闪灵光，却让曹雪芹发现了，并通过他笔下的一个身份卑贱的丫鬟体现出来，应该说是十分难得的。

鸳鸯在她力所能及的范围内，向苦难的人群撒播着博爱的种子，这个耕耘者的身影也许是孤单的，但她却是执着的。在晨光中，我们看到她向播撒爱的原野出发，躬耕垅亩；在夕阳西下的时候，她拖着疲倦的身子同星月一起归来，枕上就有一个关于丰收的沉酣梦了。

她从来没有忘记她来自何方，现在又身在何处，所以她始终保持着绝对的清醒。她知道处于奴婢地位的人们需要关注，那么就利用自己特殊的身份给他们些许的关怀，这似乎成了她的不可推卸的责任，她的使命。她做着这些事情的时候，是发自内心的，是自觉自愿的，没有一点勉强。

在第七十一回“鸳鸯女无意遇鸳鸯”这一章节中，把她的理解别人、同情别人、怜悯别人、帮助别人的思想品格作了十分精彩的描述。司棋和情人潘又安在园中幽会，不意之中被鸳鸯撞见，这种事情乃是当时的大忌，弄得不好是要出人命的。但是善解人意的鸳鸯却安慰着苦求的司棋。她说：

你放心，我横竖不告诉一个人就是了。

书中写道：

且说鸳鸯出了角门，脸上犹红，心内突突的，真是意外之事。因想这事非常，若说出来，奸盗相连，关系人命，还保不住带累了旁人。横竖与自己无干，且藏在心内，不说与一人知道。

鸳鸯不仅把这个秘密永远藏在了心内，而且还颇为自责，好像在贾府出现了这样的事情她有责任似的。但我们似乎也可以说，心地善良的鸳鸯也有成人之美的意思，所以她在自责之后，才始终守口如瓶。

可是司棋却放心不下，吓得“恹恹成病”；鸳鸯得知这一情况，更加深深地自责起来，不但过意不去，且向司棋起誓：“我要告诉一个人，立刻现死现报！”这就是曹雪芹笔下的鸳鸯，她仿佛一个独行侠一样，不但具有令人称颂的侠肝义胆，而且在姐妹们有难的非常时刻，她会以生命相许的。

我们之所以称许鸳鸯，原因就在这里。

三、没有诗的日子

我们曾在上文说过，鸳鸯与贾母的关系已超乎一般的主仆关系，成为一种十分特殊的关系。那特殊之处就在于似乎已超越了阶级的森严壁垒，纯乎是一种人和人的关系了。在阶级社会有这种关系吗？这是一个难以解答的问题，我们姑且把她们的这种关系看作一个特例吧。贾母在生活中倚重鸳鸯，当然就会把一种怜爱投放到她的身上，由倚重而生信任，由信任而生怜爱，这是合乎逻辑的推论的。

在第三十九回“村姥姥是信口开合，情哥哥偏寻根究底”中，李纨、宝钗、宝玉在论及府中几个大丫鬟的时候，李纨对鸳鸯有极为公允而又真实的评价。

李纨道：

> 大小都有天理。比如老太太屋里，要没那个鸳鸯如何使得。从太太起，那个敢驳老太太的回，现在他敢驳回。偏老太太只听他一个人的话。老太太那些穿的、戴的，别人记不得，他都记得。要不是他经管着，不知叫人诓骗多少去呢！那孩子心也公道，虽然这样，倒常替人说好话儿，还倒不依势欺人的。

这个评价是切当公允的。李纨是个老实厚道人，从来就是有一说一，有二说二，不把马说成骆驼，不把孔雀说成凤凰；在她当诗社坛主的时候，她对大观园诗人的评价既公正又精当，那些自视甚高而又桀骜不驯的诗人们，无一不对她佩服得五体投地，表示“臣服”，所以当她对鸳鸯的评价一出口，就得到人们的响应，连很少在人前臧否他人的惜春也马上笑道：“老太太昨儿还说呢，他比我们还强呢。”平儿也接着说：“那原是个好的，我们那里比的上他。”

鸳鸯在大家面前，几乎得到了众口一词的称赞。我们仅从李纨的话里，就可以获取大量的信息：贾母离不开鸳鸯，如果离开，贾母就将寸步难行，此其一也；别人不敢驳老太太的回，唯有鸳鸯敢这么做，贾母把鸳鸯视为“顾命大臣”，不但依靠她，而且听信她，此其二也；她照顾贾母的衣食住行，做到了处处尽心，无微不至，此其三也；她又是贾母的一把钥匙，把那些觊觎老太太财产的人挡在了门外，此其四也；她为人公正，不仗势欺人，且乐意帮助他人，此其五也。总而言之，在贾母的垂暮之年，鸳鸯成了她不可、也不能须臾离开身边的人物。从某种意义上来说，鸳鸯在贾母的生活中，地位似乎比哪一个儿孙都重要了。

她出行时，鸳鸯是她的一枝拐杖；

她冷了时，鸳鸯是她身旁的炭火盆；

她热了时，鸳鸯是她手中的一把扇子；

鸳鸯是她观察世界的眼睛；

鸳鸯是她倾听人间的耳朵……

我们可以毫不夸张地说，贾母离开鸳鸯，就将寸步难行，更不用说享受人间的荣华富贵了。聪明而又老于世故的贾母，对于这一点是相当清楚的。就是为了尽情地享受，也得对鸳鸯高看一眼呢，就因为如此，一颗苍老的心和一颗年轻的心靠得越来越近，两种不同的感情像两水汇流一般地融合，她们既是主仆，又是忘年之交。贾母把那种老妇人对儿孙的怜爱给予了鸳鸯，鸳鸯则把对祖辈的尊崇和爱戴给予了贾母。这种关系只能用人间存在的普遍人性来解释，用阶级分析方法来解释，就未免胶柱鼓瑟了。

“老吾老以及人之老，幼吾幼以及人之幼”，尊老爱幼也是中华民族的传统美德，这种美德不是封建统治阶级的专利，它存在于普遍的人性之中，不止鸳鸯有焉，只是鸳鸯把它发挥到了极致而已。我们如果从这一侧面来赞美鸳鸯，一切悬疑都可以迎刃而解了。否则中华民族史册上熠熠生辉的英雄们为封建王朝和皇权而死节，就没有办法解释清楚了。当然我们不能同意有些论者把鸳鸯之死归于对贾母之忠，是什么大义大节，这是一种皮相之论，有损鸳鸯的清名（容后详论）。她死于奴婢制度，死于封建社会的残杀，这才是鸳鸯之死深层次的原因。

当然我们也应该以一分为二的观点来对待鸳鸯，由于她对贾母似乎无条件地尊崇和爱戴，就有些明显的弱点暴露出来了。

张毕来先生在《漫说红楼》中说：

> 鸳鸯主观上有些弱点。这些弱点限制了她的行动。她一生最大的弱点有二。一是对贾母的无谓的忠诚。不过，这在她也是极自然的。因为不如此，就不能避开贾赦之流的迫害。但这也是她受剥削阶级思想毒害的表现。她也有点“主仆恩义”的思想，处处替贾母着想。

虽然她对贾母的“愚忠”是出于自身安全的考虑，有借助于“钟馗打鬼”的意思，但也使她陷入盲目的泥潭而不能自拔，这既是她的弱点，也是她人生悲剧的一个根源。这个表面看来十分成熟而实质上却很幼稚的姑娘，她把自己的一切都交给贾母了，她似乎没有认真思索一下，她背后倚靠的是一座冰山，迟早会有崩坍的时候，老太太在世之日，会坚定地回护她，她好像应当有较大的安全感。然而事实上却不是这样，在鸳鸯的背后，不是闪动着贾赦那双鬼火般的色狼的眼睛吗？贾母在日，事犹如此；贾母不在，情何以堪？这真是令人生忧的事情。

这是她思想陷入迷茫的时候，但这种迷茫毕竟是短暂的，她大多时候都是清醒的，能够把身边的事物条分缕析地一一捋清。每当这时，她分外真切地看到了这个贵族之家深藏着那么多的肮脏和污秽，看到了那么多暗地里的鸡争鹅斗。她此时也分明地感受到了贾母倚重于她是为了疯狂的享受，为了那顿最后的晚餐。每当这时她的心是悲凉的。她不是不想找一片清净之地让疲惫的身心安息一下，但贾府四面的墙挡住了她，使她有翅难飞。即使推开贾府那两扇朱红的大门，那瘫软了的翅膀也飞不到理想之地了。所以只有回过头来，面对现实，仍然在寂寥中过着那一个个相同的没有光彩的日子。她的人生哲学是“不论尊卑，唯我是主”，虽不能把所有的事情做得更好，只要无愧我心。

张锦池先生说：

> 鸳鸯其人，思虑周密而处事公道，性情刚烈而外圆内方，口不言臧否而心有所褒贬，身处权势富贵之中而怜贫惜弱之心倍热。然而这样贾母的贴心人，其思想性格的核心却不是莫成式的“义”，而是她自己曾直白的“不论尊卑，唯我是主”，所以作者又借邢夫人之口说她“素日志大心高”。这种“自主”思想，反映了她对贾母的服侍只是尽职，而对刘姥姥的怜惜却是尽心，其所以让刘姥姥充当女篾片去哄贾母笑，目的则是让刘姥姥能多获得一点贾府的赏赐；还反映了她在抗婚中成竹在胸，以贾母为钟馗却打贾赦那色中厉鬼。
>
> （《红楼梦考论》黑龙江教育出版社，1998年版）

“尽职”，是尽力做好本职工作，“尽心”则是费尽心思之谓也。它们之间的差别很大，“尽职”只是职责在此，不得不尽力而已，而“尽心”则有了深厚的感情色彩。鸳鸯对两位老人以不同的心态对待之，则是“仰视”和“平视”的结果。贾母在荣国府是一个庞然大物，子孙围绕着她，犹如众星之拱北辰，谁人不得仰视老太君的尊颜？鸳鸯更不能例外。虽然她们之间感情很深，心灵之间有许多默契，但仍然像黑龙江和松花江在交汇处一样，两条江虽然流到了一起，仍然青黄分明，主人仍然是主人，奴仆不过是奴仆，这是一种没有办法的事情，鸳鸯对于贾母的“忠心”，也只是聪明的丫鬟把表面文章做足而已。而来自乡野的刘姥姥则不同，她的地位和鸳鸯所差无几，宽泛地说都是皇帝的奴隶，虽有细微的差别，其实质则是相同的，所以她们就可以像乡间茅檐下的祖孙那样，彼此“平视”，“平视”则易于交流，易于交流则可以很快心心相印。鸳鸯灵敏的嗅觉很快嗅出了刘姥姥身上那来自原野的泥土的气息，这种气息很快令她沉醉，然后便产生了一种由衷的爱，并用这种朴素的爱去抚慰刘姥姥的心，“尽心”为她做事，便是这种爱的最好表达，也是对她的“不论尊卑，唯我是主”直白的最好诠释。

沈从文先生说：

> 好梦是生活的仇敌，是神给人的一种嘲弄。

鸳鸯在红楼中做着一个长长的梦，有时清醒，有时懵懂。懵懂时面前一片迷雾障眼，使她分不清人间到底是什么模样，那城那乡也朦胧一片，道路也错杂纷乱地交织，像一张大大的蛛网，遮住了人生的路径。当她在惊悚中醒来的时候，亦不知何去何从，所以仍然要在迷茫中站立，看夕阳的殷红的血染红宇宙人间，此时她便有无路可走的悲慨萌之于心了。有时她分明是醒着，却仍然如在梦中，那些光怪陆离的影像时而清晰、时而模糊地在眼前闪现。连朝夕相处的贾母，也难以辨认了。她不理解一个已过耄耋之年的老太太，何以如此疯狂地追求“朝朝欢宴，夜夜笙歌”的生活……即使厌倦也要陪伴在她的左右。一时之间，她似乎彻悟了：她老人家是要把死时带不去的欢乐，在有生之年尽情地享受，如果留下那么多的欢乐不去追逐，让它在时间之流里消逝，岂不是天大的憾事？

这一切都是鸳鸯的仇敌，但她无法战胜它们，那么就让神嘲弄去吧！

> 没有古清风明月，
> 也没有秋虫悲哭落叶，
> 更没有小草小花底那羞怯浓艳的喜；
> 这没有诗的日子！……
> 我甚至无弦。
>
> 阿垅：《琴的献祭》

四、鸳鸯抗婚

“女儿是水作的骨肉”，好像老天有意恩赐，把众美都集中在贾府了，这些女儿天生丽质、花容月貌，使人间多了一些清爽，少了一些污浊。而金鸳鸯也是其中一位，她虽然是“家生女儿”，却没因出身的低下而掩其美丽的光辉。

> 只见他穿着半新的藕合色的绫袄，青缎掐牙背心，下面水绿裙子。蜂腰削背，鸭蛋脸面，乌油头发，高高的鼻子，两边腮上微微的几点雀斑。

这是一幅工笔肖像画，曹公从穿戴到长相一一勾勒，细微之处，甚至到几点雀斑；这几行文字变成了优美的线条，把鸳鸯的形象活脱脱地画出来了。雀斑点腮，不但不掩其美，反增其媚。这便是作者的高明之处。它不像其他的中国古代小说，描写美女往往美得无以复加，不见一丝陋处，这便有些假了。而鸳鸯的形象，我们一见不忘的原因，恐怕倒不尽是那美丽的“鸭蛋脸面，乌油头发，高高的鼻子”，反倒是那令人难忘的“两边腮上微微的几点雀斑”。如果这几点雀斑长在一个丑陋之人的脸上，只能雪上加霜，更增其陋，而唯有长在像鸳鸯这样的可人的女儿的脸上，才会生出许多灵秀之气。大师对于描写人物的辩证法已经掌握到炉火纯青的地步了。

我们曾经说过：有的人因美而得福，有的人因美而致祸。鸳鸯就是因为生得美丽而招致了杀身之祸。她此时做梦也没有想到，那个“如今上了年纪的”贾赦，虽然已经“左一个小老婆右一个小老婆放在屋里”，但仍然像追花的浪蝶、采蜜的狂蜂一样，把美丽和不幸的鸳鸯纳入他的视野了。他“放着身子不保养，官儿也不好生作去，成日家和小老婆喝酒”，在偶尔猛一抬头之际，发现了美丽堪比月里嫦娥的鸳鸯，他就下决心要把她收在房里。由于此老荷尔蒙过剩之故，竟像谁给他灌了一碗迷魂汤似的，一时竟昏了头，忘了“老太太离了鸳鸯，饭也吃不下去的”，“倒拿着草棍儿戳老虎的鼻子眼儿去了”（以上引文，均为王熙凤语）。

从此，鸳鸯的头顶便罩上了阴天。

他们迫害鸳鸯的第一步，是把蜜糖包着的诱饵投给鸳鸯，诱其上钩。贾赦派邢夫人亲自出马去说合。这位邢夫人正如王熙凤的评价所说：“禀性愚强，只知承顺贾赦以自保，次则婪取财货为自得，家下一应大小事务，俱由贾赦摆布”，她的智商和傻大姐差不了多少。为自己的夫君保媒拉纤，这事情的本身就令人作呕三日，况且她又分外热心，就更叫人鄙夷她的人格了。这位夫人想事时云山雾罩，做事时轻浮无极。在她的鄙陋的意识中，鸳鸯果真能配自己一把年纪的夫君，那也算是高攀了，岂有不愿意之理?

邢夫人先动之以情。一见鸳鸯的面，便拉着鸳鸯的手笑道：“我特来给你道喜来了。”表现出异乎寻常的热情，那种盲目的自信，溢于言表。

然后又诱之以利，滔滔不绝地说了一大篇昏话——

听邢夫人道：“你知道你老爷跟前竟没有个可靠的人，心里再要买一个，又怕那些人牙子家出来的不干不净，也不知道毛病儿，买了来家，三日两日，又要肏鬼吊猴的。因满府里要挑一个家生女儿收了，又没有好的：不是模样儿不好，就是性子不好，有了这个好处，没了那个好处。因此冷眼选了半年，这些女孩子里头，就只你是个尖儿，模样儿，行事作人，温柔可靠，一概是齐全的。意思要和老太太讨了你去，收在屋里。你比不得外头新买的，你这一进去了，进门就开了脸，就封你姨娘，又体面，又尊贵。你又是个要强的人，俗语说的，‘金子终得金子换’，谁知竟被老爷看中了你。如今这一来，你可遂了素日志大心高的愿了，也堵一堵那些嫌你的人的嘴。跟了我回老太太去。”

说了这一篇热昏的话之后，她以为已经大功告成，拉了鸳鸯的手就要走。头脑清醒的鸳鸯，好像突然受到了猥亵一样，红了脸，“夺手不行”。愚蠢的邢夫人竟然以为她害羞了。

便又说道：“难道你不愿意不成？若果然不愿意，可真是个傻丫头了。放着主子奶奶不作，倒愿意作丫头！三年二年，不过配上个小子，还是奴才。你跟了我们去，你知道我的性子又好，又不是那不容人的人。老爷待你们又好。过一年半载，生下个一男半女，你就和我并肩了。家里人你要使唤谁，谁还不动？现成主子不做去，错过这个机会，后悔就迟了。”

邢夫人本以为以此为诱饵，鸳鸯很快便会成为吞钩之鱼，然而具有独立人格的鸳鸯，“只管低了头，仍是不语”。智商低下的邢夫人哪里知道鸳鸯此时已下了必死的决心，来捍卫自己的自由精神，她还以为鸳鸯因为“害臊”而“积粘起来”。

这一篇接一篇的说辞，既可厌又可恨，然而邢夫人却自以为得计，以为有十分成功的把握了，因而便打道回府，去向老爷邀功去了。

鲁迅先生在《华盖集·夏三虫》中有一段极为精彩的论述，揭露这种人的可恶之处：

跳蚤的来吮血，虽然可恶，而一声不响地就是一口，何等直截爽快。蚊子便不然了，一针叮进皮肤，自然还可以算得有点彻底的，但当未叮之前，要哼哼地发一篇大议论，却使人觉得讨厌。如果所哼的是在说明人血应该给它充饥的理由，那可更其讨厌了，幸而我不懂。

（《鲁迅全集第三卷》人民文学出版社，1985年版）

鲁迅先生的这番话，仿佛是专门说给邢夫人听的。当居心叵测的人要陷害你的时候，往往先奉上一篇甜言蜜语，使你麻痺，然后让你落入他事先设计好的圈套中，任其摆布。这种事我们见得还少吗？

但鸳鸯是一棵迎风的大树，不是随风俯仰的小草，她早就打定了主意，她在邢夫人走了之后，曾对平儿说过一番话："别说大老爷要我做小老婆，就是太太这会子死了，他三媒六聘的娶我去作大老婆，我也不能去。"

邢夫人的话把她的心戳疼了，姊妹们逗趣的话使她受伤的心流血了，她当着闺女的面把话说得更重了。她说"纵到了至急为难，我剪了头发作姑子去；不然还有一死"；她说"家生女儿怎么样？'牛不喝水强按头'？我不愿意，难道杀我的老子娘不成？"鸳鸯已知道自己逃不出罗网了，但独立的人格使她在灾难面前心思凝定起来，追求自由的精神给了她冲决一切的勇气，即使此时做了无头的刑天，她也要手操干戚舞弄一番，把罗网刺破！当一个人把死亡看得很轻的时候，在他的人生途程中，就不存在什么难题了，一切都可以迎刃而解了。

此时鸳鸯柔弱的双肩担起了人间的道义，所以她那略带雀斑的脸上便生出一种异样的光辉，在阴沉的夜色中，有如一轮明月那般迷人。这个出身卑贱的丫鬟，身影似乎一下高大了许多。人们仰望着她，看到的是一种精神，一种思想，也有一种令人心碎的悲情。

他们不达目的是不肯罢休的，一计不成又生一计。他们把那位老太太屋中浆洗房的头儿、鸳鸯的嫂子动员出来了，用鸳鸯的话来说，"这个娼妇专管是个'九国贩骆驼的'"。那意思是说，这位嫂子是个到处兜揽生意、钻营图利的人。她是衔命而来，且认定是"天大的喜事"；所以她决心不辱使命来游说一番：似乎怀里已抱上了一个金娃娃，无论如何也不能让它跑掉。谁知刚一开口，那张含笑的脸就让烈性的鸳鸯"下死劲啐了一口"，这一口吐出了鸳鸯心中的怒气、火气和郁闷之气。随后，爆发了雷霆之怒——

指着他骂道："你快夹着屄嘴离开这里，好多着呢！什么'好话'！宋徽宗的鹰，赵子昂的马，都是好画儿。什么'喜事'！状元痘儿灌的浆儿又满是喜事。怪道成日家羡慕人家女儿作了小老婆，一家子都仗着他横行霸道的，一家子都成了小老婆了！看的眼热了，也把我送在火坑里去。我若得脸呢，你们在外头横行霸道，自己就封自己是舅爷了。我若不得脸败了时，你们把忘八脖子一缩，生死由我。”

鸳鸯又骂又哭，她的嫂子只好乘兴而来，败兴而去。鸳鸯回到哥哥那里，金文翔也奉赦之命来劝，“把个鸳鸯气得无话可回”。但镇静的鸳鸯此时不仅方寸不乱，而且心生一计，似乎已经回心转意了，用假象蒙蔽了哥嫂，暂时让这对愚人“都喜之不胜”。

鸳鸯就是鸳鸯，她讲究斗争艺术，不像晴雯那样，像三国时的许褚一样总是一无披挂地赤膊上阵。聪明的鸳鸯知道天时地利人和乃是取胜的重要条件，如果一一加以利用，就会出其不意地获得最大的胜利。

这真是天赐良机，当“他的嫂子即刻带了他上来见贾母”的时候，“可巧王夫人、薛姨妈、李纨、凤姐儿、宝钗等姊妹并外头的几个执事有头脸的媳妇，都在贾母跟前凑趣儿呢”。此时鸳鸯虽然喜之不尽，但却镇静如常。然而她像一座沉默的火山一样，突然间爆发了。她虽然是个女儿，却有男儿所没有的决断，哭诉自己的心曲和冤情，此其时也。她给贾母跪下，“一行哭，一行说”，——

……我这一辈子莫论是“宝玉”，便是“宝金”“宝银”“宝天王”“宝皇帝”，横竖不嫁人就完了！就是老太太逼着我，我一刀抹死了，也不能从命！若有造化，我死在老太太之先；若没造化，该讨吃的命，伏侍老太太归了西，我也不跟着我老子娘哥哥去，我或是寻死，或是剪了头发当尼姑去！若说我不是真心，暂且拿话来支吾，日后再图别的，天地鬼神，日头月亮照着，从嗓子里头长疔烂了出来，烂化成酱在这里！

刚烈的鸳鸯果然不仅是说说而已。她早有准备，来时便袖了一把剪子，此时打开头发，说时迟，那时快，眨眼间，“已剪下半绺来了”。鸳鸯的动作之快，毫不含糊，说剪就剪，充分表现了她忧愤之深，决心之大和对那尴尬之事的决绝。鸳鸯是一只自由的鸟儿，虽然困在樊笼里，但她对自由的渴望没有改变，她的独立人格经过苦难的淬火，反而愈益不可动摇和改变。我们应该知道环境对她是不利的，强权筑成的围障把她紧紧地包围在核心，她不只像只关在笼中的鸟，更像被锁在铁栅中的小兽，难以飞腾和奔驰。她被“酱”在封建主义的酱缸里，难得举手和投足。可喜的是鸳鸯始终把追求自由看作精神的先导和指南针，所以她的精神始终像荒原上的野草一样，永远泛着新绿，并在严酷的环境中葳蕤着，给人以永远的希望，所以她的斗争有条有理、有规有法，有进有退，从来也没在纷繁的、眼花缭乱的世事中找不到方向。她是一个胸有城府的人，一个深沉的人、一个大气的人，一个具有男儿风采的人。她是女中英豪，可以辅弼一个王朝的人。

贾母听到鸳鸯的哭诉，出奇地愤怒了，书中写道：

> 贾母听了，气的浑身乱战，口内只说：“我通共只剩了这么一个可靠的人，他们还要来算计！”因见王夫人在旁，便向王夫人道：“你们原来都是哄我的！外头孝敬，暗地里盘算我。有好东西也来要，有好人也要，剩了这么个毛丫头，见我待他好了，你们自然气不过，弄开了他，好摆弄我！”

老太太的这番话，应当是肺腑之言，她把鸳鸯看作“一个可靠的人”，无论在生活上还是在思想上对鸳鸯都是相当倚重的，这倒不完全是“自私心理”的表现，也是贾母对鸳鸯的一片真情流露。这一老一少、一尊一卑的特殊关系，用现成的公式去索解，就得不出正确的答案。法国19世纪的伟大小说、雨果的《九三年》，似乎给了我们一把解开这个问题的钥匙。在雨果的思想上，“人与人的敌对关系，是人性中的‘恶’造成的，一旦‘善’的天性被唤醒，恶魔也能‘放下屠刀，立地成佛’。雨果认为暴力能降服敌人，只有人道的光

辉才能战胜邪恶、消除人与人之间的对立。”（引自《九三年》前言，人民文学出版社，2007年5月版）

由于这种人道主义精神的主导，雨果才精心地描写了三个人物，并以这三个人物体现他的“在王权之上，在革命之上，在人世一切问题之上，还有一个‘绝对正确的人道主义’”的理论。所以朗特纳克才放弃了他那个阶级的复辟事业去救三个孩子；郭文才置他生死以之的革命利益于不顾，宁愿以自己宝贵的生命保住侯爵的头颅；作为革命原则化身的西穆尔登，他对郭文的感情超过了对革命的感情，所以当郭文的人头落地的时候，他也毫不犹豫地开枪自杀了。

这一系列的惊心动魄的故事，无一不形成一种令人瞠目的悖论，这一切是没法用阶级分析的方法机械解释的，只有用人道主义、普遍存在的人性才能说得清楚。而且这也是古今中外一切伟大文学作品所呈现的主题。《红楼梦》也是这样，鸳鸯与贾母的关系便是最生动的体现。

世界是多元的，人生是复杂的，人的性格也是多面的。优秀的文学作品所描写的人物性格，不是扁平的，只能看到一面，而是像多棱镜一样，映射着多种色彩和影像，让人感受到人的性格的丰富性。毋庸讳言，贾母是封建主义营垒的一员，她的阶级本性是难以改变的，比如她拼命地追求物质生活，她对下人的居高临下的态度；她也相信金钱万能论，认为什么东西都可以用金钱买来。比如这次她就说什么“他要什么人，我这里有钱，叫他只管一万八千的买去”，在这一问题上她未能突破阶级的局限，认为“有钱能使鬼推磨”。

但她毕竟是一位具有慈悲心怀的、惜老怜贫的老太太，当她听见她所疼爱的丫鬟像失巢小鸟的嘤嘤之声，看见她满脸泪水的痛苦无告的模样，那颗日渐衰老的心不由得升起一股无名之火，这是合乎思想逻辑的。她此时的话语并没有打腹稿，也未有修饰的时间，都是真情地自然流露。其实“无名之火”也是有名的，就是对自己那位老大不成材儿子贾赦的痛恨。这种痛恨也是有来由的，一谓不成材，辱没了先祖；二谓狗肺狼心，欲夺母爱；三谓表里不一，盘算老母。种种不孝，非止一端，所以才引得老太太真的发怒了。

青山山农在《红楼梦广义》中说：

> 鸳鸯服事贾母，能得欢心，为人子者所当爱之敬之，以姊妹行相待。奈何虎视眈眈，图一己之欢娱，不思慈闱之劳苦，则于贾母为不孝，于鸳鸯为不顺，律以人臣无将之义，当受上刑之诛矣。
>
> （《红楼梦资料汇编》，中华书局，2005年1月版）

虽然不一定“当受上刑”，但赦老应受到口诛笔伐是应该的。

我们知道，贾母的雷霆之怒并没有稍挫贾赦觊觎鸳鸯之心，反倒泼醋拈酸，无中生有地胡说鸳鸯是看上了宝玉，并且扬言：“叫他细想想，凭他嫁到了谁家，也难出我的手心。除非他死了或是终身不嫁男人，我就服他了。”

“也难出我的手心”，这是一道魔鬼的追杀令，那切齿之声清晰可闻。心狠手辣的贾赦不是为了20把扇子害死了无辜的石呆子吗？所以此话他绝不只是说说而已，如果有机会，这匹恶狼会随时把鸳鸯攫在血迹斑斑的爪上。

这次抗婚的风波似乎在众人的周旋之下风平浪静了，但这只是表象而已，平静的水面下藏着更大的危险。从此之后，鸳鸯便罗睺星照运了。对于这一点，鸳鸯是有充分的心理准备的，一是出家，二是自尽；把剪刀袖在身上，准备随时保卫着自己脆弱的生命。

雅斯贝尔斯说：

> “在深切地感到无意义的岁月到来的时候，他其实拥有了一种意义。”

鸳鸯就是这样地等待着、守望着。在夜色里等待生命的消逝，在黎明中守望着渐渐殷红的曙色，她生命的曙色。

> 是这样的死支持了你最初的意志，
> 是这样的死建筑了一个辉煌的人格。
>
> 冀汸：《死》

五、勇士一生只死一次

在《红楼梦》中，鸳鸯也是曹雪芹没有最后完成的形象，所以对于她的人生结局，也各有各的说法。多数论者认为她和贾府的其他少女一样，最后也是悲惨地死去了，如高鹗的续书即持这种观点。但也有人认为鸳鸯没有死，只是终身不嫁（蔡义江观点）；俞平伯先生也认为“鸳鸯不必定是缢死，这是消极的话”，他认为高氏对鸳鸯的处理有此武断，“似以当姑子为正文，而自尽是不得已的办法。即后来当着贾母剪发，也是出家底一种表示”。他最后说“使鸳鸯的结局悬着，庶不失作者的本意”。那便是不知所终了，这便固然能吊起读者的胃口，也使探佚的学者有了一个猜想的空间，然而爱好团圆的广大读者还是希望鸳鸯有一个结局，不乐见鸳鸯总是“云深不知处”。

所以愚以为鸳鸯还是死了。

王昆仑先生说：

> 鸳鸯之死，一切照着她自己的估计与准备而实现。她既对自己的命运看得很透彻，因此也无所留恋，可以说她是主动地迎接死，而不是仓皇之间受到了死的袭击。她对那些主子们说：这里有一个始终保持着纯洁刚正的灵魂，她纵使挣不脱奴婢的枷锁，却是“威武不能屈，富贵不能淫，宁肯站着死，不肯跪着生，你们骄暴淫污的统治者失败了。”
>
> （《红楼梦人物论》，北京出版社，1983年版）

这个分析非常符合鸳鸯死前的心路历程，贾母之死只是她结束自己生命的一个契机；她之所以选择这个当口用自己的双手结束自己的生命，是一种很成熟的考虑，可谓死其时也。对于鸳鸯来说，死，已不是什么可怕的事情，而是一种及时的解脱。那原因就是她对贾府（也就是那个社会）感受太深，她已被

"酱"在那里，任你浑身具有排山倒海的力量也不能使自己超拔了，那么不如早些死去，把灵魂解放，放它到自由的天地去。当然对于躲在贾母巨大身影中生活日久的鸳鸯来讲，贾母一死，她已失去了屏蔽，暴露在光天化日之下的是一个弱小的身躯，用今天时髦的话来说就是"全裸"了。"全裸"的鸳鸯对没有荫蔽的生活是惧怕的。她首先看到了贾赦在流放他的那双淫邪恶毒的眼睛，况且，不日他既要归来，那么自己还不就是他砧板上的肉吗，"生而辱，不如死而荣"，不叫独立的人格受到玷污，更是鸳鸯优先考虑的话题。

莎士比亚说：

死虽然是苦事，却可以结束人生的惨痛。(《理查二世》)

懦夫在未死以前，就已经死过好多次；勇士一生只死一次。(《恺撒》)

雨果说：

只要有了仇恨，一个女人就抵得上十个男人。(《九三年》)

正是抱定这样的信念，以这样的勇气，鸳鸯自缢而死。一个花朵般的年轻生命被黑暗封建社会扼住了喉咙，在不该死的时候死了。鸳鸯用宝贵的生命向封建统治者提出了抗议和控诉，同时也用重于泰山的一死，捍卫了自己"独立的人格"和"自由精神"，这是怎样的痛苦者和觉醒者！她的鲜血喷溅在大地上，血沃荒原，劲草丛生。曹雪芹理想的鲜花开得像血一般殷红，辉映着厚厚的中国文学史。

然而人的贤愚真是不可同日而语，那群统治者却认为鸳鸯是"殉主"。邢夫人说："我不料鸳鸯倒有这样志气！"头脑冬烘的贾政也不胜赞叹："好孩子，不枉老太太疼他一场！"他们几乎众口一词地都说鸳鸯是"殉节"，是"大节""大义"，像群鸦噪晓一样，聒噪不休。想以此掩盖那个社会的吃人本质。

我们不能忘记鲁迅先生的声音，他在《灯下漫笔》中告诉我们：

……大小无数的人肉的筵宴，即从有文明以来一直排到现在，人们就在这会场中吃人，被吃，以凶人的愚妄的欢呼，将悲惨的弱者的呼号遮掩，更不消说女人和小儿。

（《鲁迅全集》第一卷，人民文学出版社，2005年版）

鲁迅小说《祝福》中的祥林嫂是被吃者，巴金《家》中的鸣凤和瑞珏是被吃者，她们同鸳鸯一样，都是被同一双黑手扼死的，然后吃掉。时至今日，每当我们读到鸳鸯之死的章节，我们都似乎看到她那双临死之前黯淡无主的眼睛，那里分明闪动着对生命执着的留恋和慨然赴死的决绝，她曾几度徘徊，她曾几次悲叹，她曾几次撩起衣襟擦去两腮的眼泪，望着长夜难明的天空，最后她的牙齿把嘴唇咬出鲜血，才把柔嫩的颈子伸向悬空的绳索，投缳而死！

莎士比亚说：

“怀德的人会因为他们的德行反遭毒手。”

（《皆大欢喜》）

第二章

烈火中的凤凰

——尤三姐

杀死那些专门虐待着青色谷粒的蝗虫吧，
没有晚祷！
愈不流泪的
愈不需要十字架；
血流得愈多，
颜色愈是深沉的。

——绿原：《憎恨》

要开作一枝白色花——
因为我要这样宣告，
我们无罪，
然后我们凋谢。

——阿垅：《白色花》

一、出身于小巷寒门的野女子

“每一次新的阅读都会产生一部全新的作品。”（诺曼·莫伽登语）《红楼梦》就是这样一部经典作品，每次翻开它的书页，无论翻到什么地方，都会感到它是一部全新的作品，那原因可能是多方面的，但最重要的因素则是因为那闪耀着性格光辉的人物。这是一部波浪滔滔的长河小说，每一个浪花都闪耀奇光异彩，每一个河湾都蕴藏着稀世之珍。随便撷取一朵浪花捧在手里，我们都会惊奇地发现，那里构造着一个大千世界，那里藏着一个或几个人的历史。有人曾经说过，我们翻开《红楼梦》的任何一页都可以津津有味地读下去，它都有一个相对完整的故事，每一个人或每一人群都有清晰的面目，都像珍珠一般熠熠闪光，串起来就是一串艺术的长链。

当曹雪芹用他的生花妙笔把金陵十二钗正册副册的女子都酣畅淋漓地描写了一遍之后，便将他的目光转到了大观园之外，聚焦在二尤的身上，尤其是聚焦在尤三姐的身上。几回书似乎是一个片断，却笔墨浓酽，很是集中，直把一个年轻女子的爱情故事演绎得惊天地、泣鬼神，成为《红楼梦》艺术的另一种妩媚。

二尤的出现是在第十三回，因为秦可卿之死，贾府的远亲近邻来吊唁。书中对她们的出现只淡淡地一笔带过：尤氏的几个眷属尤氏姊妹也都来了。可谓简之又简、淡之又淡，可谓“集体无意识”。但它却如草灰蛇线，伏脉千里，终于从第六十四回开始，敷演出一段千古妙文，使我们目睹了尤三姐的芳容，使我们窥见了她单纯而又复杂的心灵。

她的故事，是一个血泪交织的故事，是世界上又一种美在人间毁灭的故事，也是作者从另一个角度、另一个侧面对贾宝玉、林黛玉爱情悲剧的有力衬托。曹雪芹把尤三姐的爱情故事有机地编织在书中，就像长河涌流千里突然激起的一个巨浪，在浪花四溅时，让我们目睹了生命的美丽和绚烂。

那么，尤三姐来自何方呢？直到第六十四回通过贾蓉之口我们才得知尤三姐的来历：原来二尤都不是尤氏父亲的亲生女，而是尤氏的继母尤老娘从前夫那里带来的，不知道原来姓氏，也不晓得生身之地。贾敬死后，尤老娘由尤氏接来为宁国府照看门户，寄食在贾家。

我们可以说尤三姐是生在寒素之家了，当然她也是肯定没有读书识字的机会了。这样的家庭出身倒不一定是坏事，起码她没有受到更多的封建伦理的戕害，而是在一种自然属性，亦即真人的属性中成长起来了。这是尤三姐之福。尤三姐的脚也是三寸金莲，若果然如此，显然那是受到又臭又长的裹脚布的长期束缚所致，然而她的心却未受到程朱理学的束缚，使她有了一个难得的纯美心灵，以后她的一切遭逢和际遇均由此而产生。

虽然我们不能考定她就是纯粹的山野之女，但她的自然禀赋确乎得之于山野，所以在她短暂的生命流程中，是大自然的钟灵毓秀塑造了她，否则她的生命之花为什么会开得这般绚烂呢？她像一条没有照过人影的清澈小溪，在时光中无忧无虑地徜徉；她像一朵纤尘不染的白云，在晴空逍遥；她像牧童在牛背上吹奏的一声牧笛，悠扬地、细腻地在山野飘过，然后渗入人心；她像一株秋野的高粱，红颜绿袖地在秋风中舞着，含笑地望一眼山村的炊烟；她像一朵山道旁的野花，马踏车轧而不死，在四季里轮回……这就是尤三姐给我们的最初印象，我们爱她、怜她，尽皆由此。

我们不妨作一番逆向思索，假如尤老娘不把她们带到贾府而仍生活在原来的地方会怎样？这似乎是一个难以说清的问题。无非有两种可能 ，一是她们仍然如以往一样，过着虽贫寒而安静的生活，在长夜孤灯下，和尤老娘一起做一些针黹女红，打发着寂寞的长长的日子。当到了该谈婚论嫁的年岁，找一个年轻厚道的人嫁过去，日出而作，日入而息，昼插秧夜绩麻，虽不富贵，却很安恬，在极为平常的时日中咀嚼着幸福的滋味。过了一二年，她或许如愿得子，于是便把慈爱的目光投在孩子粉红的小脸上，想到：那身后的悠长的岁月后继有人了。于是更加勤劳地用自己的双手去编织以后的日子。二是嫁给一个阔人，她也随之而阔，眼前的生活虽不见得五彩缤纷，但却也有声有色，在衣食无忧的平淡的日子里，红颜渐渐老去……

这当然是我们的想象之辞，但它们却极有可能在她的生活中出现，她或将不死，和其他红楼人物活到"落了片白茫茫大地真干净"的时候。

有人说，在人世间，一切皆有可能。大千世界，什么事情都会发生。

在读《红楼梦》有关尤三姐的故事时，令我们为之扼腕叹息的是她不该来到贾家的跟前，也就是说尤老娘不该把自己的两个无辜的女儿引向狼窝。在贾府这个污秽的淫窟、这块不洁之地更不应该遭遇爱情。

当初到贾府跟前的姐妹俩以天真无邪的眼睛打量贾府的时候，就已引来了一双双淫荡的眼睛，他们惊羡她们的美丽，早想把她们揽在自己的怀里，做一场不醒的春梦。

对于这样有预谋的大胆进攻，二尤的态度又是不同的，"一个在顺从中牺牲，一个在反抗中献身"（汪道伦语）。尤二姐在顺从中任从贾珍、贾蓉父子蹂躏，最终被王熙凤赚入贾府，在屈辱中死去，而尤三姐却与其姐姐不同，在"污浊环境中，却能保持纯洁的心灵，抗争的勇气、刀斧般的决断，火焰般的刚烈"（王昌定语），虽然也曾受到侮辱，但她始终举着反抗的大旗，在魔窟中与鬼魅周旋，那孤身战斗的勇气是令人动容的。

王昆仑先生说：

> 作者为尤三姐所写的是一首哀艳的诗篇，……是《红楼梦》诸女性中的殿军旗，光辉艳丽，迎风招展。她既不是探春湘云某一类的小姐，更不是凤姐尤氏某一类的奶奶，也不是晴雯芳官某一类的丫头，而是从贫穷、孤弱、被侮辱被损害的境地中奋身崛起的一个"小家碧玉"。她简单，她洒脱，她坚决，她泼辣。她没有假斯文的臭味，没

有斗心机的手法。要就要，不要就不要，死就死！当时城市平民中就有这样“富贵不能淫，贫贱不能移”的烈女。

（《红楼梦人物论》，北京出版社，1983年版）

是的，尤三姐也是一个被侮辱被损害的形象，她不是圣母，她与贾珍、贾蓉也有染，但那不是沉沦，却是一种反抗的手段，是中药里的以毒攻毒。只有这样才能把禽兽玩于股掌之中。猎人除了弓箭之外，在险恶的山林中射猎，往往也要下诱饵的。尤三姐的行为，应作如是观。所以我们才始终把她视为一朵出淤泥而不染的亭亭净植的红荷，欣赏着她在污秽中的香远弥清。

在这黑暗的王国中能够透进来的一丝微光，那就是爱情。爱情像阳光一样，它能让青涩的果实成熟，让一度受伤的心得到暂时的抚慰。尤三姐渴望爱情的来临，渴望有一双温而且厚的男人的手放在她的肩上，让她像个孩子似的痛哭一宵，然后在爱情的喁喁私语中再把备受伤害的心的伤口抚平。当她用渴望的眼光搜寻着她的所爱的时候，她温柔得像一头踏在绿茵春草上的小鹿，频频回顾，令人怜爱。她曾狂暴一时的心也安静下来，温柔得如一潭秋水。

爱情能使一个人改变。

然而，她毕竟涉世未深，她的想法往往是天真的、幼稚的。当她把原本犹疑不定的目光落在柳湘莲的身上时，顿时觉得终身有托了。“她有晴雯的泼辣，却没有晴雯的深入人生”，她不知道柳湘莲是最不值得她爱的人，这个优伶在豪门寄生卖唱，是个“冷面郎君”，像浮萍一样漂浮无根。尤三姐真是所托非人，她亲手为自己埋下了悲剧的种子。

张锦池先生在论及尤三姐婚恋时说：

不同于晴雯、鸳鸯与龄官，尤三姐是城市平民，作者以短制的形式在书中插入了其婚恋的“三部曲”。其始也，她心中有个意中人柳湘莲，却无法向他一吐自己的真情。其继也，想获得别的男人对自己的爱，而得到的却是为贾珍父子所玩弄。其终也，公然宣称非自己的意中人柳湘莲不嫁，乃至以自刎了却了自己的芳情。

（《红楼梦考论》，黑龙江教育出版社，1998年版）

任何一个悲剧都不是在偶然之间发生的，当微风起于青萍之末的时候，悲剧的主人公自己也不会觉得，似乎有一只无形的手牵引着他，义无反顾地走向那一去再也没有机会返回的地方。尤三姐就是如此。她自以为有一把鸳鸯剑握在手里，一切都会按照自己的意愿发展。因此，她的心中只有那种对美好事物的期盼，没有一点应付不测的准备。这就如同一个远行的人，只看到天上有湛蓝的颜色，没想到片云可以作雨。当豪雨倾盆而下的时候，泥石流顺着山势而来，就在他刚想回头的时候，便被吞没了。

一个人的命运就像这多变的天气一样，有时是难以掌握的。

尤三姐也掌握不了自己的命运。

二、出淤泥而不染的一朵红荷

每个人都生活在一定的环境中，他受着这个环境的制约与影响，对一切事情作着抉择。从某种意义上来说，环境塑造着人们的性格，影响着人们的命运。环境，大而论之，可以分为两种，一种是较好的环境，一种是较坏的环境。面对较好的环境，人们欣然地顺应它，过的是遂心适意的生活。而面对恶劣的环境，却有两种态度，一种是随波逐流，一种是努力改变。而改变恶劣环境的态度大抵也有两种，一种是以较为正常的手段改造它，一种是以非正常的手段，亦即极端的手段来加以对待，即使为此失去贞节、玷污了名誉，甚至付出了生命的代价也在所不惜。

那么，尤三姐就是最后一种。

她随母亲来到贾家，既有依附之意，也有从此攀上高枝的梦想。一个出身于寒门陋巷的小女子，对于贾府的威威赫赫的声名是向往和崇拜的，对于生活在这里的诗礼簪缨之族是心怀崇敬的。所以当母亲决定接受尤氏的动议，带着姐妹二人来宁府守屋时，她们对这里一定有一种神秘感，对未来的生活一定充满了期盼。于是她们便带着一个混混沌沌的梦来到这里。

她们的想法太过天真，也太过善良，她们不知道这里是狼窝虎穴，是污秽满满的淫窟，这里的男人可以白日宣淫，追求美色成了他们的日课。他们虽则道貌岸然，也不乏斯文的外表，但一见到美色，便会立刻撕下假面，疯狂地追逐下去，不达目的他们是决不会罢手的。这里有一群专门盗色的强盗。

莎士比亚说：

> “美貌比金银更容易引起盗心。”（《皆大欢喜》）

幼稚可怜的姐妹俩对这种突然的袭击并没有做好思想准备。她们可能认为这里是文明之乡、礼教之邦，并非藏污纳垢之地。她们像盲目的人一样，堕入黑暗而一丝不觉。当色狼以迅雷不及掩耳之势扑来的时候，她们始觉身处险境。

对于这种猝不及防的袭击，天性懦弱的尤二姐一味地迎合，与贾珍、贾蓉们打情骂俏，在桃色的温柔中沉沦，在这帮纨绔子弟的引诱下，最后做了贾琏的妾，也就是今天那些腐败官员们藏在金屋中的所谓“二奶”吧。历史嬗变轮回，在某些时候竟出现了相同之处，不亦悲哉！但尤三姐在美梦破灭之后，却没有步其姐姐的后尘，而是采用一种极端的手段主动向色狼们进攻。这或许是深思熟虑之后的计谋，也或许是在匆忙慌乱之中的应激反应，书中这样写道——

> 尤三姐站在炕上，指着贾琏笑道：“你不用和我花马吊嘴的，清水下杂面，你吃我看见。现提着影戏人子上场——好歹别戳破这层纸儿。你别糊涂油蒙了心，打谅我们不知道你府上的事呢。这会子花了

几个臭钱，你们哥儿俩拿着我们姐妹两个权当粉头儿来取乐儿，你们就打错了算盘了！我也知道你那老婆太难缠，如今把我姐姐拐了来做二房，偷的锣儿敲不得。我也要会会那凤奶奶去，看他是几个脑袋几只手。若大家好，取和便罢，倘若有一点叫人过不去，我有本事先把你们两个的牛黄狗宝掏了出来，再和那泼妇拼了这命，也不算是尤三姑奶奶！喝酒怕什么，咱们就喝！”说着，自己绰起壶来斟了一杯，自己先喝了半杯，搂过贾琏的脖子来就灌，说：“我和你哥哥已吃过了，咱们来亲香亲香。”

这段话，字字掷地有声，真是一篇绘声绘色的好文字。一个泼辣、敢于抗争，又娴于辞令的尤三姐形象从书中鲜活地走了出来，她有清醒的头脑，她有犀利的眼光，能把一池浑水一眼看到底；她不惧强权，敢批逆鳞，向那几个渔猎女色的盗贼发出了一篇战斗檄文。这样的好言词谁能写得出？谁能说得出？唯有曹公的巨笔能够写得出，也只有尤三姐能够说得出。在《红楼梦》中尤三姐的故事本来占得篇幅就不多，而且她的性格大都是通过人物语言描写来表现的，然而这个形象二百多年来却如此深入人心，我们不能不佩服作者塑造人物艺术手段的高超。

张务祥在《红楼梦之尤三姐确有其人而有其事》引陈翱的《东营剩稿》说：

雪芹远亲，有石姓女；雪芹每称扬之：不谙文字则有古人风；末世脂粉队中所不易睹者也！

（《红楼梦研究稀见资料汇编》，人民文学出版社2001年版）

也就是说，尤三姐这个人物和大多数红楼人物一样，是来自于真实的生活，作者对这个远亲每有称扬之词。这个现实生活的人物，在曹雪芹的心中积淀已久，所以当他提笔为文的时候，她才不期然而然地栩栩如生地来到他的笔下，成为尤三姐的形象。这种创作实践与那些纯粹的向壁虚构是不可同日而语的。

人物的一切行动都是性格使然，也只有具有尤三姐这样性格的人，才能说出这样痛快淋漓的话，做出超越常规的事情，这既是一种不得已的自卫手段，也是一种主动进击的手段。既然你可以向我进攻，为什么我不可以向你进攻呢？“来而不往非礼也”，这便是此时尤三姐的人生信条吧。

果然，她怀着荆轲一去不返的悲壮情怀，做出了一种石破天惊的举动。这是悲鸣的凤凰投于烈火期待着涅槃的举动，是一种死中求生的强烈愿望，和冬烘先生对其“淫奔女”的评价判为霄壤。只有作这样的判断和评价，我们才不会把大师的这段精彩文字视为色情，而应当作一段绝世奇文。

当她的颇带机锋的语言把贾琏们镇住之后——

> 这尤三姐松松挽着头发，大红袄子半掩半开，露着葱绿抹胸，一痕雪脯。底下绿裤红鞋，一对金莲或翘或并，没半刻斯文。两个坠子却似打秋千一般，灯光之下，越显得柳眉笼翠雾，檀口点丹砂。本是一双秋水眼，再吃了酒，又添了饧涩淫浪，不独将他二姊压倒，据珍琏评去，所见过的上下贵贱若干女子，皆未有此绰约风流者。二人已酥麻如醉，不禁去招他一招，他那淫态风情，反将二人禁住。……竟真是他嫖了男人，并非男人淫了他。一时他的酒足兴尽，也不容他兄弟多坐，撵了出去，自己关门睡去了。

读到这里，我们似乎真切地听到了远古的歌声：“风萧萧兮易水寒，壮士一去兮不复返。”似乎看到了那仗剑而去的身影，我们对消逝在历史尘埃深处的影子只有肃然起敬的份儿。而现在我们面对赴污池而一跃的尤三姐，不也是心怀敬意吗？好一句“竟真是他嫖了男人，并非男人淫了他”。尤三姐单身赴会，把一个男人统治的世界翻了一个个儿，这是深仇大恨产生的力量，“今日这个世界由姑奶奶做主”，我们读着这样血泪写成的文字，似乎听到了尤三姐这样的呐喊。

是的，她坠入了淫邪的渊薮，但这也是“以其人之道还治其人之身”，此时如果尤三姐“洁身自好”，或任色狼们摆布，那倒真是以羔羊投之豺虎了，她会同尤二姐一样，去自蹈死地的。唯有如此，才能制服色狼，而自己也能在险境中求生。有长久的计谋也好，是一种应激反应也罢，反正尤三姐打了一个胜仗。可能有人会说，尤三姐付出的代价未免太高昂了，从问题的表面上看确乎如此，但大兵压境的时候，一切行动都以取胜为目的，最后的胜利才是人们追求的终极目标，而采用什么手段反倒在其次了。

她不是“圣女”，但她确实比圣女更贞洁，因为她在人间经过了炼狱般的考验，她的心已被罡风和孽火炼成纯金了。经过这次事件之后，她反倒更加可爱了。因为她更成熟了。

俄国作家阿列克塞·托尔斯泰说：

> 在水里浸过三次，在血里洗过三次，在碱水里煮过三次，我们就变得更纯洁了。
>
> （引自《苦难的历程》第二部卷首，朱雯译，人民文学出版社，1958年版）

她把珍琏等须眉浊物玩于股掌之中，故意作出“许多万人不及的淫情浪态来”，她只要自己快乐，就把这些男人弄得“垂涎落魄，欲近不能，欲远不舍，迷离颠倒”。以她特殊的战法，把他们踏于脚下——

> 那尤三姐天天挑拣吃穿，打了银的，又要金的；有了珠子，又要宝玉；吃的肥鹅，又宰肥鸭。或不趁心，连桌一推；衣裳不如意，不论绫缎新整，便用剪刀剪碎，撕一条，骂一句，究竟贾珍等何曾随意了一日，反花了许多昧心钱。

她这样做的缘由就是她对尤老娘和尤二姐所说的“咱们金玉一般的

人，白叫这两个现世宝沾污了去，也算无能”“趁如今我不拿他们取乐作践准折，到那时白落个臭名，后悔不及”，所以她才要如此地“折腾”他们。这是有见识的观点。因为她除了美貌之外身无长物，那么就理所当然地应以美貌为武器，悲壮地走上战场，以此，面对仇雠。这是尤三姐的“连环计”，不过这种“出貂蝉而杀董卓”的计策是她自己“自导自演”的，而非奉他人的旨意。

这种报复行为无疑使尤三姐内心有了极大的快感。她像一位运筹帷幄、雄视战场的将军，纵横捭阖，进退有据，手抚伤痕慷慨悲歌。而那些鼠辈如珍琏等人，已望风披靡了。这时我们似乎看到了这位既坚强又孱弱的女子流泪的脸上浮上一丝苦笑。她深知这胜利的代价的确太高昂了，但没有如此巨大的付出，又怎能轻言胜利。

二知道人在《红楼梦说梦》中说道：

> 尤三姐性情激烈，女中丈夫也。生而孤贫，随其母寄人篱下，恨阿姊之失守，隐痛方深。乃贾氏兄弟卤莽皮相，待如其姊，入以游辞，竟欲强委禽焉，致令清白女儿，无以自剖，宜其媚怒娇嗔，佯狂作态，旋玩纨绔儿，直登场傀儡、入袋猢狲耳。
>
> （《红楼梦资料汇编》，中华书局，2005年1月版）

她的性格的确是泼辣的，又是敢作敢为的。在那时，她以极特殊的手段进行斗争，成为向旧制度挑战的先声，我们说这个形象“有近代民主思想的萌芽”，并不过分。她以“风月”的手段与色魔周旋，并战而胜之。对于她的付出高昂代价的胜利，我们首先应该予以赞美和肯定。但在赞叹之余，我们的心情却有一种从未有过的沉重，因为美玉陷于污淖毕竟是一件可惜的事情。就如有的人用自己的头去撞厚厚的围墙一样，除了溅几朵叫人警醒的血花以外，还会有什么结果呢？毕竟那个社会积弊太深了，一个弱女子的牺牲，对于它是丝毫无损的。这犹如一个站在夜幕四垂的荒野上呼喊的人，尽管他用尽全力，那呐喊的声音瞬息便会消失在无边的黑暗中，有谁还会注意他的带血的呐喊呢。

对于尤三姐形象的描写最接近曹雪芹原稿的脂本是与程本颇有不同的：各种脂本都把她写成“淫奔女”，也就是说她与贾珍等人有染，而程本却把她写成一个纯洁无瑕的女子，大大地违背了曹雪芹的原意。程本的这样改写，我们得承认他的动机是好的，想拔高尤三姐的形象，但效果却适得其反，反使这个形象淡了、薄了，失去了厚重感，就使它减弱了批判的力量。

曹雪芹为什么把她写成“淫奔女”？那是经过深思熟虑之后的痛苦抉择，因为他绕不过生活的真实，而真实恰是艺术的生命。任何一个经典作家的作品之所以成为经典，其原因也在这里。因为曹雪芹看到所谓康乾盛世，只是一个表象而已，实质却是一切都在腐烂，污浊的空气弥漫在每个角落，使人艰于呼吸听闻。社会的脓疮表面灿若桃花，而内里却藏着污秽，贾府已变成淫窟，恰是社会现实的真实写照。假如作为一个真诚的艺术家欲把这些瞒过，而向壁虚构一些歌功颂德的文字，那就丧失了艺术的良心，会受到永久的谴责。曹雪芹把贾府写成淫窟，把珍琏等写成禽兽，正是毫不怜惜地把脓疮挤开，让人们看一看这个所谓盛世的真实。

同时，作者也告诉我们，当腐败的毒菌扩散到社会的角角落落时，便没有疗救的希望了。封建社会的“天”已不能补、无从补，眼看着他仰仗的冰山即将倾颓，曹雪芹的心境是悲凉的、无可奈何的。再者他亲眼看见“水作的骨肉”的女儿，一个个被那个社会吞噬，而他却无力挽救这些生命，使他的心境愈益悲凉。他没有什么办法，只好为她们唱出一曲曲挽歌。

曹雪芹以血泪交织的文字为尤三姐作传，虽然把她写得威威烈烈，确实不同凡响，但激烈过后的余波，仍然是染着血泪的一声喟叹。尤三姐激烈的反抗连同黛玉的反抗、晴雯的反抗，最后都被无常带走了，时光仍像以往一样流向历史，世事也仍然一如畴昔，活着的人看着那渐远渐久渐淡的血痕消磨了最后的渴望。仍然像荒草一样在大地上生死轮回。

这就是曹雪芹对现实的深深的失望。

鲁迅先生在《华盖集·杂感》中写道：

> 我们听到呻吟，叹息，哭泣，哀求，无须吃惊。见了酷烈的沉默，就应该留心了；……这在预告"真的愤怒"将要到来。
>
> （《鲁迅全集》第三卷，人民文学出版社2005年版）

当然，从尤三姐的身上，我们确乎体察到了曹雪芹愤怒的感情，那是一腔难以扼制的愤怒，像沉默已久的火山一样突然喷涌，火焰溅射，不可遏止，爆发出巨大的、持久的批判力量。她的形象又是与尤二姐形象对照着写的：一个清醒，一个迷茫；一个顺从，一个反抗；一个被他人之手毁灭，一个以自己之手饮剑自裁；一个死得悄无声息，自消自灭，一个死得轰轰烈烈，慷慨悲歌。两相对照，就更使尤三姐的形象发出无限光彩，无疑加重了批判力量。

这恐怕就是曹雪芹构思这个人物的初衷吧。

这个形象也有着独特的审美意蕴。

她与尤二姐相比较而存在，我们刚刚说过，此处不再重复。她又是与晴雯相比较而存在的，这两个人的性格和遭际是颇有一些相同之处的：晴雯一直到死我们都不知道她何所从来，她的家庭成了一个谜，姑且称为野孩子吧，而尤三姐出自于小巷寒门，身上也沾染着山野之气；她们都有令人歆羡的美貌；晴雯性格像一盆"爆炭"，而尤三姐则像一团火焰；晴雯刚中有柔，尤三姐柔中有刚；她们又都有一腔难纾的忧愤……这是两人性格的相同之处。

然而她们又毕竟有着根本的不同。晴雯对待爱情的态度是深埋心底，对此言谈唯谨，表现出极大的克制，有很强的隐忍功夫；而尤三姐则不同，她从来不讳言自己的爱情，在他人的面前畅所欲言地表白自己的爱情观。她们对待死亡的态度也不同，当死亡之剑悬在头顶上的时候，晴雯尚有许多留恋，留恋人间所给予她的温暖，留恋宝玉曾经给她的许多温情，后悔当初为什么那么保守，没把自己的身子给了宝玉，她把许多遗憾留在了人间。而尤三姐作为一个备受侮辱的女人，却是敢想、敢说、敢骂，敢在荆棘丛生之处开出一片新地的大勇者，她明知自己的做法要付出沉重的代价，甚至自己的清白，但她却要在死里求生，在污秽中以特异的方式寻找自己的贞节。面对死亡，她是十分坦然的，因为检点平生，她再也没有什么憾事了，她知道自己是谁。

博尔赫斯说：

> 每个生命，无论有多长，多复杂，实际上只有一个瞬间：人终于弄清他自己是谁的时候。

所以她用自己的双手杀死了自己，用无情情人的鸳鸯剑自刎。她死得何其从容，何其壮烈，甚至没有慨叹，甚至没有泪水，就像一朵有灵性的花朵一样，在该凋谢的时候就自行飘落。一切都由自己说了算，从来也不仰仗他人。

诚如有的论者所说，她虽然是一个被侮辱被损害的弱女子；而从另一个方面看，她又是一个敢哭敢笑敢骂敢恨敢爱的女丈夫；她是那个黑暗时代的特殊产物，又以其耀眼的光芒刺破了那个黑暗时代。（王昌定语）

另一方面也是应当论及的，那就是曹雪芹通过尤三姐的故事，把我们视野由大观园扩展到大观园以外，使艺术的视野更加广阔，这无疑拓展了艺术空间，更增加了《红楼梦》的思想内涵和艺术内涵，增加艺术的厚重感。所以我们说尤三姐这一形象在书中出现是有多重意蕴的，既给了我们人生启迪，又使我们明白许多艺术规律。

三、虚无缥缈的爱情之梦

二知道人在《红楼梦说梦》中说：

> 《易》云："二女同居，其志不同行。"其三姐之谓与？至其相郎

也，独具只眼，物色于尘埃中，而自得快婿，岂亦因柳湘莲偶为优孟，有一种激昂慷慨之情，暗投其臭味与？迨既聘以剑，旋复见疑，举平日之屈抑而不得伸者，一朝发之。苟非自劙其颈，不足以表白于天下。呜呼！其剑已化龙耶？不然，何以有惊雷怒涛，奔腾于粉白黛绿之地也？虽噩梦，实正梦也。柳湘莲披发入山，亦赖有鸳鸯剑斩其尘缘耳。

（《红楼梦资料汇编》，中华书局，2005年1月版）

我们说尤三姐的爱情从一开始便播下了悲剧种子，她对爱情的追求是极为认真的，但又是极为轻浮的，为什么这么说呢？一是她由于偶然的机会，在五年前看见了柳湘莲扮演的小生，就铁了心肠非他不嫁，这个决定是十分草率的。这是一时冲动产生的感情，是不会持久的；二是这次情窦初开只是她一厢情愿的事情，柳湘莲在她面前还只是个虚无缥缈的影子，是她的一个半醒不醒的梦而已；此时琪官岂知有一个少女在与他梦绕魂牵？当他避祸他乡的时候，就更加踪迹难寻了。

再者说，柳湘莲浪迹天涯，使他像浮萍一样漂泊不定，这就使他的意识也是飘忽不定的，一切都是逢场作戏；他把真实的人生也当作唱戏了。那么对于爱情呢，当然也像戏台上一样，海誓山盟的激情之后，是感情的当即淡薄，像曾经拂面的春风一样一去无踪。

所以我们说尤三姐所爱非人。她的爱情是一杯自酿的苦酒，是自己种下而又自己采摘的一只苦果。

一厢情愿的爱情基础是相当薄弱的，或者说根本就没有基础。这样的爱情成功的几率几乎等于零。不幸的是天真的尤三姐恰恰遭逢了一场这样的爱情，这样一场自导自演的悲剧。

而且这个事情竟是贾琏和薛蟠从中牵线斡旋的。贾琏、薛蟠何许人也？是两个无恶不作的恶徒，是两个最不可靠的人，他们成事不足、败事有余，自荐做冰，已殊觉可笑，而他们又是在逆旅相逢，此事便更加无根。尤其可恶的是贾琏，此前他已对柳湘琏作过这样的评价：

你不知道这柳二郎，那样一个标致人，最是冷面冷心的，差不多的人，他都无情无义的。

然而明知其人“冷面冷心”，却偏偏把自己的小姨介绍给他，贾琏内心想的是什么呢？我们对这个纨绔子弟的内心世界真是难以揣摩和理解，说他是故意把尤三姐推向深渊吧，似乎有些言过其实；说他是逢场作戏吧，似乎又不是，谁知他的肚里藏的是什么“牛黄狗宝”。然而确确实实的是他把尤三姐推向了绝境。

在这之前，当尤二姐备了酒，特请她来到贾琏与尤二姐的住处，商讨她的婚事的时候，她有一番声泪俱下的表白，可以看作她爱情的宣言——

姐姐今日请我，自有一番大礼要说，但妹子不是那愚人，也不用絮絮叨叨提那从前丑事，我已尽知，说也无益。既如今姐姐也得了好处安身，妈也有了安身之处，我也要自寻归结去方好。但终身大事，一生至死，非同儿戏。我如今改过守分，只要我拣一个素日可心如意的人方跟他去，若凭你们拣择，虽是富比石崇，才过子建，貌比潘安的，我心里进不去，也白过一世。

她提出了婚姻自主要求，在当时的社会环境下，毫无疑问是难能可贵的，她对爱情看法是相当深刻的，态度也是认真的。但在实际的择偶过程中她却堕入了虚妄，过于浪漫的想象代替了生活的实际，过于草率的决定代替了认真的抉择，总之一句话，她把形式当作了内容，因而使意识堕入五里雾中，在虚无缥缈中陶醉。这纯乎是一种“望梅止渴”，自己的自信把自己的良知欺骗了，尽管愿望如何是好，但结果与向往却是大相径庭的。

对于爱情，她无疑是言与行相矛盾的。由于她经过几多历练，她看似成熟练达；但也由于她的眼睛与黑暗对视太久，所以把一星飘忽的鬼火也视为阳光，她又是幼稚的。这就给她带来了致命伤。

一个把爱情看作生命的人碰见了一个逢场作戏的人，一个热心热肠的人遭遇一个冷面冷心的人，结果可想而知。尤三姐把她与柳湘莲的爱情看作一道绚烂的彩虹，那七种颜色是十分诱人的，但当你想接近它的时候，倏忽之间却化做乌有，给追逐它的人带来的失望是致命的。

她是一个纯粹的理想主义者，似不食人间烟火的天外飞来之物，是一颗耀眼的流星，所以她的生命才能在一瞬间爆发出夺人眼目的光芒，而在落入大地的时候（亦即从虚幻的世界落脚于真实世界的时候），她便倏忽寂灭了。

鲁迅先生在《我要骗人》一文中说：

> 超然的心，是得像贝类一样，外面非有壳不可的。

然而尤三姐的身上没有壳。

理想在被残酷的现实击碎之前，尤三姐对爱情有着太多的憧憬，她让这不可靠的、脆弱的爱情负载了太多的东西：她认为爱神的降临会立刻把她从苦海中超拔出来，会给她一个温馨的家，让她有机会舐干心灵伤口的血迹，从此过上一种真正的人的生活，她等待着这个以心相许的人，数尽晨昏，敲残更漏，有一种从来未有过的幸福感像春雨一样滋润着那漫长的等待的日子。她“自己说了，这人一年不来，他等一年；十年不来，等十年；若这人死了再不来了，他情愿剃了头当姑子去，吃长斋念佛，以了今生”。（尤二姐语）她不晓得那幸福的影子像云霓一样，只是光怪陆离地在眼前闪烁，她是什么也抓不到的。

但天真的尤三姐认为这一切虚幻的东西都会变成现实，所以她当着尤二姐和贾琏的面，起誓发愿：

> “姐夫，你只放心。我们不是那心口两样的人，说什么是什么。若有了姓柳的来，我便嫁他。从今日起，我吃斋念佛，只伏侍母亲，

等他来了，嫁了他去，若一百年不来，我自己修行去。”说着，将一根玉簪，击作两段，“一句不真，就如这簪子！”说着，回房去了，真个竟非礼不动，非礼不言起来。

五年前尤三姐看见的那个影子，是在戏台上唱戏；五年中在她的脑海中不断出现的那个时真时幻的影子也仍然在人生的舞台上唱戏，他早已经把人生当作戏了。与柳湘莲恰恰相反，尤三姐却把戏当作人生了。他们的人生态度南辕北辙，怎么能够走到一起呢。尤三姐的爱情充其量也不过是画饼充饥，然而她的态度却是极为认真的。她坚执着自己的信念，把“一根玉簪，击作两段”，这可不是一般的举动，是尤三姐向世间发出的强烈信号：如果她的理想不能实现，她就要以身殉情。

她又是一个信守承诺的人，发过“毒誓”以后，她把自己关在闺房中，以又自信又忐忑不安的心情，期待着自己的情人早日到来。她的确像一条百曲千回的河水，在经过一番波涛汹涌地奔流之后，进入了平静的河湾，而静水常深，平静的河水下面，蕴藏着一种深沉。

书中写道：

他小妹子果然是个斩钉截铁之人，每日侍奉母姊之余，只安分守己，随分过活。虽是夜晚间孤衾独枕，不惯寂寞，奈一心丢了众人，只念柳湘莲早早回来完了终身大事。

在这之前，应该说尤三姐的爱情只是一场单恋，柳湘莲并不知情；在贾琏与柳湘莲相逢在逆旅之后，这场婚姻才算最后撮合而成。此时自称“水流花落之性”的琪官还算是一个有情之人，因为他毕竟把祖传的鸳鸯剑解了下来作为信物，捎给尤三姐。

尤三姐自然喜出望外，她在度过漫长的五年时间之后，毕竟在虚幻中第一次抓住了一件实有的东西。这件东西带着琪官的体温，似乎也向她传递着久已盼望的脉脉深情。况且这又是两把合体的剑，一把上面錾着一个“鸳”字，一把上面錾着一个“鸯”字，那寓意是很明显的，聪明多情的尤三姐她知道这两把合体剑的深层含意。一见之下，当然是喜不自胜的了。然而我们也不要忘记，作者分明用“冷飕飕”三字形容那剑，这虽是一把“鸳鸯剑”，又是一把把鸳鸯分在两下里的无情剑，让人一看之下便有冷入骨髓的畏惧。

然而腻在爱情里的人，却多半成了行动盲目的人，像雾里看花一般，往往难以窥见事物的本质，把虚幻视为实有。尤三姐把那“冷飕飕、明亮亮，如两痕秋水一般”的鸳鸯剑，“连忙收了，挂在自己绣房床上，每日望着剑，自喜终身有靠”。她已把自己沉甸甸的感情悉数放在这个所谓的“爱情”里了，所以在她的眼里，冷飕飕一变而温暖、热烈，似情人关切的眼光，时刻在抚慰着她。

尤三姐此时确是陶醉了，盼望已久的东西得到了，谁人都会陶醉一番的，况且是人间“至神至圣”的爱情呢。此时尤三姐通体发出了灵光，人性的灵光，在那个黑暗的世界倏忽一亮。

大某山民说：

> 自贾琏入小花枝巷，读后，只觉得黑成鬼，一片烟尘，满纸阴气。正不知天日光照到何处世界。及读尤三姐一段文字，其议论做作，顿觉大地光明。
>
> （《石头记》，商务印书馆，1957年版）

爱情可以改变人的性格，爱情可以把人的灵魂塑造得完美。它甚至可以把堕入地狱的灵魂超拔出来，让它重新美丽；淤泥中的莲子生长成为一枝风姿绰约的红荷，也是因为爱的力量。爱情的降临把尤三姐变得更加美丽了。她数着每一轮太阳和每一轮月亮，这宇宙的双轮似乎能把她带到人生最完美的境界中去。那是她从小就幻想的境地，是她趟过污秽的泥淖所追求的，是她心房流着血所追求的，她已把自己的生命抵押在这上面了。她思索着，沉默地在人生之路上前进。此时她绝没想到死亡会扼住她的喉咙。

自由人绝少思想到死，
他的智慧不是死的默念，
而是生的沉思。（斯宾诺莎）

四、爱情在瞬间寂灭

尤三姐怀着美丽的憧憬走到了人生关键的一步。那每日里含笑的期盼使她在白日梦里生活，她觉得柳湘莲就在身边，似乎是伸手可以触及得到的。我们不能责备她的过于痴情，她步履蹒跚地走到这一步，委实不易，为了追求宝贵的人身自由，她在浑浊的生活之流中涉险而过，表现出从未有过的大胆和激烈。在短促的人生中，她的心灵曾被污浊的空气污染过，但在碱水中洗过之后，任什么浓云迷雾都不掩其耀眼的人性光辉。尤三姐由于刚烈的个性所致，她对事情往往乐于采用极端的手段，对珍、琏等禽兽的报复是这样，而对柳湘莲的一见倾心，也是一种另一类的应激反应，对有的事情，宜于斩钉截铁、速战速决；而对一种关涉一生的大事，比如爱情，就易于在深思熟虑之后再作出决定。尤三姐不该以观戏的态度来观照人生，这样便会屏蔽了真实而陷于虚幻了。戏剧是浪漫的、空灵的，人生却是现实的、脚踏实地的。

鲁迅先生说：

理想和现实本来易于冲突，理想时已经含了悲哀，现实起来当然就会绝望。

她与柳湘莲爱情的天平，她的一边加的砝码太重了，当然就会出现极大的不平衡。所以当琪官从宝玉的口中得知尤三姐的身世和现状时，毫不迟疑地跌足说道：

> 这事不好了，断乎做不得了。你们东府除了那两个石头狮子干净，只怕连猫儿狗儿都不干净。我不做这剩忘八。

此话虽然道出了几分真实，然而说得是何等斩截，何等无情无义！他丝毫也没想到对方闻讯后将受到何等沉重的打击，迫不及待地来到贾琏的新房中，索取鸳鸯剑。这个“冷面冷心”的人没有一点回旋的余地，也没有一点怜悯之情，真是把事情做绝了。

刚烈的尤三姐好容易盼到他来了，带来的却是反悔的消息，她已知道，他“嫌自己淫奔无耻之流，不屑为妻”，她承载过太多苦难的心灵，实在无法承受这突如其来的打击，所以只有一死了之，她掣出鸳鸯剑，在柳湘莲的面前自刎了。她又一次采用惯用的极端手段，在一瞬间结束了自己的生命。

涂瀛在《红楼梦论赞》中说：

> 士为知己者死，尤三姐之死，死于不知己矣。不知己而何以死？然而三姐则固以湘莲为知己也。湘莲知己而适不知己，仍不失为知己，则舍知己而适不知己，仍不失为知己之湘莲。天下断无有不知己而能知己如湘莲者。天下而无不知己而能知己如湘莲矣，而竟有知己而适不知己，仍不失为知己之湘莲。是知己而适不知己，仍不失为知己者，乃真知己也。而竟不知己，则安得而不死哉？然而湘莲去矣，是知己而适不知己，仍不失为知己，而竟不知己者，究未尝不知己也。三姐何尝死哉！
>
> （《红楼梦资料汇编》中华书局，2005年1月版）

这番车轱辘话却说出了比较真实的情况，尤三姐和柳湘莲二人是知己又不是知己，不是知己却又是真正的知己。先前当柳湘莲站在缥缈的云端的时候，在尤三姐的心中确认他为唯一的知己；而当真实的柳湘莲来到她面前的时候，他们关系已急遽转化，已然成为陌生之人，此时何谈知己？然而当尤三姐“揉碎桃花红满地，玉山倾倒再难扶”的时候，柳湘莲却又追着她的“芳灵蕙性”，成为她的知己了。

事情就这么变化莫测，捉弄着善良的人们。

当柳湘莲来到一座破庙前，捉虱的跏腿道士的莫测高深的话似乎点醒了这个“冷面冷心”的人，他“掣出那股雄剑，将万根烦恼丝一挥而尽，便随那道士，不知往那里去了”。他与三姐此时虽为知己，已是阴阳相隔一纸了。河两边的路可以以桥相通，而人心与人心之间的相通确乎太难了，它是难于上青天的蜀道。

这场尤三姐心怀憧憬的爱情就这样草草地收场了。但戏台上的戏可以散场，而人生之戏却永远得唱下去，口干舌燥也好，遭逢不幸也罢，都得按照上帝派给的角色，生旦净末丑，在这博大苍凉的舞台上不间断地演下去，直到地老天荒的时候。

尤三姐的爱情悲剧演完了，在这人散台空的时候，却留给我们许多思索。是的，她激烈过，也平静过，她在激烈和平静中美丽，在红楼这个舞台上，她的戏份虽则不多，但她演得最卖力气，就是她拔剑自刎了，我们仍然听到她那响遏行云的呐喊，那是血性的歌声。

贾府不能见容于她，社会不能见容于她，舆论和习惯势力不承认出淤泥而不染的红荷，所以戕害的戟矛总是横在她的面前，如丛林一般的密集和森严，连一条刚能容足的巴掌宽的小径也不留给她，她只好徘徊痛哭于无地。她孤独的身影在无月无星的暗夜里，连影子都不敢出来给她作伴。她在人生的途中彷徨复彷徨，当心中的那一点安慰——爱已失去的时候，只有一条体面的出路，那就是死。

死于自己的意愿，死于自己的手，或许是一种潇洒的解脱，反比辗转在床上等死神来临要爽快得多。一颗不受制于人的灵魂升上天国的时候，就会开成一朵花，为万神万民所景仰，连上帝也会掬一把同情之泪来灌溉它。

尤三姐被黑暗吞噬了，但她又犹如一道强光刺破了黑暗，给需要光明的世界点燃了一盏灯！

第三章

被侮辱与被损害的

——尤二姐

上帝以饿狼之心，
贻给人间的强暴，
弱者遂填于沟壑，
如夏天之雨般骤落。
——胡也频：《一个时代》

黄叶，无声地飘堕着，
像梦一般的，
或叹息似的，
负露和泪坠落在地上了。
——蓬子：《秋歌》

一、大毒使人死，小毒使人舒服

尤二姐，这个苦命人的形象，虽然作者着墨并不多，但由于她的遭遇异常悲惨，十分独特，迥异于其他女性，所以更加令人堪惜堪怜。她怀着美好的憧憬，睁着两只天真无邪的、有如婴儿的眼睛来看这个充满危险和陷阱的世界，产生了一种急于投入其中的激情。她急于抛弃她身后的生活，在她看来，那是些黯然无光的日子，因为贫穷，因为太过平淡，尤其因为没有爱。她渴望能过上异父异母的姐姐——尤氏那样的生活。她应该有所耳闻，这位姐姐过着怎样的令人羡慕的生活啊，居住在广厦华屋里，过着锦衣玉食的生活，光是那珠环翠绕的首饰，就令这个平民出身的姑娘羡慕死了。就像今天的一些女青年，把珠宝首饰、满身行头看得比节操、名誉、生命还重要一样，虚荣心牵着鼻子走，一不小心便堕入万丈深渊——一些恶徒设计好的圈套。尤二姐应该是她们的前车之鉴了。

由于对某种东西追求得过于心切，往往就产生一种盲目，当然就不能辨认真伪，狼披上一件袈裟，也会被认为是佛陀了。尤二姐羡慕美好生活，这本无可厚非，谁能对唾手可得的美好事物心若止水呢。她错就错在被伪善的面具和动听的语言欺瞒，所以铸成平生大错。但尤二姐涉世未深，她还不知道这个世界有那么多丑恶的东西，是怎样借着美好的名义大行其道啊！

鲁迅先生在《叶紫作〈丰收〉序》中说：

“地球上不只一个世界，实际上的不同，比人们空想中的阴阳两界还利害。这一世界中会有轻蔑，憎恶，压迫杀戮另一世界中人。”

我们在这里不妨打个比方，猎人在山林狩猎的时候，往往会在野兽出现的地方挖一个陷阱，陷阱上面经过伪装，野兽是辨认不出来的。然后它从这条熟悉的路径上走过，等待它的当然只能是陷落的命运。

尤二姐随着母亲，与妹妹两手相携来到了歆羡已久的贾府，那种雀跃的心情自不待言。她们觉得有了这样一门好亲戚，那是天赐之福，从此可以有靠山了，不但老母有了依靠，连她们也有了依托。然而她们何曾知道，贾府乃虎狼之地，藏污纳垢之所，除了门前的两个石狮子尚干净之外，一切都在污淖之中。她们或许会发现王熙凤的美丽外表，却发现不了她灵魂的丑恶，那颗藏在华美服装后面的那颗虎狼之心，她们是看不到的；她们或许只知道贾琏贾珍们的贵族身份，却不知道他们是披着华衣衮服的色狼……这次造访，完全是老天爷的错误安排，她们甫一进贾府之门，那片不祥的黑云便已罩在她们的头上了。

一切都是事与愿违，她们一开始就踏上了不归路，然而这却是一条缠绕在温柔乡的不归路，一开始谁都会不自觉地踏上来的。以后，当你清醒时想回头，可一切都晚了，你已陷入其中不能自拔了。尤三姐觉悟得早一点，在她进行了一番疯狂的报复之后，知道自己竭力而求之的爱情已离她而去，她决绝地以剑自裁了。而性格荏弱的尤二姐仍在恍兮惚兮的梦中，抓住一棵稻草不肯撒手。

她在贾琏们设置的温柔乡中迷失了自我，像杨花一样逐轻尘而去，最后陷于泥淖之中。

她先和贾珍有暧昧关系，后来又嫁给贾琏做妾，这一切都来得既突然又必然，说其突然，因为色狼袭击是猝不及防的；说其必然，因为她早有攀上高枝的想望。总之她越走越远了。从道德评价的角度来看，她已有了淫行；然而从另一方面看，她只是顺从了这些衣冠禽兽的引诱而未加反抗而已，如果论起责任来，她是不负主要责任的。再者说，尤老娘领着她们姐妹来到贾府，势孤力单，没人做她们的奥援，你不任人摆布，又有什么办法能够摆脱呢？

我们可以责备尤二姐的性格懦弱，却不能说她原本就是一个淫荡之人，一切都是环境使然。“橘生淮南则为橘，生于淮北则为枳”，此非他，水土异也。我们不妨逆向想一下，如果贾府果真是个名副其实的“诗礼”之家，子弟均以“仁义礼智信”为行为准则，那么自然就不会在这个“诗礼簪缨”之族有淫荡败行的行为存在，尤二姐就可以有个清白之身，可以毫无愧色地面对后人了。

一切悲剧的发生都是环境、条件、偶然因素和必然因素的巧妙配合。如果这些因素排除了或然性而可怕地交织在一起，那么一场悲剧想躲也难以躲过。尤二姐悲剧的发生便可作如是观。她自觉地或不觉地走上了这样一条路，是时运，是命运叠加在一起的结果，是天才的预言家也想不到的。尤二姐似乎一生下来，她的背后就有一只无形的手把她推向了她不应该走的路：让她生而贫穷而偏又有一家富贵的亲戚，而这个亲戚家却又不幸有这些虎狼之徒；她又偏偏走进了这家朱红的大门，从此她便进入了真正的鬼门关。呜呼，一切不幸都是从这里产生的。

贾府是一个罪恶的渊薮，一切罪恶像毒菌一样在这里滋生、汇聚并蔓延；这个诗礼簪缨之族表面上花团锦簇，实际上已如败柳残花，无一处不在烂下去。尤其是接班人，一代不如一代，如贾珍者，聚麀爬灰，连儿媳妇都不放过；如贾琏者，偷鸡摸狗，是一个狗彘不食的下三烂。女人们呢，也不比这些男人强到哪里去，如王夫人，僵化无能且内心阴暗歹毒；邢夫人则愚不可及，唯丈夫的马首是瞻；而王熙凤，如今贾府的掌权人，则毒辣阴险，贪腐成性。诚如鲁迅先生《风波》中九斤老太太所说，果真竟是一代不如一代了。在经济上“内囊也紧上了”。也一日不如一日。这就是表面上威威赫赫的贾府的现实。

这一些尤二姐是视而不见的。她有些鼠目寸光了。那原因不外有三：一是她出身于平民寒素之家，从小缺乏如何安身立命的教育，再加上由于自家贫穷，对高门大户就有一种仰望，觉得朱红大门的后面一切都是值得羡慕的，当然也包括那些纨绔子弟了；二是她的人生阅历太浅，看不透这个万花筒般的世界是充满危险的，光怪陆离的后面往往暗藏杀机；三是贾珍贾琏之流都是一些情场高手，涉世未深的尤二姐是看不透他们锦袍后面藏着的那颗黑心的。她为他们头上笼罩的炫目的光环所惑，轻易地相信这个贵族之家的子弟都是好的。她又为他们的花言巧语所骗，把虚妄的诺言当作了真情。总而言之，她太轻信了，轻信了贾府门前的那对石狮子，轻信了红门里面的男人和女人。

贾珍贾琏们，无一不是猎艳高手，贾珍是一个连儿媳都不肯放过的人；贾琏对女人从来都采取“捡到篮子里就是菜”的政策，所以连卑贱如多姑娘、鲍二家的都不放过，何况“花为肚肠，雪做肌肤”而又“标致和悦”的尤二姐呢？而尤二姐对贾家的富贵向往已久了，所以她在贾蓉花言巧语的引诱下，割断了与贫贱的张华的姻缘，一头扎到贾琏的怀里了。就像三只恶狼包围了一只羔羊，任凭你有天大的本领也会防不胜防、束手就擒的，况且你本就愿意来膏恶狼的馋吻呢。尤二姐没来得及细细思索一番：自己是何种身份，贾琏为人如何；那个名声在外的王熙凤难道是仅凭一己之力能够对付得了的吗？

这一切本应再三思索的问题都被心急的尤二姐忽略了。她此时果然像逐风而飞的杨花，未免太轻薄了一些，而且也太急功近利了一些。如果她能够瞻前顾后地往深处想一下的话，就会明白王熙凤不会轻易放过她，如果脑筋稍稍灵动一些，也会不寒而栗，然后惊悚回头的；然而她像喝了蒙汗药一样，兴高采烈地一步步蹈向死地。她欣喜地认为，自己终身有靠了。

应必诚在《平民女儿的悲剧》中说：

> 尤二姐面临的危险不是贾琏的遗弃，而是王熙凤与她的地位权力之争。而这一点，这位平民的女儿并不曾意识到。更可悲的是，尤二姐取得了贾琏暂时的爱恋就自以为终身有靠了，几乎忘记了有一个王熙凤的存在。她不顾妹妹尤三姐与仆人兴儿的劝告和提醒，心甘情愿受自己编造的富贵生活的幻想的欺骗。
>
> （《红楼梦研究集刊》第三辑，1980年版）

我们说，本来缺少浪漫色彩的尤二姐此时却浪漫了起来：她在做着一个充满美好憧憬的梦，这个梦诱惑着她大胆地向前走去，好像有一朵美丽的花在她伸手可及的地方已然灿然开放，所以她必须像一只蝴蝶一样逐花而去；至于前面有没有陷阱，有没有沟壑，她已不屑一顾。此时她的母亲也和她一样陷于盲目之中，以为女儿终身有靠，自己的晚年生活也便洪福齐天了。尤三姐的头脑始终是清醒的，甫一入贾府的朱红大门，她便敏锐地嗅出气味有些不对，此乃藏污纳垢之地，不是久居之所，宜早抽身；所以当唯一可以把她与这个世界联系在一起的柳湘莲的爱，业已不存在之后，她便以决绝的态度饮剑自尽，把自己纯洁的灵魂从这个污秽之地超拔出来。这无疑已对尤二姐起了某种警示作用，然而大梦沉酣的尤二姐竟然沉睡如故，没有一丝一毫清醒的迹象。她的确被眼前的、暂时的安逸生活迷惑住了，她不想自拔，也无力自拔，一头栽倒在温柔乡中得过且过。尼采说：“大毒使人死，小毒使人舒服。”此之谓也。

她是一个令人同情的弱者，一个可怜虫。她的令人同情之处就在于，胆小的她偏偏在狼窝边筑巢，就像一只野兔，由于一时头脑发昏把洞挖在狼窝旁边一样，安宁的日子是屈指可数的，只要恶狼高兴，它迟早会落得个巢覆命丧的下场。所以尤二姐一住进贾琏为她营造的爱巢，她的命运就已注定，然而这个懦弱的、犯傻的尤二姐却始终不觉，被暂时的所谓幸福生活温暖着、陶醉着，自己的感觉好极了。

就在她一无防备的时候，一切潜伏在她身旁的危机已隐隐待发，只是没找到恰当的时机而已。可怜的尤二姐她却丝毫不觉，仍然满脸带着愚痴的笑，庆幸自己交了好运。我们不能责怪她的愚钝、不明事理；的确，自从贾琏金屋藏娇之后，她的日子过得十分顺遂、满身绫罗，山珍海味，也过上了锦衣玉食的生活，对于没有什么见识的平民女儿来说，岂有不乐之理？

二、尤二姐，连小小的角也没有

然而，中国有句古话，叫作“乐极生悲”。这四个字用在尤二姐的身上是再恰当不过的了。民间有一句俗谚叫作“纸里包不住火”，贾琏偷娶尤二姐的事情终于让王熙凤知道了，这个“嘴甜心苦，两面三刀；上头一脸笑，脚下使绊子；明是一盆火，暗是一把刀”的王熙凤岂能善罢甘休？正像兴儿所言：“奶奶这样斯文良善人那里是他的对手！”再加上“人家是醋罐子，他是醋瓮”，多种恶劣的品质叠加在一起的王熙凤，就是此时有成千上万个尤二姐站在她的面前恐怕也不是对手。

王熙凤对付尤二姐，早已胸有成竹。她第一次见到尤二姐的时候，并没有暴跳如雷，恶言相向，反倒把真情掩盖，说了一番令听者动容的谎话，那话是何等地识大体、顾大局呀！然后又假惺惺地向尤二姐求起情来：“……只求姐姐在二爷跟前替我好言方便方便，容我一席之地安身，奴死也无怨。”“说着，便呜呜咽咽哭将起来”。王熙凤装出一副可怜相，洒下几滴鳄鱼的眼泪，但却起到了预期效果，果然把不谙世事的尤二姐蒙骗住了，她也陪着王熙凤“不免淌下泪来”。

王熙凤的演技确实高妙，但明眼人一看便会知道，这是黄鼠狼给鸡拜年，分明没安好心；再者说，骄横的王熙凤，检点平生何曾向别人低首下心过？可怜的愚钝的尤二姐却轻易地受了极深的感动，心甘情愿地任王熙凤摆布了。兴儿的话言犹在耳，然而尤二姐听后只当耳旁风了，一点没入心入脑；哪怕她当时听信兴儿一句话，也可能避免以后悲剧的发生。

尤二姐由王熙凤牵着鼻子走，就像牵着一头牛犊，一步步走向屠场；尤二姐对这一切是不知情的。王熙凤用计把她赚入大观园之后，也让她过上几天舒心的日子，但三日之后便不同了，连下人都敢教训她，让她过着“死不死，生不生”的生活，最后连饭也不给她吃了。这个懦弱的人，只好偷偷地忍着。那么凤姐此时怎样呢？每次与其相见的时候，凤姐“却是和容悦色，满嘴姐姐不绝口”——

又说："倘有下人不到之处，你降不住他们，只管告诉我，我打他们。"又骂丫头媳妇说："我深知你们，软的欺，硬的怕，背开我的眼，还怕谁。倘或二奶奶告诉我一个不字，我要你们的命。"（第六十八回）

可怜的尤二姐把这些鬼话都信以为真了。她也没有认真地想一想，让她过着"死不死，生不生"日子的幕后推手是谁？如果她能够稍微想一想，那事件背后的黑手就是王熙凤，她像一个无时不在的鬼影，始终不离尤二姐的身前身后，难道还须别人点破吗？然而尤二姐再次被魔鬼的甜言蜜语蒙蔽了那颗懦弱的心，再一次把王熙凤的魔鬼伎俩当成了佛陀之心，反倒把那些被王熙凤暗中支使的丫头们的行为遮掩起来。

尤二姐太不识人了。她屡屡把欲置她于死地的王熙凤当成好人，她只看到了王熙凤披着的那一张羊皮，没看到羊皮下面狼的身影，她甚至把狼的稍加掩饰的两眼凶光当作佛像前点燃的酥油灯了。这既是她涉世未深之故，也是王熙凤的伪装太难识别之故。当然不可否认的是，她觉得此时已然把幸福生活攥在了自己的手里，其他的事情都是可以忍受的了。另外她太相信贾琏这个无德之人了，觉得他就是自己的靠山，只要靠山不倒，难道自己还会有什么闪失吗？这当然归之于她对人的失察，但作为一个涉世不深的年轻女人怎么能够识别社会上形形色色的变色龙呢？如果这样要求尤二姐，显然有些过苛了。贾琏对女人的态度只有两个字：玩弄。当他厌倦了的时候，美貌的女子他也会视为败柳残花，弃之而不顾；何况天下多的是女人，难道他会唯独对你尤二姐信誓旦旦、海誓山盟、海枯石烂不变心吗？

我们说尤二姐是善良的，但善良一旦过了头，就变成了柔弱和无用。如果一个人总用善良的目光审视一切，也会习惯成自然，有时未免把黑的看成白的。尤二姐患了一种色盲症，甚至不辨好赖、美丑，把痈疽也看成一朵鲜花了。在她看来，凤姐是一朵花，贾琏也是一朵花。生活在这样的环境里还要有戒备之心吗？她自以为高枕无忧，从此便可以永远睡安生觉了。由于她的判断失误，所以她才距陷阱一步之遥而不觉。

尤二姐又太过天真了，所以使她的观察和体悟能力大半为零，连几岁孩子的智商都没有，所以她才把危机四伏视为安全，没有一点点的防范意识；由天真而产生轻信，她相信大观园中的狼都是善良的、可亲的，怎么能动辄就怀疑别人的好意呢？由轻信而放松警惕，连鄙夷的眼光她都解读为真诚了，难道还要防备真诚和好意吗？由于放松了应有的警惕最后只好任人宰割，所以死则是尤二姐的必然命运了。

她至死也不会知道，在她生活着的那个光怪陆离的世界，从来都是危机四伏的。可怕的不是自然降下的灾祸，也不是生老病死带来的痛苦和无助，更不是衣食无继的贫困，而是围绕在身旁的像口口陷阱一样的人心。“以邻为壑”，成为一条成语，听来叫人心惊；但实际生活中“以邻为壑”的例子却举不胜举。况且尤二姐已不自觉地侵入了大灰狼的领地，“卧榻之旁岂容他人酣睡”，王熙凤蓄意除掉尤二姐，也就是自然之事了。

王熙凤就是王熙凤，当她把心实的尤二姐稳住之后，把杀人的软刀子暂且放下，又实行她的计谋的下一步。她不愧是一位心理学家，像一条钻入尤二姐肚中的蛔虫，把尤二姐的五脏六腑都看透了。此时她知道尤二姐忌讳的是什么，那就是最怕别人说自己是一个不正派的女人，然而王熙凤却偏往她的痛处戳，“哪壶不开提哪壶”，此之谓也。第六十九回“弄小巧用借剑杀人”有这样一段描写，足见王熙凤的险恶用心——

且说凤姐在家，外面待尤二姐自不必说得，只是心中怀别意。无人处只知和尤二姐说：“妹妹的声名很不好听，连老太太、太太都知道了，说妹妹在家做女孩就不干净，又和姐夫有些首尾，‘没人要的东西你拣了来，还不休了再寻好的’。我听见这话，气了个倒仰，查是谁说的，又查不出来。这日久天长，这些个奴才们跟前，怎么说嘴。我反弄了个鱼头来折。”说了两遍，自己又气病了，茶饭也不吃。除了平儿，众丫头媳妇无不言三语四，指桑说槐，暗相讥刺。

王熙凤“心中又怀别意”，这个“别意”就是当面揭短，把尤二姐未好的伤疤又揭一次。应当说，对于王熙凤来讲，这的确是一个“不错”的战术。尤二姐听了王熙凤这一番话，心里承受的压力是可想而知的，真正到了“死不死，活不活”的境地了。

命运多舛的尤二姐偏偏在这个时候，又遭遇了秋桐。秋桐何许人也？原是贾赦房中的一个丫鬟，如今赏给贾琏做妾。她自以为是贾赦所赐，在贾琏房中堪称老大，谁能僭越她呢？所以“连凤姐平儿皆不放在眼里”，岂能容得尤二姐呢。所以张口闭口便说出一些不好听的来，“先奸后娶没汉子要的娼妇，也来要我的强”，诸如此类，简直不绝于耳。懦弱而又无援的尤二姐只能强忍悲痛，打落了牙往肚子里咽。

鲁迅先生在《论“赴难”和“逃难”》中说：

> 施以狮虎式的教育，他们就能用爪牙，施以牛羊式的教育，他们到万分危急时还会用一对可怜的角。然而我们所施的是什么教育呢？连小小的角也不能有，则大难临头，惟有兔子似的逃跑而已。

尤二姐就是连角也没有的兔子。

当然王熙凤是不希望贾琏把秋桐收入房中的。然而此时乃非常时期，真是天赐秋桐与王熙凤也，正好可以实行“借剑杀人”之计。书中写道：

> 凤姐虽恨秋桐，且喜借他先可发脱二姐，自己且抽头，用“借剑杀人”之法，“坐山观虎斗”等秋桐杀了尤二姐，自己再杀秋桐。主意已定，没人处又私劝秋桐说：“你年轻不知事。他现是二房奶奶，你爷心坎儿上的人，我还让他三分，你去硬碰他，岂不是自寻其死？”那秋桐听了这话，越发恼了，天天大口乱骂说：“奶奶是软弱人，那等贤惠，我却做不来。奶奶把素日的威风怎都没了，奶奶宽洪大量，我却眼里揉不下沙子去。让我和他这淫妇做一回，他才知道。”凤姐儿在屋里，只

装不敢出声。（第六十九回）

王熙凤的“借剑杀人”之计，与王允的连环计有异曲同工之妙，它轻易地便离间了尤二姐与他人的关系，尤其是离间了与贾母的关系。大家听到贾母对尤二姐颇有微词，也都对她践踏起来。性格懦弱的她每天只能以泪洗面，已经茶饭不思了。如果此时她把真情告诉贾琏将会怎样呢？贾琏早已得了新人忘了故旧，对她是不屑再顾一眼的了。尤二姐像一棵长在路边的柔弱的小草，任人践踏，仓皇四顾，野旷天低，竟没有一个与她为邻的同伴了。她那颗被屡揭伤疤的心流着血，没人顾惜，没人怜爱，只好枯萎在红尘之中了。

这时刚烈的尤三姐在梦中向她走来了。或许是日有所思、夜有所梦吧。在梦中尤三姐对她说的那一番话，既是尤三姐所言，也可以看作尤二姐自己内心世界的一段独白。一个人在彷徨无主的时候是往往会思前想后把自己的人生经历总结一番的：这段话可以看作姐妹二人对过去那段生活的反省，语言之沉痛，认识之深刻，实在令人感动。柔弱的尤二姐应该这样想过，效仿妹妹，饮剑了却残生，但却又不能。那原因倒不是她对这样的生活还有什么留恋或抱有什么不切合实际的幻想，实则是她已知自己身怀六甲，不忍让无辜的小生命胎死腹中。这是一种伟大的母性在支持着她，即使过着猪狗不如的非人生活，也要苟延残喘下去，只为了那延续她生命的另一个小小生命。我们作这样的猜测是否有些不着边际呢？不是的，尤二姐在知道胎已打下之后，认为“无可悬心”，可以一死了。作者已经写明了这个问题。

王熙凤的“借剑杀人”之计果然把秋桐的妒意挑动起来。秋桐是一个毫无修养的丫鬟、拈酸吃醋的角儿，如果说王熙凤是一个醋罐子，那么她就是名副其实的醋缸了。当算命的说尤二姐如今之所以这样（即吃了虎狼之药，元气大伤）“系属兔的阴人冲犯”的结果，而算来算去，只有秋桐一人属兔，当然就是她冲的了。书中写道：

秋桐近见贾琏请医治药，打人骂狗，为尤二姐十分尽心，他心中早浸了一缸醋在内了。今又听见如此说他冲了，凤姐又劝他说："你暂且别处去躲几个月再来。"秋桐便气的哭骂道："理那起瞎肏的混咬舌跟！我和他'井水不犯河水'，怎么就冲了他！好个爱八哥儿，在外头什么人不见，偏来了就有人冲了。白眉赤脸，那里来的孩子？他不过指着哄我们那个棉花耳朵的爷罢了。纵有孩子，也不知姓张姓王。奶奶希罕那杂种羔子，我不喜欢！老了谁不成？谁不会养？一年半载养一个，倒还是一点搀杂没有的呢！"（第六十九回）

这个秋桐，积极性完全被王熙凤调动起来了，她发挥着绝世的骂人技巧，荤素搭配，相得益彰，使被骂的人听后很受伤。王熙凤则躲在幕后，乐观其成。王熙凤"借剑杀人"的计划到了关键时刻，可以说离人头落地的最终目标只有一步之遥了。而这个傻狗不知臭的秋桐却不知被人利用，"越发走到他（尤二姐）的窗户根底下大哭大骂起来"。

秋桐既是可恨的也是可怜的。她的可恨之处是头脑太过简单，对眼前发生的事不作任何理性的分析，轻易地堕入王熙凤的陷阱，做起同类相残的事情。秋桐的身份应当说比尤二姐还要低贱，千不该万不该一旦受宠便利令智昏，非把另一个同类"踏上一只脚，让他永世不得翻身"不可。秋桐在大骂尤二姐，充分享受发泄的快意的时候，大概早把"螳螂捕蝉，黄雀在后"的成语故事忘在脑后了，这是秋桐的可悲之处，也是她的可怜之处。她忘了与她打交道的不是别人，正是王熙凤。

由于无知者秋桐的加入，尤二姐的处境更加艰危。此时的尤二姐恰如孤身陷入敌阵，举目四望只见战云滚滚，竟没有一兵一卒来援救她，她心中的孤立、惶悚、恐惧诸多感觉交织着，似乎连一线通往微茫的希望的路径也断绝了。她没有别的办法，只好困守愁城，接受上天的裁决了。这时她的内心五味杂陈，想起那毫无光彩的过去的岁月。那时她身居一隅，或是小城小镇，或是穷乡僻壤，但在困顿的生活中也有一个欢乐的童年。然而这时偏偏出现了贾家这一门亲戚，她纯洁的单纯的思想被搅乱了。那双看惯了天上白云自由来去的眼睛，此时却隔着红尘观望遥不可及的贾府的崇阁华屋了；那双听惯了草野中秋虫鸣声的耳朵，此时却倾听那缥缈在云端的贾府的丝弦了。这一切扰乱了她的青春、扰乱了她的纯洁之梦。

命运安排她随着母亲和妹妹在最不该来的时候来到了贾府，这是她们不该去的地方。当她们睁着惊喜的眼睛观察着这个陌生世界的时候，惊喜的心跳刚刚平静，就引来了一双双被情欲和淫邪烧得通红的眼睛，有的贼眼竟是她们的晚辈，因为贾蓉也参与到调戏她们的行列了。她们自以为终身有靠，岂不知竟是遇人不淑。她们自以为来到了文明之邦，岂不知她们已进入了虎狼之穴。这是幼稚的她们无论如何也想不到的。

一步错，步步错。妹妹在迷途中报复了仇人之后勇敢地自刎了，她死得惨烈，但何其爽快。那死便是对她当时所处的社会环境的否定，所以才与它决绝。而尤二姐呢，却因袭着传统道德的重担，脚步趔趄地前行，留下了一步一个耻辱的脚印。但她在悲悼过去的时候，却无力改弦易辙，从污淖中拔出腿去，而是因循旧辙，明知是自蹈死地，也自愿地、情不自禁地走下去。在死亡即将来临之际，在她盘点平生的时候，她不会明白自己为何走到了这一步，一个“命”字遮住了她的双眼，使一切应该明晰的道理都被遮蔽了。直到她决定吞金自裁的时候，她可能依然认为王熙凤是个好人，没有看到在美丽的画皮里面裹着的那一颗黑心，她对她心存感激，而迁怒于秋桐。

三、一颗流星，坠落了

那是她生命中的最后一个夜晚，黑夜把一切都掩埋了，包括人间的一切罪恶。此时只有好心的平儿来到病榻前，来安慰她那颗业已破碎的心。当平儿也离去的时候，尤二姐的房间里只剩下化解不开的浓重的黑暗了。她觉得在这样的时刻离去可能更好，她可以避开白日的喧嚣，从容地离开这个世界。虽在黑夜她也认得那条归乡的路，因为一个执着的思乡的灵魂是不会迷路的。此时她的思路竟是从未有过的清晰。她不愿自经而死，如果那样死去，留给人们的印象是不好的。她虽然活得窝囊，却要死得美，所以她选择了吞金。

她找出一块生金，把它拿在手上，悲酸之泪立刻流了满脸。人在自己剥夺自己生命的时候，往往像鲁迅先生在《女吊》中所写的那样，“她两肩微耸，四顾，倾听，似喜，似怒”；此时尤二姐大概也是这样的形象吧。她吞了好几次，终于把金块咽了下去。这尤二姐平时虽然老实得近愚，但死时却有一点罗曼蒂克：“赶忙将衣服首饰穿戴整齐，上炕躺下了。”似乎只有这样，死后才能是一个人见人怜的美丽的鬼。

随着她生命的逝去，思路也就中断了。

鲁迅先生在《我要骗人》中沉痛地说：

> 中国人民，是常用自己的血，去洗权力者的手，使他又变成洁净人物的。

这句话一针见血地揭露了“权力者”的残酷和虚伪的杀人本性和被杀者的无辜、无奈和无助。

尤三姐是慷慨赴死，尤二姐是被逼而死，所以尤二姐之死就更具有深刻的悲剧意义。尤二姐这一形象，正如有的论者所概括的那样，是“苦之尤者”，她是苦难的化身，是作者把当时社会所有女性的悲剧浓缩在尤二姐的身上了，所以这个悲剧是典型的，有着多方面的审美价值：它演绎了一个平民女子企图跻身于上层社会理想的幻灭，也深刻地表现了妻妾成群的贵族之家的彼此倾轧各不相容的真实的社会现实。当然最有价值的还是这个形象的本身，她的美丽外表引起我们欣赏的兴趣，她的懦弱性格又引起我们的同情，她的懵懂不明又令我们惋惜，她的认敌为友又令我们扼腕。总而言之，我们面对尤二姐这一形象心情是复杂的，大概就是“哀其不幸，怒其不争”吧。当然对于任何一个鲜活生命的逝去，我们都应有一颗同情之心的。对尤二姐尤其应当如此。她活得窝囊不是她想窝囊，而是社会环境令她窝囊；当她选择如何去死的时候，她已从窝囊中超拔出来，有一种炫目的美丽像虹霓一样向四近散射。这时我们不但原谅了她的从前，更加宽宥了她的现在，而欣赏她美丽的未来了。——因为尤二姐在地狱中应该是一个美丽的鬼。有一位诗人写出了下面的诗句，正好抄下来祭奠尤二姐苦难的灵魂：

一颗流星，坠落了，
随着坠落的
有清泪。……

泪落在夜里了，
象星陨，坠入林荫
古潭底。（李广田：《流星》）

这颗像清泪一般的流星，大概就是“苦尤娘”——尤二姐吧。

第四章

你是人间的四月天

——平儿

那轻，那娉婷你是，鲜妍
百花的冠冕你戴着，你是
天真，庄严，你是夜夜的月圆。

雪化后那片鹅黄，你象；新鲜
初放芽的绿，你是；柔嫩喜悦
水光浮动着你梦期待中的白莲。

你是一树一树的花开，是燕
在梁间呢喃，——你是爱，是暖，
是希望，你是人间的四月天
——林徽因：《你是人间的四月天》

绕着蜡烛的圆光，
夜蛾作可怜的循环舞，
这些众香国里的谪仙不想起
已死的虫，未死的叶。
——戴望舒：《夜蛾》

一、平儿的处世哲学——中庸之道

洪秋蕃在《红楼梦抉隐》中说：

> 平儿，平其所以不平也，如平斛之概。凤姐行事太过，赖平儿以平之，故平儿最贤。
>
> （《红楼梦资料汇编》，中华书局，2005年1月版）

《红楼梦》中的人名，都有深意存焉，当然平儿也不例外。所谓“平”，乃平易也，平儿平易可亲；所谓“平”，乃平允也，平儿做事公平允当；所谓“平”乃平衡也，平儿可起平衡作用……总而言之，平儿的一生，平稳、平缓，像波澜不惊的河流，在人世间缓缓地流过。她做事不偏不倚，恰到好处，她对人则“大他人而小自己”，屈己奉人。应当说，她所处的环境是恶劣的，随时都会有突发的风暴向她袭来，正由于她奉行中庸之道，所以在每次危难中她都能逢凶化吉、毫发无伤。她的公关能力是一般人所不及的，在贾府的高楼深院中，她微笑着面对每个人，那张美丽的脸上对任何人都流露出温情、热情和真情。望着这样一张笑眯眯的脸，就是与她有罅隙的人也会“相逢一笑泯恩仇”了。

她是“夜夜的月圆”，以迷人的幽光抚慰着人心，她是“初放芽的绿”，总是给人以希望，她是“在梁间呢喃”的燕，努力给人们的心头衔去温暖。四月，犁耕春野，播下种子，不久，目之所及便生长出一片绿的和谐。那么可以说，平儿就是贾府的四月天。

涂瀛在《红楼梦论赞》中说：

> 求全人于《红楼梦》，其维平儿乎！平儿者，有色有才，而又有德者也。然以色与才德，而处于凤姐下，岂不危哉？乃人见其美，凤姐忘其美；人见其能，凤姐忘其能；人见其恩且惠，凤姐忘其恩且惠。夫凤姐固以色市、以才市而不欲人以德市者也，而相忘若是。凤姐之忘平儿欤？抑平儿之能使凤姐忘也？呜呼！可以处忌主矣。
>
> （《红楼梦资料汇编》，中华书局，2005年1月版）

这段话把平儿与王熙凤的关系说得很微妙，却透露着一个重要的信息，那就是平儿在王熙凤面前从来都是低调做人的。平儿有色有才而且有德，且不说德才兼胜，就是容貌也与凤姐不相上下。我们不会忘记，连老于世故的刘姥姥一进荣国府的时候，都把平儿当成王熙凤了："刘姥姥见平儿遍身绫罗，插金带银，花容玉貌的，便当是凤姐儿了。"而且又有才有德，那就比凤姐优胜多多了，因为凤姐缺的恰好就是"德"。有德之人，即使容貌鄙陋者，才气欠缺者，也会给人间造福；而缺德之人，容貌越姣好，才能越超群，给人世带来的灾祸越大。王熙凤就属于后一类人。

作为贾府的管家人，王熙凤随着权力越来越向她手中集中，便愈益暴戾恣睢、骄横跋扈，并且不能容人，像武大郎开店一样，伙计们都要矮他三分。平儿不幸落到了这样主子的手下，不把自己的身子矮下来，使一下缩身之术，在王熙凤身边生存一天也难。平儿是聪明的，所以她便像舞台上的矮脚虎王英一样，使了矮子功，周旋于王熙凤的身前身后，果然效果好得很，王熙凤已"忘其美""忘其能""忘其恩且惠"了。她得到了众人仰望的幸福。于是平儿也得到了安生，这就避免了勃谿起于"内庭"的烦恼了。

从此，平儿在王熙凤面前便把身子矮下去、矮下去，甚至偶尔王熙凤"皇恩浩荡”，让她“平身”，她仍然做着矮子功，不愿把身子站直。虽然刚开始的时候，身子骨有些受不了，有时也会心存委屈，但时间长了，也便习惯成自然了，反把站直身子视为一种痛苦了。平儿就是在这样的环境中变成“平儿”的。

这似乎是人生的不幸，因为你一辈子也没有直起腰的机会了；但似乎又是平儿人生的大幸，惟其如此，才可以在长期的与狼共舞中不受伤害，甚至有时也有机会“参政议政”。在王熙凤这样凶残者面前，你只有把自己不当人才有可能享受一部分做人的权利。如果像晴雯那样，总认为生而为人没有高下之分，一心想争与主子平等的权利，动辄就像一盆暴炭一样炸裂开来，结果呢，在痛快燃烧了一阵之后，还不是把自己化做了灰烬？所以说，有时候在权力面前把身子矮下去，也不失为一种人生策略。因为强权可以像一扇磨一样磨碎一切，毁灭一切。

平儿深知，就凭自己通房大丫鬟的身份是不能与强权争锋的，自己要想活下去，且活得像个人样，就得如此；舍此难道还有别的路可走吗？那答案当然是清楚的。

因为平儿已做了贾琏的妾，所以她也不必像袭人那样，日夜都把心悬到嗓子眼，唯恐谁来个突然袭击，把她期望太久、付出去的代价太大的宝玉姨太太位置夺走；所以便仰面承唾、屈膝求荣，看着别人的脸色行事，整日都活得战战兢兢的。平儿无须再考虑这些了，她倒是想把日子过得平静些、平稳些，像她的名字那样，每日每时都在“平常”中度过。

平儿另一个难得之处在于，她没因为取得了姨娘地位而骄矜，没有像她的前辈姨娘，如赵姨娘那样整天为自己的地位愤愤不平，愤恨到了不可排解的时候，便来个“魇魔法”，请来五鬼，把大观园的“红人”贾宝玉弄得死去活来；甚至在亲生女儿探春“兴利除弊”的紧要关头，趾高气扬地来“走后门”，后门走不成，便又哭又骂地闹起来。平儿只认为自己当了贾琏的妾，是命运的偶然，她没把自己看得只比王熙凤低半个头，而比他人高三尺，从而便觉得自己在一人之下万人之上了。

她认为既然名分已定在那里，那就应该做名分之内的事，不要超越范围。

所以她能够不卑不亢、不骄不躁地处事，她又能与王熙凤不即不离、若即若离地相处，既不与其亦步亦趋，又不与其同流合污，那个尺度掌握得是很准的。

这是平儿的过人之处。因为她始终没和王熙凤搭在一只船上，而又不离其左右，所以便受到许多下人赞赏；而王熙凤又把她当成得力的助手，放心地使用她。这就使她始终处在一个特殊的位置上。

王昆仑先生在分析平儿这个人物的时候，说过一段很深刻的话：

> 论平儿的职务，她必须忠诚地协助凤姐，平儿的地位又必须屈从于凤姐；不能不说她是为当权者服务的。然而平儿本身是一个丫鬟，不是一个统治者，她能知道些奴仆们的艰苦，她不能同意于凤姐那种狠辣地制压人；她不需要聚敛资财，她不能同意于凤姐那种贪污克扣。此外，以凤姐之凶横，她当然不能违抗她；但她如果一味低头顺受，毫不挣扎，平儿也就无法生存了。在平儿的处境中艰难的处境和善良的性格是极其矛盾的，也因此把她锻炼成一个头脑清楚、手腕灵活的好姑娘。
>
> （《红楼梦人物论》，北京出版社，1983年版）

我们说，平儿所处的“生态环境”是极其恶劣的，且不说贾府就是一个大染缸，把原本许多洁白的灵魂染得污浊，在这“名攻利夺”之场，有多少人都陷在不能自拔的名与利的泥潭中；就说与平儿朝夕相处的两个人，王熙凤已属不堪入目的人物了，而满身腥臊的贾琏更是等而下之了，简直与畜牲无异。平儿要想在这样的环境中洁身自好，谈何容易；然而她却没有堕入深渊，始终有一个比较纯洁的心灵，那原因是多方面的，但最主要的一点是她来自下层，而如今又接触下层之故。那下层群众如博厚的大地，始终给她生机，让美好的东西成长；那下层群众又如滔滔不息的河流，能够荡涤她心中的污垢，使她吐故纳新、自我净化的机能始终处于活跃的状态。所以她才能像一棵在黄土地上长起来的高粱，青枝绿叶的上头，聚集起像珍珠般的红色精魂，使她成为大地的女儿——大地的果实。

她清醒的头脑和灵活的手腕都是生活给予她的，生活就是一本内容齐全的教科书，她把每一页的内容都记在心里，长夜无眠，仔细琢磨，日积月累，浓缩精华，天长日久，便形成了自己的一套生存哲学。所以我们说，她的生存智慧，是在瞬息万变的生活中观察所得、体验所得、总结所得。她就像一位艺压群雄的踩钢丝的高手，纤细的钢丝架在悬崖的两端，头顶是高不可测的天空，脚下是万丈深渊的大地，而自己就踩在细如游丝的钢丝上，可以用“命悬一线”来比方。而踩钢丝者手中只有一根长杆，就凭它来保持平衡，然而似乎却走得脚下生风，如入无人之境。那么什么是平儿手中的长杆呢？一言以蔽之，中庸之道也。

祖先总结的这个人生之道，平儿掌握得极其纯熟，何时冷何时热，何者宽何者严，何者急何者缓，她都了然于心，所以每每使她出手制胜。从第六回出场，到第一百十九回护送巧姐逃离，我们每次见到她，都会发现她笑眯眯地或立或坐，一副成竹在胸的样子，就像当年的诸葛亮一样，在摇动鹅毛扇的一霎间，已有决胜千里之外的把握了。这是不动声色的沉静，然而这沉静像一潭深水，谁人也不知里面藏着多少鱼龙。

二、与狼共舞：平儿与凤姐

与狼共舞，第一需要的是胆量。因为狼贪婪、嗜血、狡猾而又无情，看着它那闪着绿荧荧凶光的眼睛，胆大如斗的人也要退避三舍；没有胆量谁敢与狼共舞？第二需要的是摸准狼性，第三需要的是策略，三者结合起来才能战而胜之。如果你也变成一只狼，可能会更好一些，这样便与它势均力敌了，你可以与之狂舞一番。

但非常遗憾的是平儿没有变成一只狼，也没有如斗的胆量，但老天爷却跟她开了一个天大的玩笑，偏要她与具有狼性的王熙凤生活在一起。这对性格平和的平儿来说，无疑是一个巨大的挑战。但平儿并非等闲之辈，她外表平和内有韬略，性格温顺绵里藏针。她生活在狼窝里，所以颇知狼性。她在王熙凤面前决不张扬，很是顺从，唯王熙凤的马首是瞻；她为王熙凤保守机密，守口如瓶，从不向外界透露半点消息；她面临大事绝对清醒，遇小事则假装糊涂；她又有管家才能，成为王熙凤的一把“总钥匙”……这一切都被王熙凤看在眼里。在王熙凤看来，平儿是无可挑剔的。

因为王熙凤毕竟有着虎狼之性，动辄就会大发淫威，所以有时也防不胜防。谨小慎微的平儿有时一不小心也会撞到王熙凤横扫乱射的枪口上。每当这时，平儿便委曲求全，把过错揽到自己身上，以求得化干戈为玉帛，大家平安。

第四十四回写到贾琏与鲍二家的有染，不巧被王熙凤发现了，因发生误会趁着怒气打了平儿，平儿蒙受了不白之冤，一时着急，“便跑出来找刀子要寻死”。凤姐见到这种情景，也一头撞在贾琏的怀里；贾琏气急败坏，竟拔出墙上的剑来要行凶。多亏尤氏等一群人来了，这场风暴才稍有平息。但王熙凤仍然得理不让人，不饶不依，跑到贾母跟前，“爬在贾母怀里”，大呼：“老祖宗救我！琏二爷要杀我呢！”双方仍然剑拔弩张，似乎没有办法解决了。

但贾母是个解决问题的高手，她抛出了“馋嘴猫儿”的理论，在大家的笑声中把问题解决了。贾母不愧是一个办事周全的老太太，她想起应该给受尽委屈的平儿道歉了，便派人把平儿找来，“命凤姐儿和贾琏两个安慰平儿”。

平儿是个极为聪明的人，如果此时得理不让人，事情便会走向反面，有理也会变得无理；如果此时只是流泪不止，做出一副无比可怜的样子，人们的同情和怜悯也会大打折扣。平儿知道如何对付王熙凤，此时她采取一个出人意料的策略，“大别人而小自己”，让王熙凤赚足了面子。在贾琏安慰了平儿、凤姐也笑了之后，我们看到——

平儿忙走上来给凤姐儿磕头，说：“奶奶千秋，我惹了奶奶生气，是我该死。”凤姐正自愧悔昨日酒吃多了，不念素日之情，浮躁起来，为听了旁人的话，无故给平儿没脸。今反见他如此，又是惭愧，又是心酸，忙一把拉起来，落下泪来。平儿道：“我伏侍了奶奶这么几年，也没弹我一指甲。就是昨儿打我，我也不怨奶奶，都是那淫妇治的，怨不得奶奶生气。”说着，也滴下泪来。

因为平儿深知熙凤，在这种场合要给足她的面子，否则说不上什么时候，她就会找上门来，挟嫌报复，给你小鞋穿，不是置你于死地，便是把你弄个半死不活。平儿此时低首下心，虽然委屈于一时，却可以求平安于长远，谁能说这不是她的一种策略呢？

反正经过这一番折腾，人人都在这个舞台上表演了一回，平儿又与狼共舞了一次。表面上看平儿是失败了，有理反倒自认为无理；可是正因为如此，她在人们面前的形象却高大起来；横的能吃，竖的能咽，宰相的肚里能行船，她真是有宰辅之臣的海量。所以从长远看，她是唯一的一个胜利者。而熙凤的狼性又暴露了一回。

可能有人会问，平儿的这样表现不充分暴露了她的奴性吗？有理者却给无理者磕头，岂非奴性而何？但我们要说的是生存下去才是唯一的理由，为了生存，平儿只能如此；如果像晴雯那样，遇事非要争个上下高低不可，那么便只有死路一条了。当然我们有充分的理由赞颂晴雯的人格，却也不应该谴责平儿的做法。因为百人百性，每个人对人生道路都有各自的选择，所持的态度也自然有平和与激烈之分。如果平儿像晴雯那样处事，她就不是平儿了；反之，如果晴雯像平儿那样处事，她也就不是晴雯了。再者说，她不必像袭人那样低下头去，袭人跪下双膝、仰面承唾，那是为了一个不可告人的目的；而平儿早已坐上了姨娘的椅子，况且她根本就没有挤上“正宫娘娘”位置的野心，所以她的行动只有一个目的：无风无浪平静地度过每一天。这应当算做人生智慧，也是一种人生技巧。

委屈一下自己，为了大局的安定，这也是一种政治美德。平儿岂能不知，生活在贾府这一政治角斗场是需要冷静处事的，在博弈中她知道何时出牌，出什么牌。她如在那里摆着的一架天平，平衡各方面的关系才是她的最重要职责。平儿，平也。她既要平衡王熙凤与府内各类人等的关系，也要平衡王熙凤与贾琏的关系，还有诸多种关系，都需要她从中起平衡作用。为了很好地发挥这一作用，有时牺牲一下自己、委屈一下自己则是必要的。

平儿心有大局，而她的主人王熙凤便是身置大局中的一个重要角色，平儿不看她的眼色行事还能看着别人的眼色行事吗？这正像今天的一个单位，一把手成了绝对的权威，党政财文大权一把抓，放个屁都是香的，你不围着他转行吗？所以平儿必须把眼睛紧紧地盯在王某人的身上，从她的一喜一怒一颦一笑中体悟玄机，然后按照这位领导的意图行事。所以这次平儿把自己从一个有理之人变成无理之人，磕头且道歉，也是这种政治游戏在二百多年前的一次精彩呈现。

可见平儿是一个善于与狼共舞者，她的技巧委实令人惊叹！

平儿处在那样重要的位置，又深得王熙凤的信任，如果换了袭人又将是怎样的情景呢？那一定得狐假虎威起来，日进谗言，夜行诽谤，把一切处在与她同等地位的人都看作仇敌，她一个人就差不多等于一个克格勃机关了。然而平儿始终不搞同类相残，也从来不在熙凤面前打小报告，不当人前议论人丑，也不当主人月旦人非。对败行者贾琏也时有袒护。但在大事面前，她的态度还是是非分明的。

当贾琏在外面偷娶了尤二姐，金屋藏娇，正在得意的时候，却走漏了风声。平儿知道之后，马上把这天大的事向凤姐汇报了。我们在这里为平儿权衡一下，到底是汇报好还是不汇报好呢？此刻她的心理活动一定是很复杂的。不汇报吧，自己的地位也受到了威胁，因为自己毕竟是贾琏的妾呀！就像今天的某些领导干部在外面又娶了“三奶”一样，身为“二奶”者能心如止水吗？心肠再仁慈，也会产生醋意和妒意的。而平儿不是圣贤，不是佛陀，还远远没有达到“大度能容天下难容之人”的程度，所以平儿此时也心里泛酸，则是情理之中的事。所以应当立刻汇报。如果汇报呢，心狠手辣如王熙凤者，是不会答应的。一是她不准任何人威胁自己的地位，二是虽然她也奉行贾母的“馋嘴猫儿”理论，但那次是拈花惹草，算不得大事，这次却是货真价实的“偷娶”，那性质就不一样了，似乎已由“人民内部矛盾”变成了“敌我矛盾”，王熙凤是会采取果断行动的，平儿没有能力管贾琏的事，但这样做却可以乐观其成。平儿何乐而不为？

经过再三考虑，权衡利弊得失，平儿向王熙凤汇报了。当王熙凤追问平儿“你到底是怎么听见说的”，平儿才把详情汇报给王熙凤——

> 平儿道：“就是头里那小丫头子的话。他说他在二门里头听见外头两个小厮说：‘这个新二奶奶比咱们旧二奶奶还俊呢，脾气也好。’不知是旺儿是谁，吆喝了两个一顿，说：‘什么新二奶奶的，还不快悄悄的呢，叫里头知道了，把你的舌头还割了呢。’”

平儿不愧是一个有心机的人，连这一番汇报，也十分巧妙，她把自己的主观看法和个人的臧否深藏不露，而巧借别人的嘴和耳朵把此事一一道来，表现了纯客观性，一点也没有自己的意图，不由你不相信。

王熙凤听了平儿的汇报后可想而知，她果然勃然大怒，她喝令把小厮旺儿找来，禁不住啐了一口，然后是一顿大骂，可算做一次“经典”的骂：

> 你们这一起没良心的混帐忘八崽子！都是一条藤儿，打量我不知道呢。先去给我把兴儿那个忘八崽子叫了来，你也不许走。问明白了他，回来再问你。好，好，好，这才是我使出来的好人呢！
>
> （《红楼梦考论》，黑龙江教育出版社，1998年版）

找来兴儿之后，让他自打嘴巴，然后才向他作面对面的调查，到关键的时候，她又回头瞅着平儿，让平儿也出面作个干证，但平儿“不敢作声”，因为平儿知道她的目的已百分之百地达到了，此时说出一个字都是多余的，何苦再作声呢！这就是平儿的处事艺术，一切都是点到为止，点到穴位上以后，那结果还会达不到自己的预期目的吗？过犹不及，此之谓也。

如果此时不知深浅地夸夸其谈起来，说不定会陷在极为难堪的境地中，何必自找苦吃呢。

此时的平儿的确像围灯而环舞的夜蛾一样，必须与灯焰保持一定的距离，如果远了则显现不出自己的影像，别人看不到，那便是一场徒劳的狂舞了；如果离灯焰太近，一次失误的飞翔，就会使自己登时化为灰烬。所以距离灯焰多远才算最合适，必须心里有一把尺子。平儿在与王熙凤积年累月的相处中，把这个距离掌握得恰到好处。你能否认这是一种技巧吗？

事情就是如此了，由着主人去处理好了，我则躲在旁边看这一场好戏吧。

张锦池先生说：

> 平儿其人，处心仁恕而眼明如炬，虑事周全而不温不火，八面玲珑而外圆内方，谨以事上而不卑不亢，和以待下而含恩含惠，虽囿于“主仆之人”而处处维护凤姐的利益，亦常劝凤姐“得饶人处且饶人”。这就使她一切是那么平凡，又那么不平凡，乃至“出其才识，以施于事，直驾凤姐而上之，与探春、宝钗几抗旗鼓”。
>
> （《红楼梦考论》黑龙江教育出版社，1998年版）

为什么平儿能够地位稳固并受众人的欣赏，就是因为她掌握了中庸之道的法宝，而且屡试不爽。这样才使她游刃有余地周旋于人群之中，毫发无损地与狼共舞，把不明就里的人看得眼花缭乱，惊叹她不同寻常的本领。

我们也不能否认，平儿的心里是苦的，甚至比黄连还苦。那就是她为了成全大局，或者说为了主人的面子她竭力压抑着自己的本性，打落的牙只能咽到肚子里。我们经常看到她大事临头的时候下泪、不语，这便是把一切委屈都压到心里的明证。她像阳春四月天一样，给人以细雨、新绿，小夜曲般的虫鸣，但她心里何尝不苦？虽然已为姨娘，妾身已分明，但这种以色相事人的生涯，被人驱遣的地位，是看不到何时能够结束的。而赵姨娘、周姨娘以及其他的前辈姨娘们的遭际，不就是她的前车之鉴吗？

三、与鬼同行：平儿与贾琏

评论平儿，不能不谈到贾琏，因为平儿是他的妾。这位贾府的公子，可能因为他的生身之父——贾赦就是一个色鬼之故吧，那遗传基因丝毫不爽地传给了他，而且又光大发扬之，使他成为色鬼之尤者。这位琏二爷没有别的本事，整日就像一只逐花浪蝶一样，追逐女人，有时竟达到饥不择食的地步。他像当年清河县的破落户西门庆一样，虽然有妻妾相伴左右，但仍不满足，他想淫遍天下所有有姿色的女人。

可怜的平儿，整天就是与这样不堪的人相处。左边是狼，右边是鬼，她的生存环境实在太险恶了。她在与狼共舞中，总结出一套行之有效的生存经验，已如上文所述，兹不赘。那么她与鬼相处又有什么高招呢？首先她知道自己的姨娘身份，既然是姨娘，就得把自己的位置摆正，所以她绝不与王熙凤争风吃醋，她把贾琏应该给她的爱绝大部分给了王熙凤，任自己的感情世界荒芜着；甚至贾琏一点点爱的表示，她也予以拒绝。但在关键时刻，于熙凤和贾琏之间，她却起“防火墙”的作用。

第二十一回，有这样一段描写：

> 次日早晨，凤姐往上屋去后，平儿收拾贾琏在外的衣服铺盖，不承望枕套中抖出一绺青丝来。……一语未了，只听凤姐声音进来……凤姐冷笑道：“这半个月难保干净，或者有相好的丢下的东西：戒指、汗巾、香袋儿，再至于头发、指甲，都是东西。”一席话，说的贾琏脸都黄了。贾琏在凤姐身后，只望着平儿杀鸡抹脖子使眼色儿。平儿只装着看不见，因笑道：“怎么我的心就和奶奶的心一样！我就怕有这些个，留神搜了一搜，竟一点破绽也没有。奶奶不信时，那些东西我还没收呢，奶奶亲自翻寻一遍去。”

这是大姐出痘疹的时候，贾琏搬出外书房戒斋，与多姑娘做了不才之事，枕套中的一绺青丝被平儿抖了出来，无声地做了干证。王熙凤对她的这个宝贝男人是心怀警惕的。她此时虽然没有发现什么蛛丝马迹，可是点到几种物件都是女人身上戴的东西，直中贾琏的要害。多亏不喜欢生事的平儿把事实掩盖，为贾琏缓颊。如果平儿像王熙凤一样是个醋坛子，那么此次事件的后果将不堪设想。

平儿愿意做熙凤和贾琏的缓冲地带，把他们之间的大事化小，小事化了。这么一来，平儿不是没有是非之心了吗？也可以这么说。但对于平儿来说，她有自己的处世哲学：得容人处且容人，更何况贾琏是她的“夫君”呢。更重要的是王熙凤并没发现真赃实据，只是敲山震虎而已，此时更没有必要把那层窗户纸捅破了。再者说，贾琏与多姑娘只是做了一对野鸳鸯，充其量也不过是露水夫妻，对家庭并未构成破坏性的威胁，何必大惊小怪呢。平儿大概也认为贾母“馋嘴猫”理论是正确的吧，我们不妨这样猜想。

于是作为“防火墙”的平儿起了作用。贾琏又一次得救。

当平儿撒了一个善意的谎，把鬼精灵王熙凤瞒过之后，王熙凤走了。这时——

> 平儿指着鼻子，晃着头笑道：“这件事怎么回谢我呢？”喜的贾琏身痒难挠，跑上来搂着，“心肝肠”乱叫乱谢。……贾琏见他娇俏动情，便搂着求欢，被平儿夺手跑了，急的贾琏弯着腰恨道：“死促狭小淫妇！一定浪上人的火来，他又跑了。”平儿在窗外笑道：“我浪我的谁叫你动火了？难道图你受用一回，叫他知道了，又不待见我。”

我们曾经说过平儿的心是苦的，那原因就是在王熙凤的身边她想爱而不敢爱，也不能爱；平儿只像个花瓶一般摆在贾琏的屋子里，任无情的岁月把她的青春凋伤，贾琏没有办法，平儿也没有办法。那种像做贼一般的爱也是有的，但那是戕害人性的爱，没有愉快和幸福的爱。她与贾琏的身边时时闪着王熙凤那种监视的眼光，命令他们不要靠近。平儿深深地知道这一切，那么与其得不到王熙凤的待见，莫如自觉躲开，以免王熙凤醋海生波。

贾琏对王熙凤有着怎样的评价呢？他接过平儿的话头——

你不用怕他，等我性子上来，把这醋罐打个稀烂，他才认得我呢！他防我像防贼的，只许他与男人说话，不许我和女人说话；我和女人略近些，他就疑惑，他不论小叔子侄儿，大的小的，说说笑笑，就不怕我吃醋了。以后我也不许他见人了。

贾琏虽然如此说，真的见着王熙凤便会大大的英雄气短起来。王熙凤准许自己有时“解放”一下，却不会让贾琏也“解放”一下的，就像未庄的大人们不准阿Q革命一样，事情就是这样地不公平。“智者千虑必有一失”，精明过人的王熙凤对自己的夫君也有失察的时候、疏忽的时候。贾琏不是趁着女儿治痘疹斋戒的12天与多姑娘鬼混得极其火热吗？

每当这些时候，平儿总是坚定地站在王熙凤的立场上的，她听了贾琏的这番“英雄”言语之后，说道：

他醋你使得，你醋他使不得。他原行的正走的正；你行动便有个坏心，连我也不放心，别说他了。

在平儿看来，原来王熙凤可以随时泼醋，而贾琏则不行。那原因是因为王熙凤“行的正走的正”，而贾琏却“行动便有个坏心”，这难道是真的吗？如果这样王熙凤倒足以做闺中楷模了。然而事实并不是这样，贾琏的话倒道出了几分真，比如她与贾蓉的暧昧关系，那几乎是尽人皆知的了。

在贾琏的面前，平儿的一番说辞，的确有文过饰非之嫌，别说贾琏不信，就是二百多年后的我们也不信。难道这是平儿的真心话吗？我看未必，事到临头，她不得不这样说。我们是理解平儿的苦衷的。

她就是这样艰难地周旋于两人之间，与狼共舞，谨防被狼咬伤或吃掉；与鬼共处，也得防着被鬼气迷了心窍。她是王熙凤娘家陪送的丫鬟，对王的感情自然要深于他人，所以她时时处处得对王熙凤表示支持；贾琏是名义上的丈夫，如果他倒了台，“皮之不存，毛将焉附”，所以她又得时时处处对贾琏表示回护。她如履薄冰一般，在自己的人生道路上隐忍前行。也可以把她比做一个陀螺，王熙凤一鞭抽来，你得向左转；贾琏又一鞭抽来，你得向右转。如果不把握恰当时机，在改变方向的时候便很容易侧翻，倒下后，想取得再转的机会就很难了。

宝玉深深同情平儿的处境，他说平儿处于“贾琏之俗，凤姐之威”的中间洵为不易，可谓知言。

舒芜先生说她是熙凤的“臂膀”，贾琏的“爱妾”，那原因就是——

> 总之，凤姐所要求于平儿的，是要她在贾琏面前占着一个“屋里人”的位置，却又要使她这个位置尽可能地只成一个虚名。平儿一方面尽量适应凤姐的这个要求，另一方面也不能完全不应付贾琏的要求；而在凤姐进逼太甚时，她也得向凤姐提醒一下当初凤姐逼着她接受这个地位的事实。此外，在她的位置上，最能掌握琏凤双方互相不忠实的秘密，她在贾琏面前坚定地为凤姐辩护，在凤姐面前坚决揭发贾琏的严重背叛行为，却隐瞒他的小小的越轨行为。这一切，就是平儿既能成为凤姐的“臂膀”，又能成为贾琏的“爱妾”的原因。
>
> （《红楼说梦》，人民文学出版社，2006年6月版）

我们说平儿生活在夹缝中，那处境是很苦的，心当然也就不时地涌上些许凄凉。夹缝之中能有多少泥土呢？所以在那里生长的小草往往泛着行将枯萎的微黄，就那么有一天没一天地活着。如果来一阵风呢，它就有可能断了生机，随风飘去，不知落脚于何地，不久便会枯死；如果再艰难地在泥土上站起来，也会有再次被风刮走的危险。总之，这样的生活是和幸福没有一点关系的，平儿生存之难犹如这样的小草。

但她却活了下来，既没有像晴雯那样悲惨地死去，也没有像紫鹃那样遁入空门，而是乐观地活着，并活跃在贾府这个舞台上，按着老天爷分配给她的角色演绎着人生的悲喜剧。大概按戏剧行当来分，她应当算是个贴旦吧？反正她真正地把握住了这个角色，很容易入戏，把她的这个角色演得活灵活现，别有一番风情。她知道如何配合好主角，绝没有抢戏之嫌。该唱的时候开口就唱，唱得字正腔圆、余音绕梁；该说的时候就说，每一次道白都字字珠玑、掷地有声。手、眼、身、法、步，她都十分娴熟，并做得极有分寸。她不愧是人生舞台上的好演员。

如果我们只看到她把自己的脸描画得粉面含春，没能透过那层薄薄的胭脂看到她的真实脸色，我们会断定她“乐观”；然而实际上却是在她卸了妆回到后台之后，我们才分明地感到有一种难言的悲苦上了双眉，这时她是另一个平儿，与前台迥异的另一个平儿。

她知道与狼共舞实难久存，与鬼相处最终也不会有好的下场。如果像别人那样撒手尘寰吧，却又不能，因为她对红尘确实还有些许留恋。在平儿看来，反正得活下去，她珍惜自己的生命。王熙凤给了她管家的权力，贾琏又给了她姨娘的地位，较之那些在下面苦苦挣扎的小丫头，自己真算有齐天之福了，难道这一些还不足以使人留恋吗？那些沿街乞讨、辗转沟壑的乞丐们，过着那样的苦日子，尚且执着于生命，我平儿与他们相比，简直也算大福大贵之人了，那么这个生命便尤其应该宝贵了。

这也许是平儿的一闪念吧。在长夜无眠或欢宴散去之后，回到自己的卧室，推开帘栊，望着那满天星斗，在形影相吊的时候，是很容易产生一些缥缈无定的思绪的。这些想法也只能是一窗幽梦而已，明天，当晨曦初露的时候，她又将面对喧嚣的人间，又要与狼共舞、与鬼相处了。

平儿的难得之处就在于她有面对现实的能力和随机应变的能力。她知道何处有悬崖、何处是平地，她明了自己把车赶向何方才最安全。

王蒙先生说：

> 我们可以说平儿生性善良，办事周到，她举报二姐之事乃不得已，她本人的战略归属非由她本人定，实乃身不由己。我们可以说平儿自相矛盾，人格分裂，是凤姐的得力助手，助凤姐拾遗补缺，又恨凤姐残暴苛刻，时不时向凤姐进言，充当凤姐打击别人时的缓冲橡胶垫。我们甚至可以说平儿是大奸若忠，大恶若善，凤姐害了人挨骂，平儿帮了凤姐又争取到了选票。偷出碎银百两云云，若与凤姐没有特殊关系，谁能虎口拔牙？怎么同床共枕的贾琏偷不出来？我们也可能说平儿大仁若伪，大善若巧，与宝钗相比，她更少心计也更多情意，以她的处境，苛求的空论又算什么呢？
>
> （《红楼启示录》，生活·读书·新知三联书店出版，1991年版）

她必须这样做，才有自己的生路和生活空间，否则，一切都无从谈起。因为那时的贾府已日渐没落，人们之间的一切游戏规则都打破了，谁按照正常的规矩出牌，谁就得输掉自己的人生。清醒如平儿者，能不看到这些吗？她所以如王蒙先生所言，有时戴上“忠”的面具，有时戴上“善”的面具，都是为着一个目的：厮混人间而已，也就是说你与狼共舞的时候，有时自己就要变成一只狼，在与鬼共处的时候，有时自己就得变成一个鬼。如此而已，岂有他哉！

四、为姐妹们解困纾难

平儿的家庭出身是很低微的，否则她也不会像个物件似的陪嫁到贾家。她来自于下层，深知这一阶层在那样的世道生活之苦，安身立命之难。在其他人看来，出身平凡的平儿给贾琏做了姨娘，也算爬上高位了，她本可以向更卑贱者发令施威、颐指气使，她应该有这个权力。然而平儿没有丧失阶级本性，始终清醒地认识到自己来自何方，知道应该做什么，不应该做什么，以及怎样做。没有因为地位变了而找不着“北”。不像如今有些领导的夫人或“二奶”，喜欢干政，最擅长的做法就是吹“枕头风”，应该提拔某某，不应该提拔某某，或某件事怎么办、不应该怎么办，嗲声嗲气地这么一吹，“老头子”们便如喝了迷魂汤，在温柔的床上作出最后的决定。平儿比如今这些夫人和“二奶”高明多了，她不屑于这样做，她始终能摆正自己的位置：我不过尔尔，平常的女人一个，“头发长见识短”，何苦去影响自己的男人呢。如果今天的腐败分子们的夫人们都有二百多年前平儿的觉悟，也不会孵出一窝又一窝的历史罪人了。

她对下人有一种超乎寻常的亲和力。虽然她做了姨娘，论身份仍属奴婢，名分并没有实质性的改变。平儿的清醒之处就在于始终把自己放在这个队伍之中，没有晕晕乎乎地把自己悬在半空。可以说她仍然与下人们同呼吸、共命运。能帮人时就帮人，能救人时就救人。

第五十二回“俏平儿情掩虾须镯”这一章就写了她如何处理坠儿偷了她的虾须镯一事的。不能说这是一件大不了的事，也不能说小事一桩。面对这件事的处理方法不外有两种，一种是息事宁人，“得饶人处且饶人”；一种是不饶不依，非弄得水落石出不可。性格沉稳平和的平儿采取了前者：栽刺不如种花，树敌不如施恩。她对麝月说的那一番道理，运思巧妙，思理致密，全是内心世界的自然流露：

> 只怕小孩子家没见过，拿了起来也是有的。
>
> 所以我倒忙叮咛宋妈，千万别告诉宝玉，只当没有这事，别和一个人提起。第二件，老太太，太太听了也生气。三则袭人和你们也不好看。所以我回二奶奶，只说：“我往大奶奶那里去，谁知镯子褪了口，丢在草根底下，雪深了没看见。今儿雪化尽了，黄澄澄的映着日头，还在那里呢，我就拣了起来。”二奶奶也就信了，所以我来告诉你们。你们以后防着他些，别使唤他到别处去。……

这真是一片仁者之心。她想得何其周到，既要照顾宝玉的脸面，又怕惹老太太、太太生气，还怕袭人失了面子，所以在王熙凤面前撒了一个善意的谎。应当说她对这件“偷窃案”的处理是正确的，颇有一点政治家的风度，瞻前顾后，左右逢源，有关各方都保全了面子。如果她的心胸褊狭，得理不让人，穷追到底，非把坠儿打到十八层地狱不可，她的形象就将大打折扣了。

这一切都是她对下层人们的同情心使然。

同是一件事，晴雯的态度却与她截然相反。那时的晴雯正病得奄奄一息，她本应休养将息，不问世事，或“事不关己高高挂起”。然而晴雯不是平儿，处事从不中庸，而常常是偏执一端，作出激烈的动作。她对小丫头坠儿就不像平儿那样客气了，而是“凶神恶煞地”地把坠儿叫到面前，“向枕边取了一丈青，向她手上乱戳”。

> 口内骂道：“要这爪子做什么？拈不得针，拿不动线，只会偷嘴吃。眼皮子又浅，爪子又轻，打嘴现世的，不如戳烂了！”坠儿疼的乱哭乱喊。

我们在评论晴雯的时候说过，她做得有些太过了。虽然应当疾恶如仇，但坠儿毕竟是一个少不更事的小丫头啊，晴雯委实不该在愤怒的时候抽刀向更弱者。我是拥护晴雯一派，但对她的这种做法也无法曲意回护了。只因为晴雯性格如此，眼里容不得一粒沙子，所以才如此的吧。或者可以强为之辩护说：她在病中，心内焦虑，或是一种不当的发泄吧。

然而无论如何，不可同类相残。因此我赞扬宽宏大度的平儿而批评使性用气的晴雯。同是弱者，人们在更弱者的面前，应当更加怜悯和同情，而不可在他们身上发泄郁积的怒气。平儿不算权高势重者，她的权力是极其有限的，但她却把自己的这一点权力用得恰到好处，不是作恶而是行善，那恰如一缕微风，会驱散人们心头的乌云，也好像几滴细雨，可以滋润人们焦渴的心田。平儿因此而高尚。

姜戈在《平儿怎样当“秘书”》中说：

> 在荣国府，若把凤姐比做总理，那平儿就是大秘书；这对搭档，在家政管理方面配合得相当默契，却有着不同的管理之道。凤姐实行刚性管理。平儿管理注意人缘、得道、与人亲和等“软”因素，作风平实，对人平和，断事公平，尽量“饶人”“省事”、沟通诱导，力求上下兼顾，左右平衡，把人当人看，见物又见人，实行柔性管理。
>
> （《公共关系》2001年第7期）

同情、怜爱、助人为乐、从不落井下石，她那双俏丽的眼睛始终不离弱势群体，总是力所能及地为他们做些事情，当她们之中有谁陷于艰危境地的时候，她都会伸出那双并不怎么有力的手把她们从泥潭中拉出来，不怕自己失足落水或鞋上沾湿。她不仅有俏丽的外表，更有着俏丽的心灵。

第六十一回“判冤决狱平儿行权”这一章节，可谓平儿的重头戏，这是一段平冤假错案的故事。故事的起源是这样的：赵姨娘支使彩云偷了王夫人的茯苓霜，害得无辜的柳五儿母女几乎挨打，此案有些复杂纷纭，让人一时摸不着头脑。但平儿没有听风就是雨，而是注重事实真相，没采取逼供信的极端手段。当王熙凤听说此案的时候，不问青红皂白，便吩咐“将他娘打四十板子，撵出去，永不许进二门。把五儿打四十板子，立刻交给庄子上，或卖或配人”。

端的是“权大于法”，没经调查，没经取证，没经审讯，就要把四十板子分别打下去，然后宣布了“终审”判决，王熙凤果然十分凶残。然而平儿做事是平稳的，她看到“五儿吓的哭哭啼啼”给她跪下，细述事情的原委，就大体知道这是一个冤假错案。所以她并没有马上执行王熙凤的“终审判决”，而是说：

> 这也不难，明儿问问芳官便知真假。

当五儿又将她“舅舅送的一节说了出来”，案情终于大白于天下，平儿听了，笑道：

这样说，你竟是个平白无辜之人，拿你来顶缸。此时天晚，奶奶才进了药歇下，不必为这点子事絮叨。如今且将他交给上夜的人看守一夜，等明儿我回了奶奶，再做道理。

这个处理方法是十分得体的，五儿一案终于有了缓冲余地。经过进一步的调查，平儿已把本案的真实情况理出了头绪。然而真正的“犯罪嫌疑人”彩云不但不应承，反倒给玉钏栽赃，说是她偷的。诚如平儿所说：

两个人窝里发炮，先吵的全府皆知，我们如何装没事人，少不得要查的，殊不知告失盗的就是贼，又没赃证，怎么说他。

和事佬宝玉刚把此事揽到了自己的身上，“也罢，这件事我也应起来，就说我吓他们玩的，悄悄的偷了太太的来了。两件事都完了。”袭人也认为这种做法可行，却有一个担心：那就是怕王夫人责备宝玉小孩子气、不知好歹。但他们都没有平儿想得周全。听了他们的话——

平儿笑道：“这也倒是小事。如今便从赵姨娘屋里起了赃来也容易，我只怕又伤着一个好人的体面。别人都别管，这一个人岂不又生气。我可怜的是他，不肯为打老鼠伤了玉瓶。”说着，把三个指头一伸。袭人等听说，便知他说的是探春。

平儿为了多方的脸面，煞费苦心。她把彩云、玉钏叫到屋里，揆情度理，侃侃而谈，把自己的为难之处也一一披露。这是一次温柔的攻心战，以不伤人为目的。这一招儿果然灵验，真正的“犯罪嫌疑人”彩云受到了感动，更受到了良心的谴责，把偷窃的事实承担下来并供出了幕后的指使者。她想保住探春的体面，终于依了宝玉的主意，叫宝玉应承下来，“大家无事”，这也是平儿一贯的处事原则，即大事化小，小事化了。

既把事情查了个水落石出，又保全了各方面的面子，既给柳五儿洗了冤，又给“案犯”一个重新做人的机会，用今天的话来说，就是突出了审理案情的人性化。如果采用王熙凤的简单粗暴办法，一板下去便可铸成冤狱。君不闻河南省有个赵作海，本未杀人却屈打成招，被判死刑，那几个人模狗样的办案人员所采取的办法，就是主观臆断，就是逼供信，跟他们的老祖宗王熙凤何其相似乃尔。他们的良心已被狗吃了，他们成了草菅人命的代名词。他们真该请这位二百多年前的小女子为师了。

在平儿向王熙凤汇报了她们编排好的案情时，狡猾的王熙凤却看出了这里的“蹊跷”，并直指事情的真相：宝玉为人不管青红皂白爱兜揽事情，“给他个炭篓子戴上，什么事他不应承”。所以她仍然要“把太太屋里的丫头都拿来”，让她们在太阳地下跪磁瓦子；又说“苍蝇不抱无缝的蛋”，柳五儿虽然没偷，“到底有些影儿”，“虽不加贼刑，也革出不用”，并援引“朝廷家原有挂误的，倒也不算委屈了他”。对可怜的下人和柳五儿母女不饶不依，大施淫威。

平儿的了不起之处就在于她敢据理力争，以身饲虎。王熙凤仍然要继续制造冤假错案，此时平儿只好“动之以情，晓之以理”了。平儿的三寸不烂之舌终于压倒了王熙凤凶焰，王熙凤终于笑了，并给了平儿处理此案的最后决定权。王熙凤也算一个开明者，不固执到底，在谈笑声中否定了自己的决策。

平儿从王熙凤那里出来，对林之孝家的说了一段话，是十分重要的：那是她用自己的语言总结的处世哲学，朴实深刻，可以作为某些人的座右铭——

> 大事化为小事，小事化为没事，方是兴旺之家。若得不了一点子小事，便扬铃打鼓的乱折腾起来，不成道理。

这是深刻的知人之言、知事之言，是从万千事体之中提炼出来的度人金针，犹如从矿石中提炼出来的纯金那样熠熠生辉；平儿是个平民“哲学家”。

从“虾须镯”事件到“茯苓霜”事件，我们看到一个身处底层的丫鬟是如何以自己的人生智慧化解矛盾的：当事情关涉自己利益的时候，她首先想到的是给别人出路，把那些比自己地位更低、力量更弱的人从困境中解脱出来；而不是踏上千万只脚，让他永世不得翻身。这时她宁可自己吃亏，也要给别人一个重生的机会。对于复杂事件的处理，她不急不躁，不先入为主，而是注意倾听各方面的声音，把纷乱的事情理出头绪来，条分缕析之后再作结论。她又以兼顾各方面的利益，照顾各方的面子，想尽一切办法保护别人。这时上峰的指示虽然像泰山压顶般地压下来，她也能巧妙周旋，不让上级错误决策干扰案件的进展。

> 她是理家之才，办案之才，哲学之才，公关之才——总之，她是一个难得之才。

这一切都缘自她来于最底层。虽然书中没有写她的家庭出身，但从她是以王熙凤的陪嫁丫头的身份来到贾家的这一点来看，已足以证明她出身的低贱。这样，由于她生在底层、长在底层，从小就在王府当使唤丫头，对她的同类自然就有“同声相应，同气相求”的理解和同情。她理解她们，怜悯她们并帮助她们，也就是极其自然的事了。

她对不幸陷入魔窟的尤二姐的同情和帮助，尤其令人感动。是的，我们并不否认，的确是她把贾琏偷娶尤二姐的消息在第一时间报告给王熙凤的。但这确乎是作为王熙凤的“近臣”应当作的，不报告反倒与常理相悖了；当然她作为贾琏的妾，也有维护自己既得利益的自私心理的原因，这一点我们不应该曲意为之回护。但最难得的是在尤二姐被王熙凤赚入大观园之后平儿的表现，她开始同情和怜悯尤二姐了。被王熙凤作践得欲生不得、欲死不能的尤二姐，命运是十分悲惨的，端来的茶饭为难以下咽的“不堪之物”，作为一个身怀六甲的女人，处在这样悲惨的情况下，真是生不如死。王熙凤与尤二姐的关系是势不两立的关系，当然主动权掌握在王熙凤的手中，此时的尤二姐如一只惊悚的小鼠，被玩弄于凤姐的股掌之中，何时让你死你就得死。在这种严峻的形势下，平儿并没有倒向王熙凤一边为虎作伥，反之，却“自己拿出钱来弄菜”给尤二姐吃。而且有时“只说和他园中逛逛，在园中厨内另做了汤水给他吃”。没有不透风的墙，王熙凤得知平儿的作为之后，痛骂平儿：“人家养猫会拿耗子，我的猫倒咬鸡！”然而平儿并没有被王熙凤的淫威吓倒，在尤二姐感到孤苦无依的时候，她仍然鼓起勇气，寻找机会去劝慰她。书中有一段描写是相当动人的：

> 晚间，贾琏在秋桐房中歇了，凤姐已睡，平儿过来瞧她，又悄悄劝他：“好生养病，不要理那畜牲。”尤二姐拉他哭道：“姐姐，我从到了这里，多亏姐姐照应。为我，姐姐也不知受了多少闲气。我若逃的出命来，我必答报姐姐的恩德；只怕我逃不出命来，也只好等来生罢。”平儿也不禁滴泪说道：“想来都是我坑了你。我原是一片痴心，从没瞒过他的话。既听见你在外头，岂有不告诉他的。谁知生出这些个事来。”尤二姐忙道：“姐姐这话错了。若姐姐便不告诉他，他岂有打听不出来的，不过是姐姐说的在先。况且我也要一心进来，方成体统，与姐姐何干。”二人哭了一回，平儿又嘱咐了几句，夜已深了，方去安息。（第六十九回）

平儿当着尤二姐的面，对自己把贾琏偷娶尤二姐的事情报告给王熙凤表示深深的忏悔，一句“想来都是我坑了你”，说得多么诚恳，又加之以泪，就表现了平儿深刻的自责。似乎已不须多说，这次深夜的谈话，对平儿的忠厚、诚恳的品格以及极富同情心的阶级感情又加了几笔浓墨重彩，使她更可亲、更可爱、更可敬。

为什么作者在平儿的名字前面常常加一“俏”字？是她具有“国色天香”之美吗？的确如此，平儿的容貌是美的，否则贾琏也不会将她收为姨娘。但作者对平儿锡以“俏”字，主要是赞扬她内心世界的美丽。在污秽的贾府，那里不仅生长毒树毒草，开放有毒的花朵，如王熙凤贾琏夫妇等等，而且也生长嘉树芳草，绽放美丽的花朵，平儿就是。作者对这一富有丰富内涵的形象是情有独钟的。其他美如花朵的女儿们在凶暴的狂风中和肃杀的霜天里都一一凋零了，每一个人的离去，作者都会泪湿青衫，血泣数斗。只有平儿，在极其凶险的生活中走过来了，她涉过了波涛汹涌的时间之流，走到了贾家破败之后。因为她重任在身，那就是在王熙凤哭向金陵以后，她要抚孤成立，把仍处在险境中的巧姐引向新途。

平儿从遥远的地平线那边走来，以平民的身份走进是非之地——贾府，在炼狱之中炼成了金刚不坏之身。她得到了王熙凤的信任，受到姐妹们的称许，她在贾府几乎是一个完人。她在游泳中学会了游泳，面对生活那一条巨流，她知道如何躲过漩涡、如何回避暗流，而又能趁势而上，然后劈波斩浪，游到理想的彼岸。

青山山农在《红楼梦广义》中说：

> 平儿不矜才，不使气，不恃宠，不市恩，不辞劳怨，有古名臣事君之风。要其本领在积之以诚，而行之以礼，诚至而物无不动，礼至而人莫能陵。故以凤姐之猜疑，始尚忌之，继则安之，终且忘之，终其身油油与共，绝无纤介之嫌，得是道以立朝，韩彭菹醢之祸，可无作也。至于见义必为，不避艰险，卒能脱巧姐于难，人谓其知不可及，吾谓其愚（忠）尤不可及。
>
> （《红楼梦资料汇编》中华书局，2005年1月版）

如今，平儿在贾家大厦倾覆之后，她没做落井下石之人或袖手旁观之人，而是把贾家的希望——巧姐带走，向着广阔的能容纳一切的乡野、向着柴烟氤氤的乡村走去。平儿带着巧姐走了，那么，一颗种子将会落于泥土，长出一棵青枝绿叶的庄稼。平儿呢，经过一番激烈之后又归于平静了，大概她也会像她的名字一样，从此应该过上平静的生活了吧！平平常常才是福，这是平儿追求的目标，也是许多人追求的目标。

第五章

月冷潇湘杜鹃啼

——紫鹃

更多的眼泪是流不出来的
更多的血郁积在内伤的脏腑里
喟叹是一种早已扑灭的病毒
梦则是……一种奢侈品
……
什么都用不着去回忆了
让它们一齐沉入遗忘的深潭
回忆不过是远了、暗了的暮霭
希望才是近了、亮了的晨光

——绿原《给你——》

一、杜鹃为谁泣血?

紫鹃，是《红楼梦》里最完美的形象之一。她原名唤做鹦哥，是贾母身边的一个二等丫头，黛玉进贾府后，贾母觉得黛玉带来的仆人一老一小，“料黛玉不遂心省力的”，于是就把鹦哥派到黛玉身边。从此她便与她的新主人林黛玉结下了不解之缘,陪伴左右，守尽晨昏，像黛玉的一个影子一样跟随着她，直到黛玉走到生命尽头。

这个第三回出现的鹦哥就是第八回再次出现的紫鹃，大概是黛玉给鹦哥改了名字吧。鹦哥，由贾母称之，何等亲昵自然，但放在黛玉身边，如此称呼，则又何其不雅，这大概就是改名的初衷吧。紫鹃又和雪雁相对，既现成又自然，况且这名字又与情节紧密相连，与其主人黛玉的命运紧密相连，从而可见曹公在刻画每个人物的时候一丝不苟，文心之细密如毫发，况且又有深意存焉。

解盦居士在《石头臆说》中说：

> 婢名紫鹃、雪雁者，以喻黛玉一生苦境也。盖鹃本啼红，而乃至于紫，苦已极矣，而又似飞鸿踏雪，偶留爪印，不能自主夫西东也。
>
> （《红楼梦资料汇编》，中华书局，2005年1月版）

这是颇有见地的见解。黛玉的短暂一生，终日以泪洗面，为了偿还前生的孽债，犹如杜鹃啼血，终于泪尽而亡；而她的一生也恰如苏轼所说："人生到处知何似？应似飞鸿踏雪泥：泥上偶然留指爪，鸿飞那复计东西。"（《和子由渑池怀旧》）人的一生的确是偶然的、无定的，"雁过长空，影沉寒水，雁无遗踪之意，水无留影之心"。黛玉的一生也应作如是观。这就是紫鹃、雪雁名字的深意吧。

与此同时，紫鹃的形象也与黛玉的形象互相映衬；两相对照，紫鹃令黛玉增辉，黛玉使紫鹃添彩。自从紫鹃来到黛玉的身边，她们便朝夕相守，打发一个个充满悲伤、浸透泪水的日子。晚上她们沉默着同守孤灯，紫鹃见黛玉因读古人诗文而泣，她便也在灯旁幽咽，她那灵慧的心，早猜到了黛玉寄人篱下之悲，但她此时竟无一言可劝，只好沉默着，与蜡烛的红泪，一直陪黛玉哭到天明吧。这样的日子，是煎心流泪的日子，也是两颗心渐渐靠近的日子。潇湘馆外，四季轮回；潇湘馆内，两心相印。她们观察着、体悟着，在青灯下，在旭日中，在啼鸟鸣春的清晨，在秋月映阶的夜晚，她们已把人生味尽。从此紫鹃稚嫩的肩头也为黛玉担当过多的痛苦，这是她情愿的。

作为紫鹃，她的名分早已确定：无论是在贾母身边还是在黛玉房中，她只是个仆人而已，也就是说她只是个丫头或丫鬟。她的职责就是在生活上为黛玉服务，除此之外她似乎就不应该再管别的事情了。然而她不，她非要钻到黛玉的心里看个明白不可。她并非要做黛玉的心理医生，而是万分同情那颗寄人篱下的心。

这一点她做到了，她不仅了解了黛玉的心碎肠断，而且也知晓了黛玉九死其犹未悔的追求："一个是乡愁，一个是爱情。"所以她不仅同情黛玉而且想要帮助黛玉，但她却未曾想到人微言轻，谁人会听一个奴婢的话呢。

梅苑在《红楼梦的重要女性》中说：

> 紫鹃是一个纯粹的感情主义者，她完全凭感情的爱好去做事，而从不计较得失的成果。她对林黛玉的感情生死如一，并不因为黛玉的生命殒落而减轻。她为了黛玉的婚姻，曾经尽过最大的努力，只可惜

她是一个婢女，一个没有地位与权势的奴婢；一个被轻视与使唤的仆人，她心有余而力不足。因此，黛玉失败了，紫鹃也满怀伤痛。

紫鹃对黛玉的感情是一以贯之的，就像晴雯之于宝玉，紫鹃也可以称为黛玉的“忠贞不贰之臣”。她的“忠”表现在对黛玉的不离不弃。黛玉活着的时候，只有她最了解黛玉的心：那颗心是坚强而又脆弱的。说它坚强，对于她所追求的爱情，生死靡他，一直追求到鲜血流干，心脏停止跳动。紫鹃佩服黛玉一生为爱情而跳动的这颗心。说它脆弱，它在权力的面前无能为力，连自卫的能力也没有。这一点紫鹃是深知的。所以她才怀着一颗忠勇之心来捍卫黛玉的爱情，甚至达到了毁誉不计的程度。在黛玉生病的时候也是她日夜守在身边，此时黛玉一切权利都被剥夺了，亲人们远离了她，没有一丝温暖来安慰那颗将死的心，此时只有紫鹃的眼泪流在黛玉的床头，使临死的黛玉感到人间尚有些微温暖和同情。在黛玉“魂归离恨天”的时候，只有紫鹃“泪如雨下”地派人去找李纨，与刚好来到的探春为她安排后事。这一幕是非常动人的，读到此处，常常使人泪下如雨，情不能已。本来主人死去，自然会有他人来管，作为仆人，洒上几滴同情之泪，也就尽主仆之情了，何用你出面安排？

但忠于黛玉的紫鹃却偏要这样做，并认为非这样做不可。那原因就是不这样做对不起死去的那颗心，也对不住活着的自己的这颗心。

涂瀛在《红楼梦论赞》中说：

> 忠臣之事君也，不以羁旅引嫌；孝子之事亲也，不以螟蛉自外。紫鹃于黛玉，在臣为羁旅，在子为螟蛉，似乎宜于安乐，不于患难矣。乃痛心疾首，直与三闾七子同其隐忧，其事可伤，其心可悲也。至新交情重，不忍效袭人之生；故主恩深，不敢作鸳鸯之死，尤为仁至义尽焉。呜呼，其可及哉！
>
> （《红楼梦资料汇编》，中华书局，2005年1月版）

这段话倒是道出了紫鹃所以然的原因，她像忠臣事君、孝子事亲一样，从来没把自己当成萍水相逢之人，也没把自己当成没有血缘关系的人，所以她才与黛玉一起痛着，一起苦着，一起伤怀，一起流泪。她之所以不去效鸳鸯之死，也不屑如袭人之生，而是遁入空门，都是为了和黛玉那一场主仆的情缘。她要在古庙里青灯下为黛玉祈祷、为自己祈祷。在不生不死中遁入另一个世界，在那里就再也不会有什么来袭扰她本已脆弱的心了。所以紫鹃走了第三条道路。

因为她从黛玉短暂的一生中领悟了太多的东西。最大的领悟便是自己不能给自己做主，高贵如黛玉者尚且如此，何况草芥不如的奴婢呢。这就给她尚稚嫩的心笼罩了最大阴影，人生与苦难相随，生有何趣！人生与血泪相伴，生不如死。这便是她对人生的第一个悲观看法。更有甚者，连人生最大之事——婚姻也要由他人掌控，尽管两情缱绻，生死相依，只要不是“父母之命，媒妁之言”，也将劳燕分飞，泣血而别，这是何等残酷的事实。这便是她对人生的第二个悲观看法。人们都是以利益是否一致为盟的，利益一致，仇雠可结为联盟；利益不一致，亲人可以为异途，她从宝玉的婚姻中已把此种关系看透。这便是她对人生的第三个悲观看法。她对人生的第四个悲观看法，是从黛玉之死中看出来的，那就是人情比纸还薄。黛玉死去，几乎无人过问，与无家可归者何异！难怪黛玉生前常有寄人篱下之叹和有家难回之悲。

这样的人间，还有什么值得留恋？莫如把自己幽闭起来，在晨钟暮鼓中打发那黯淡无光的未来的岁月。她以最后一滴眼泪祭奠了黛玉，此时便有了走出红尘的打算了。

王昆仑先生说：

> 一向情怀婉转的紫鹃与秉性刚烈的鸳鸯、尤三姐，对人生的感应是不同的。她并非由自己直接遭受挫折，而是从饱看别人的痛苦而深刻地体会到一切不能自己掌握命运的人，必然得到悲剧的结局，于是对现实人世生活绝了希望，所谓“一片酸热之心，一时冰

冷”，意思是说到了此时希望与悲哀一齐泯化，只有决心逃脱现实生活。

（《红楼梦人物论》，北京出版社，1983年版）

是的，别人的痛苦和不幸吓住了她，而非她自己遭逢了什么不幸。因为她的人生观就是以别人的幸福为自己的幸福，以别人的不幸为自己的不幸；在生活中，她与黛玉处在一个屋檐下，对那种滞重的、僵死的、寡爱的、沉闷的生活感同身受，黛玉的灵魂因之很受伤，她的灵魂也便同黛玉一样很受伤。从某种意义上来说，她们倒像一对孪生姐妹了，所以是经常“心有灵犀”的。

虽然可以肯定地说，紫鹃从来也没有恋爱过，但我们确实可以说，她同黛玉一同恋爱了。也就是说，她同黛玉亦步亦趋地品尝了那杯爱情苦酒，有时她似乎同黛玉一样也有了小醉微醺的感觉。这时，在这虚无缥缈的爱情中，她们同喜同悲，两颗心同样受着炼狱烈火的考验，因为宝黛的这场爱情本身就是一次“失乐园”的过程。但紫鹃跟定了黛玉，既是伙伴，又做奥援，心里明白地知道，这是一场无果的博弈，但她愿意与黛玉一起身临楚河汉界，作着有些声嘶力竭的呐喊，给可怜的黛玉击鼓助威。应当说，这颇有一点“士为知己者死”的悲壮意味。

主仆二人就是这样的两手相携，走在荆棘丛生的人生之途上，追求幸福、追求自我实现价值。那考验是一个接着一个的：她们听到了狼嚎、听到了响箭；看到了高耸的山和咆哮的河；感受到了阴风扑面吹来和烈火呼啸着燃烧……百般艰危横在她们的面前，想让她们原路退回。但她们以柔弱的身躯相依相偎，坚毅地、义无反顾地向前趱行。她们知道翻过千山万水之后，就会看到希望的太阳在面前升起。然而，她们凭着她们柔弱的脚力能走到目的地吗？

二、紫鹃的计谋

紫鹃虽然是个地位低微的丫鬟，但她具有独立的人格，对各种事情也有不同于一般人的见解。尤其是她对爱情的见解是不寻常的 、精辟的。这种见解是她见过世间许多家庭的婚姻之后，思而得之的，所以鞭辟入里，可称是她对人生的深刻感悟。在第五十七回“慧紫鹃情辞试莽玉”这一章节中有生动的表现。紫鹃同林黛玉一样，对贾宝玉对爱情的态度是不托底的，于是聪慧的紫鹃心生一计，对宝玉进行一次试探，煞有介事地说黛玉要回苏州了，“早则明年春天，迟则秋天，这里纵不送去，林家也必有人来接的”。这当然是编造的谎言，宝玉听了如焦雷轰顶，“一头热汗，满脸紫胀”，眼睛发直，口角流津，险些昏死过去。搅得贾家阖府一片惊慌。紫鹃见此，心里便有了底，于是得胜回朝，向黛玉“表功”去了，但黛玉啐了她一口，说她“还嚼什么蛆”，这时候，倒引出了她的一大篇说辞。

紫鹃笑道：“倒不是白嚼蛆，我倒是一片真心为姑娘。替你愁了这几年了，无父母，无兄弟，谁是知疼着热的人？趁早老太太还明白硬朗的时节，作定了大事要紧。俗话说，‘老健春寒秋后热’，倘或老太太一时有个好歹，那时虽也完事，只怕耽误了时光，还不得趁心如意呢。公子王孙虽多，那一个不是三房五妾，今儿朝东，明儿朝西？娶一个天仙来，也不过三夜五夕，也丢在脖子后头了，甚至于为妾为丫头反目成仇的。若娘家有人有热还好些，若是姑娘这样的人，有老太太一日还好一日，若没了老太太，也只是凭人去欺负了。所以说，拿主意要紧。姑娘是个明白人，岂不闻俗语说：‘万两黄金容易得，知心一个也难求。’”

紫鹃这段话说得入情入理，而又忧心忡忡，是颇能感动人的很有见地之言。黛玉听了这话，虽然表面上斥责了她，但夜间却泪流满面，不能入睡；那泪水便表明黛玉的内心受到了深深的震撼，她信服了紫鹃的话，而自己对这一切却无能为力，只好以泪洗面，煎心熬肠地被动地等待着决定命运的灰色的明天。

紫鹃对人生看得多么深刻，她看透了那个腐败的社会的婚姻不过是一场政治交易，像黛玉这样无依无靠的、没有政治资本的女儿，只有任人欺侮的份儿；公子王孙三房五妾犹感不足，三夜五夕之后，又觅新欢。他们像蛆虫一样，在污秽中爬行；他们像苍蝇一样，在腐肉上狂欢，谁奸淫女人最多，谁便可以封为英雄了。只是他们没把每次的性感记入“香艳日记”，则是他们不如今人之处。在这些方面有的人也在“与时俱进”。

在上面这段情真意切的话中，可以看出紫鹃为黛玉的婚事着急，在这件事上她甚至比黛玉还着急一些，也看得更深一些、更远一些。她着急的原因在于，黛玉的婚事只能仰仗一个人，那就是贾母，然而贾母年事已高，“老健春寒秋后热”，谁能知道她活到哪一天呢？此紫鹃为黛玉深虑者一；况且紫鹃经过这次试探，已知道宝玉深深地爱着黛玉，然而一个不争的事实是，与黛玉竞争者大有人在，在紫鹃看来，贾母难道会不顾亲情舍弃黛玉而选择别人吗？所以此事宜在贾母在世时定夺，否则，“只是凭人去欺负了”。此紫鹃为黛玉深虑者二。“万两黄金容易得，知心一个也难求”，机不可失，时不再来，她深怕黛玉把这个大好机会错过。此紫鹃为黛玉深虑者三。

以此三端，才促使紫鹃去试探宝玉，险些闹出人命来；也是因此三端，才使她在黛玉面前屡次“嚼蛆”。她也是一个“心较比干多一窍”的姑娘，她知道制造舆论的重要性，所以她才为黛玉计而不顾一切。

李劼在《历史文化的全息图象——论〈红楼梦〉》中说：

如果说女儿如水，那么这个少女（紫鹃）几乎凝聚了水的全部灵气。以她那样的身份地位，要向整个家族排开木石前盟以助黛玉，实在是谈何容易。但她居然做到了，而且做得那么巧妙，既惊天动地，又不露痕迹，即便张良那样的谋术高手，也未必设想得出如此天衣无缝的妙策。尽管贾母不失为一个权谋老人，以“小孩家玩话”一言挥掉了紫鹃发动的巧妙攻势，但木石前盟之势毕竟由于贾宝玉翻天覆地折腾而悄然形成，虽然不怎么咄咄逼人，但也已断然难以化解。

紫鹃的这一次造势其影响是不可低估的。既惊动了贾府最高的决策者贾母，也让他人知道了宝玉与黛玉已形成了这种关系，令人感到再不能把这事当作儿戏了。

她是这样竭尽全力地支持宝黛的爱情，为了成全他们，她可谓殚精竭虑了。因为她知道，只有她才能承担这个“红娘”的角色，只有她才具备这个条件——整日不离黛玉前后左右，对主人的心思了如指掌，见宝玉也很方便，所以她便有了“舍我其谁”的责任感和使命感，就在她原先的七分热心之上又加上三分热心了。

《西厢记》中的红娘也是一个热心肠的姑娘，聪明多智，助人为乐，周旋于莺莺、张生和老夫人之间，是一个巧舌如簧、左右逢源的人物。她终于成就了莺莺和张生的爱情。然而怎么看她都像一个“地下交通员”，只是传书递柬而已。这个形象还是显得有些扁平化了。

而紫鹃做的也是成全“两人之美”的大事，却不像传书递柬那么简单了，她面对的情况要复杂得多。一是环境复杂，重楼峻阁，人多口杂，不像普救寺，只一车一墙一僧一老夫人而已；这样，做事便得加十二分小心。二是有竞争者在，而且势力相当强大，黛玉与之相比，处于下风，不像莺莺只一人对张生，没有竞争者，只有干预者；所以每走一步棋，都要处处留意，步步小心。紫鹃的任务要比红娘沉重得多。但这个姑娘为了成人之美，真是做到了“有条件要上，没有条件创造条件也要上”，真是用尽苦心了。我们知道，她的努力最后并没有获得成功，连与她情同姐妹的主人也含恨死去了，但她尽心尽力去做了，我们应当看重紫鹃做事的过程，她真正做到了“鞠躬尽瘁、死而后已”，如果黛玉有灵，在另一个世界也会感激涕零的。

她不仅支持宝黛相爱，而且还负起了指导的责任。她虽涉世不深，人生经历也很有限，但凭着她的灵心慧性和对人生的深刻观察，她对人生、人性、人心、人情的体悟很深，看得很透，脑中常出现一些闪光的哲思，那样独到，那样睿智，那样清醒。像个饱经沧桑的世纪老人那样教导她的任性的主人。

因为她与黛玉的关系早已超出主仆关系，仿佛相依为命的亲姐妹了，所以她才敢当面揭黛玉的短，裁判宝黛之间的纠葛。比如宝黛在彼此试探中，常常怄气，闹得不可开交。黛玉临风洒泪于潇湘馆，宝玉望月长叹于怡红院。没有人知道他们的纠葛缘何而起，也没有人自告奋勇地前来调节。此时只有紫鹃知道，大部分纠葛都是由黛玉的小性引起的，所以她用尖刻的语言直陈黛玉的过失。她说：

> 如论前日之事，竟是姑娘太浮躁了些。别人不知道宝玉那脾气，难道咱们也不知道的。

> 岂不知宝玉只有三分不是，姑娘倒有七分不是。我看他素日在姑娘身上就好，皆因姑娘小性儿，常要歪派他，才这么样。

这不是分明地担起了指导和批评的责任吗？她希望两颗相爱的心越靠越近，不要因为小小纠纷或误解，彼此之间产生罅隙。她是一个心细如发的姑娘，她可以从黛玉的眉上看阴晴，也可以从泪光中辨风云。然后针对不同的情形，实施疗救的良策。她摸到了黛玉在生活中“随机流变的轨迹”，都是为了那难以释怀的爱情，所以她才把成全宝黛的爱情作为追求的终极目标了。

就像黛玉在生活中没有快乐一样，紫鹃同她的主人一样，在生活中也没有快乐可言。她的忧是为黛玉而忧，她的愁是为黛玉而愁，除此之外，她自身还有什么可忧可愁的呢？她似乎也知道“人必有终身之忧，而后能有不改之乐”，那么伴随着对一种美好事物的追求而忧愁着，也就不是什么痛苦的事了。所以她在黛玉的叹息声中和莹莹的泪光里，谋划着、行进着，一心把那缥缈的希望攥在手里。

她知道，经过她的策划，一次惊动“朝野”的试探已初见成效了，但她不想就此止步，还想把这个“蛋糕”做强做大。此事虽已上达“天听”了，贾母已知晓了，但“君侧”谋臣的作用也不可小觑，因为贾母作决策的时候要听取他们的意见。所以她又把目光转到王夫人、王熙凤等人身上，让黛玉与她们交好，建成一个临时的“统一战线”，取得她们的支持，无论怎么看都是极其重要的。

陈其泰在《桐花凤阁评〈红楼梦〉辑录》中说：

> 紫鹃明知黛玉孤立无助，而宝钗色色占便宜，处处讨喜欢，合府上下之人，无不交口称扬。冷目看来，宝玉殆将婚薛，故嘱黛玉心里留神。所为留神者，岂欲在老太太前自露衷曲哉？果尔，则不但失品，为老太太所恶，且黛玉兰心蕙质，稳重腼腆，岂能稍露真情。紫鹃特欲黛玉自敛其孤介之性，降心谐俗，结欢凤姐、王夫人，以翼凤姐、王夫人仰体老太太之意，为其成就大事耳。紫鹃之心，亦良苦矣。

紫鹃的这一战略是非常正确的。她看到了王夫人和凤姐的重要性，黛玉欲达目的，得到幸福，这两个人是不可绕过的。然而这一战略实施起来却十分困难，黛玉这样的耿介之人，怎么可能低首下心地去求他人的恩典呢？即便黛玉按着紫鹃的策划果然这么做了，那效果也可以说仍然为零。原因就是宝玉的婚姻一定要“政治联姻”，薛家虽已不如当年，但毕竟有薛姨妈支撑着，况且薛蟠也是有官职的，“贾王史薛”，“薛”也是四大家族之一呀！虽然如今与贾家已有较大的差别，但还算差强人意。而黛玉此时有什么呢？除了自己的影子之外什么也没有，也就是如果不来贾家投亲，寄人篱下，父亲一死，她就与平民没什么区别了。还有一个不可忽视的原因，她的性格孤傲，很不合群，又加之久患“劳怯之症”，身体相当羸弱，而宝钗却随分从时，豁达大度，身体也健硕强壮；贾母与她的决策层，经过几度犹疑，最后把目光放在了薛宝钗的身上，从她们立场出发，也不为毫无理由了。

紫鹃是聪明的，但她还不会看到这里边复杂的因素，尤其是她看不到“政治”的巨大力量，在任何时代，都是“政治”主宰着一切，婚姻及人生大事，又怎么能与政治脱离呢？所以紫鹃精心的擘画，不管怎样绞尽脑汁，最后，都会归于虚无。这是诚实的紫鹃无论如何也想不到的，直到最后的事实无情地摆在她的面前，她才顿悟了：在那样黑暗的人间，一切美好的希望、善良的打算以及对幸福的追求，最后都将化为泡影。检点前尘，梦影依稀，是那样不堪回首：黛玉的叹息、黛玉的眼泪、黛玉的诗稿，把她们二人共同度过的岁月浸润得血泪斑斑。紫鹃果然是一只悲哀的杜鹃，为亲如姐妹的主人唱了一曲挽歌，也为自己被毁灭的青春唱了一曲挽歌。

冷月窥窗，哀弦绝响。

三、皈依佛门

在紫鹃的陪伴下，多病的黛玉越来越羸弱了。往事纷至沓来，煎心熬肠。眼望怡红院，泪洒潇湘馆，这一切都化做诗思在胸中狂乱地翻涌，但此时她已不能久坐，不能读书，不能执笔，难以把那血泪凝成的诗句笔之于书了。此时的潇湘馆是寂寞的，苍苔路冷，白露泠泠，难以听到拜访者叩门的剥啄之声了；此时的潇湘馆是悲凉的，只有杜鹃不知在何处泣血呼唤：不如归去，不如归去。

此时贾母等已决定弃林娶薛，一切都在潇湘馆外秘密地、紧锣密鼓地进行着。卧病的黛玉仍然在万分的失望中抱着一分希望，巴望着那久萦于心的幻想成为现实。此时黛玉的病“日重一日”，只有紫鹃和雪雁陪侍在身旁。侍候她服药，紫鹃明知自己在说谎，但还在旁苦劝，说道：

> 事情到了这个份儿，不得不说了。姑娘的心事，我们也都知道。至于意外之事是再没有的。姑娘不信，只拿宝玉的身子说起，这样大病，怎样做得亲呢。姑娘别听瞎话，自己安心保重才好。（第九十七回）

这是善意的谎言，紫鹃是不得已而为之的；听了这话，黛玉只是“微微一笑”，然后咳嗽数声，“吐出许多血来”，真如那泣血的杜鹃一样生命危在旦夕了。紫鹃见黛玉已一息奄奄，“明知劝不过来，惟有守着流泪”——

> 天天三四趟去告诉贾母。鸳鸯测度贾母近日比前疼黛玉的心差了些，所以不常去回。况贾母这几日的心都在宝钗宝玉身上，不见黛玉的信儿也不大提起，只是请太医调治罢了。（第九十七回）

> 今见贾府中上下人等都不过来，连一个问的人都没有，（黛玉）睁开眼，只有紫鹃一个。（同上）

外祖母已把黛玉抛在一边，其他人都把黛玉抛在一边。此时已无什么亲情可言，甚至连一般的人情都没有了。黛玉深深地感到被抛弃的痛苦，她此时再不能也再不想走近那个人群。因为她看到了原来那些亲切的笑脸此时变得比魔鬼还狰狞。她的心痉挛着，一阵接一阵地涌上了恐惧的战栗。只有紫鹃那双强忍住泪水的眼睛，尚给她一丝温暖；只有这忠义的丫鬟，对她不离不弃——

> 因扎挣着向紫鹃说道：“妹妹，你是我最知心的，虽是老太太派你伏侍我这几年，我拿你就当作我的亲妹妹。”（第九十七回）

这是临死的黛玉从肺腑中掏出来的话，它不是“人之将死，其言也善”那种语言，而是多年流在一起的眼泪凝结的，是两个人的热血交融在一起而培育起来的姐妹深情，这是人间最动人的感情。它在黛玉生死只有一纸之隔的时候说出来，因此格外动人。

虚弱的黛玉要坐起来，但已坐不住了，紫鹃就挨近她，“倚在旁边”，她要用自己之力满足黛玉坐一坐的愿望，一个“倚”字，重如千钧，把紫鹃理解黛玉、关怀黛玉、心疼黛玉等复杂的感情一字写尽。此处续书作者虽然没有写紫鹃的表情如何，但我们却分明看到了她强忍泪水的表情，她为无力回天而自责着、痛苦着，那是人间的最大悲痛！

紫鹃和雪雁陪着黛玉好不容易地熬过了一夜。第二天早晨，紫鹃去找贾母“汇报”黛玉的病情，但房内空空，宝玉的房中，竟也无人。此时人们都忙着宝玉宝钗的婚事，谁还会想到潇湘馆内还有一个奄奄一息的黛玉呢？看到这种情景，紫鹃已知八九，她在心里埋怨这些人“怎么竟这样狠毒冷淡”，尤其埋怨宝玉更不该对黛玉不闻不问，心中想道：

> 今日倒要看看宝玉是何形状！看他见了我怎样过的去！那一年我说了一句谎话他就急病了，今日竟公然做出这件事来！可知天下男子之心真真是冰寒雪冷，令人切齿的！（第九十七回）

然后，又咬着牙发狠道——

> 宝玉，我看他明儿死了，你算是躲的过不见了！你过了你那如心如意的事儿，拿什么脸来见我！（同上引）

她不敢久留，不知黛玉是死是活，急忙赶回潇湘馆，只见黛玉“肝火上炎，两颧红赤”，紫鹃觉得不妥，就命小丫头去找李纨。李纨来时，紫鹃欲说话时，“惟有喉中哽咽的分儿，却一字说不出。那眼泪一似断线珍珠一般，只将一只手回过去指着黛玉”。她不忍看黛玉痛苦的样子，躺在外间的空床上，颜色青黄，闭着眼只管流泪，“那鼻涕眼泪把一个砌花锦边的褥子湿了大片”“哭得泪人一般”。

我们在这里为什么要不厌其烦地引述原文呢？因为在这里表现了紫鹃的大恨和大爱。她恨贾母等一干人的无情，恨宝玉的无义（当然对宝玉存在误解），他们在一个鲜活的生命即将逝去的时候却表现得如此冷漠，不闻不问，像对待一个陌路人。她在心中发出愤怒的谴责，与此同时也对这些人表现出她的不屑。此时她恨爱交织，大恨和大爱绞痛了她的心，使她的灵魂不得安宁。由于对黛玉爱得深、爱得无私，所以才对藐视生命的人恨得如此咬牙切齿。她又有着许多的自责，责备自己竟然一点力量也没有，只能眼睁睁地看着一个花朵般的生命在眼前逝去；她又有许多遗憾，最大的遗憾就是没能帮助黛玉把希望抓到手里，虽然自己尽了力，却好像在许多地方做得不够似的，如果自己再努力一些，把事情想得周到一些，说不定希望就会变成现实，黛玉就可以不死。还有一点，大概也是紫鹃今生的最大遗憾，如果自己再上心些、再周到些，大概黛玉的身体就不至于每况愈下，终至病入膏肓；看来自己是失职了，这将是不可饶恕的“大罪”。

然而摆在面前的事实是黛玉已逝，过去的生活已经结束，自己还年轻，今生还有很长的路要走。现在得好好地盘算了。在自己的面前无非有两种选择，一种选择是殉主而死，一种是仍然在浊世求生。但她觉得自己现在还不能立刻就死，原因就是她在随惜春出家前对王夫人所说的“我服侍林姑娘一场，林姑娘待我也是太太知道的，实在恩重如山，无以可报。他死了，我恨不得跟了他去。但是他不是这里的人，我又受了主子家的恩典，难以从死”，这应当是心里话；但是不是也有这样一层意思呢？黛玉孤零零地来到贾府，只带来王奶奶和雪雁，她们与黛玉之间的感情都没有紫鹃深，黛玉一死，她们还会惦记她吗？在清明的时候，谁会在纷纷细雨中烧一沓黄纸祭奠她呢？在她的忌日，谁能在她的棺椁前点上一炷香呢？在她的灵魂南归的时候，谁会扶棺送她到苏州呢？这一些都是她想到的事情啊！

所以她不能死！

但是生呢？想到生，她又不寒而栗。她虽然生活在狭窄的天地里，然而她的感受已经太多。且不说金钏跳井而死，晴雯被逐而亡，尤三姐饮剑自刎，尤二姐吞金而逝……她们的死因，紫鹃都是知情的；小小年纪的她看见了太多无辜的眼泪和淋漓的鲜血；光从黛玉身上，她就看到这黑暗的人间不可久待。贵如黛玉者尚且如此，我紫鹃只如一粒浮尘耳，难道会有一个更好的命运吗？显然是不能的。她在黛玉身边的时候，同黛玉一起翻着已充满叹息和眼泪的时间，黑天白天，白天黑天，如此反复着；春夏秋冬，如此轮回着，她们把这时间的页子装订成一本叫作《痛苦与不幸》的书，那里记载着她们的人生轨迹，真正叫作快乐的东西能有多少呢？几乎每一页都是被泪水和鲜血书写的。紫鹃从黛玉的身上已把人生看透。那是一个真正的暗无天日的浊世。

与其在绞肉机似的人间生活，莫如寻另一条度命之路。那么，除了生死以外还有什么呢？能有一条叫人不死不生的另一条路吗？有的，那就是走出红尘，遁入空门，在那里度着亦如死亦如生、亦不死亦不生的生活。

朱作霖在《红楼文库》中说：

> 之三人者（指紫鹃、芳官、袭人），皆出于生而不出于死者也，而其所以以生者亦异焉。鹃之奉惜春以事佛也，怼宝玉故也。其怼宝玉也奈何？鹃与湘妃谊甚挚，妃之荣枯实共之，洎死而鹃既无恃于妃，即失望于玉，且推妃之所以死，遂若深有怼于玉，而特非妃之婢也，故又不能遽以死谢，而姑奉佛以忏情，是则身虽生而心已死者也。……然即三人以观，岂不自有所轻重耶！故论鹃、芳之所为，克顺其变者也，虽不死而心独苦矣。惟是为人而至求死不得如袭人者，此际柔情似水，正不知何以为怀也。呜呼！可以讽矣。
>
> （《红楼梦资料汇编》中华书局，2005年1月版）

她们都没有选择“一死”这条路，而选择活下去的理由是各有不同的，然而唯紫鹃是完全为了他人，不是为了自己，也就是说“痛心于黛玉之爱情受人践踏，而又旁观于宝玉之爱情受人愚弄”（季新语）；她已对人间心灰意冷，那么莫如把对黛玉那绵绵不绝的爱（也是对自己的爱）葬于心底，造成一丘新坟，准备时时凭吊吧。这是她对自己的爱破灭的选择，也是对过去那不堪回首岁月的追悼。所以她才选择把自己还没来得及展开的青春囚于寺庙，在蒲团上坐尽晨昏，在青灯下悟道参禅。在禅意中她似乎又可以与黛玉在那虚拟的世界中晤谈了，她甚至可以终日为黛玉祈祷，让她美丽的灵魂早升天界，再回到灵河岸的三生石下，去追寻一个真正的美好的梦。而且别再投胎为人，就在那渺渺冥冥中享受不受骚扰和干预的生活罢。

于是紫鹃最后望了红尘一眼，跟上惜春，披上缁衣，出家去了。紫鹃去了，她因绝望而去，又是怀恨而去，更为希望而去。这是紫鹃最明智的选择。

胡文彬在《冷眼看红楼》中说：

> 紫鹃的“慧”，还表现她有“慧根”。黛玉之死使她慧根顿悟，终于看到了人生的局限，看到世态的炎凉。她从热爱走向怀疑，进而是完全的绝望。……紫鹃的出家不是惜春的为了逃避，更不是妙玉的“云空未必空”。紫鹃即杜鹃所化，有啼血之喻。黛玉之哭有如杜鹃啼血，血尽而化。故黛玉逝，紫鹃遁入空门。她正是在情尽之后升华自己的感情，达到了纯情乃至“无情”。
>
> 情到深处则无情，这才是“慧”的根蒂！

这种选择是她人生轨迹的最后一个点，不知何所从来，只知最后的归宿。这个归宿是她对人世由热爱而怀疑，由怀疑而绝望的必然结果。她的出家原因历代论者有种种说法，有忏情说，有解脱说，有厌世说，有逃脱说，有失望说，众说纷纭，都各有其道理。但每一说都不能够把事情说清楚、说全面。愚以为只有把它们综合起来，不执于一端，才可以把事情说明白、说透彻。因为紫鹃既有忏情的意向，也有解脱的想法；既有厌世的倾向，也有失望的根由，当然也有想从现实世界逃脱出去的因素。总括起来，就是因为黛玉之死，在她心里产生了巨大的绝望，所以她毅然地关上了身后的大门，向一个虚无缥缈的世界走去。

西谚云：

在你身后关上一扇门的时候，还会给你在别的地方开启另一扇门！

第六章

在罡风孽火中煎熬

——香菱

假如心有了裂纹，
会渗出一痕紫黑的苦血，
看不见的裂纹不会愈合，
即使有皮肤无缝的天衣。

心不是哥窑的青瓷，
让釉彩龟裂出一尊清净，
用血丝去缝肌肤的创伤，
也会留下长长的疤痕。

心是脆弱的瓦罐，
当空气蕴满雨意，也会渗出泪珠……

——韩作荣：《裸体·假如心有裂纹》

一、伤痕累累

香菱，是开启《红楼梦》的人物，也是终结《红楼梦》的人物，红楼女性，唯有她与全书相始终，从这一点来看，她的地位在《红楼梦》中是十分的重要了。她的被拐的遭遇，预示着红楼女儿们被劫的命运，她推开了红楼的大门，从而使红楼女性一个个走向了悲惨的不归之路，天涯孤旅，血雨腥风。香菱就是她们的影像，这个阴影是巨大的，它遮蔽了贾府的天空，从此她们便在暗无天日的环境里，苦挨着那没有尽头的日子，她以自己的轨迹既画出了本人的苦难历程，也为他人指出了一条条长满荆棘的道路。她是一个不动声色的预言者，预言着那些“水作成骨肉”的女儿们扑朔不明的迷途。

这个善良的女孩，她落草的第一声啼哭，却像枭鸟的鸣叫，给家宅带来了不宁。从此开始血泪便滴满了甄府的条条小径了。

香菱，是一个漂泊无根的菱，命运的风，可以任意地把她吹向四方。她又像一只孤雁，惊悚四顾，却不知飞向何处。“欲问孤雁飞何处，不知身世自悠悠”（李商隐《夕阳楼》）

她名叫甄英莲。

解盦居士在《石头臆说》中说：

“甄英莲者，真应怜也。……英莲母姓封氏，封者风也，花固以风而开，亦以风而谢，千红万艳，终被风摧，能不悲哭？香国飘零，故改名香菱。众芳至秋零落殆尽，故再改曰秋菱。莲与菱皆非凡艳，而望秋先谢，非比耐冬，何堪加之以雪乎！乃归之薛氏，则万无生理矣。”

（《红楼梦资料汇编》，中华书局，2005年1月版）

此说甚确，它概括了香菱一生遭际的原因，此居士也算是一个深知《红楼梦》的人了。

在《红楼》一书中，所有的女性都是不幸的，但唯有香菱是不幸之尤者。

她是一个可爱的孩子，生得“粉妆玉琢，乖觉可喜”，是父母掌上的一颗明珠。但人的命运是不可预知的，阴晴雪雨，转瞬即变。在元宵佳节，英莲丢失了。这个“有命无运，累及爹娘之物”，从此，便被命运抛在狂风里，过着漂泊无依的日子。周围是陌生的环境，身旁是陌生的眼睛，抬头是陌生的天空，脚下是陌生的土地，从此她便在恐惧中生活了。恐惧使幼小的孩子不敢多行一步路，不敢多说一句话，没有母爱的日子，像一朵朵浓郁的阴云，压得她幼小的心灵流血。她像一只失巢的小鸟，只能在充满寒意的人间瑟缩在阴暗的角落里，难求一枝之安。长期的漂泊，长期的苦难，使她天真未凿的灵魂受了重伤，胸中蹦跳一颗幼稚的却显苍老的心。她像一只夜间觅食的小鼠一样，脚下一声窸窣微响，也会把她的胆子吓破，逃回她避难的小巢了。在这样环境中长大的人，是不能也不敢为自己争得属于自己的权利的；她身上的一切都被人毫不留情地剥夺了，甚至属于自己的灵魂。一无所有的香菱，终其一生，都看着别人的眉眼生活，在那些呆板的或凶恶的脸色下，惊恐着，觳觫着……一个长得没有尽头的噩梦贯穿了她短短的一生。

她的沉默，大概也是一种报复吧？既然命运对我不公，我为何要取悦于它呢？所以她才对冰冷的世界不屑一顾。“最高的蔑视是无言，而且连头也不转过去”，经过无尽苦难的淬火，柔弱的也会变成坚韧的，弱小的也会变成强大的。生活的重锤砸下，顽铁会碎成渣滓，而纯钢却铸成了宝剑。

香菱在无边的苦难中，以她的“柔”活下来了。她的确有些“呆傻”，岂不知这正是她的聪明之处，充满了生活智慧。“沉默无语的轻蔑，从外表看来，也是一种报复”（易卜生），在这沉默中、呆傻里，香菱的心中充满了报复和轻蔑的快意。

当她过了七八年“打怕了”的生活之后，几经转卖，又被卖给一个对她一见钟情，把人当作“人”看待的冯渊。正当她庆幸自己像一枚菱角再次被命运之风吹到水边可以靠岸的时候，方得知她被“一物而两货”，另一个买主不是别人，乃是“金陵一霸”的薛家公子。对于这样的尴尬事，要是放在别人身上，容或还有商量的余地，然而放在薛蟠的身上则不行，他已经倚势霸道惯了，岂能忍下这口“鸟气”，所以一声喝令，就把冯渊打死，像踩死一只蚂蚁那样容易。但他却扬长而去，带上家眷逍遥地进京了。

冯渊做了“逢冤”之鬼，而英莲也变成了香菱。

我们猜想，这件人命关天的大事，在香菱未来的日子里，一定像大山般的沉重，压在她脆弱的心上，成为挥之不去的阴影，惴惴不安地过着如履薄冰的生活。

雨果说：“有时可以说事件是一个易怒的人。”（《九三年》）“事件”对于香菱何其不公，一怒而被拐，二怒而嫁蟠，每个事件都像锯齿一样，来来去去地、反反复复地锯着她的心；那颗心的血流干了，就使她变得麻木，有些“呆傻”了。命运就是这样折磨人，使她生也不能，死亦不可，就那样不死不活地苟活在人间。“对月伤悲，挑灯自叹”恐怕就是她的生活常态了。那个薛蟠，她的夫婿，来到皇帝脚下，自然过着今日秦楼、明日楚馆的生活，在纸醉金迷当中他能把几许真感情给予香菱呢，这实在难说得很。

“生活是恼人的牢笼”（契诃夫），对于香菱来说那是千真万确的：夫婿是如此不堪的薛蟠，婆母是老于世故的薛姨妈，闺中伴侣是城府极深的薛宝钗，他们给予她的除了冷漠还是冷漠，除了白眼还是白眼，她竟呼吸不到一丝家庭亲切温暖的空气，真的，她不如樊笼的一只鸟，它的一饮一啄尚能引起主人的关注，高兴的时候，也会破颜一笑；对于香菱，谁能给她一次出自内心的温存的笑容呢？谁也不会把一颗温暖的心捧给从人贩子手里买来的香菱。或许她有时也会心存不甘，那悲愤之大，也会使她坐立不安，然而那只能是冰盖下的激流，在经久的压抑下，归于无声了。

她与晴雯的遭际是有些相似的，都是在年幼的时候，离开母亲的怀抱，命运把她们抛在人间的最底层，或像蓬草一般被狂风卷得四处飘荡，或像个物件一样在市场上卖来卖去，都是沦落的人。然而在苦难中，她们却形成了不同的性格。

晴雯的可贵之处是从来不向命运低头，就是斧钺加于前，她那灵秀的眼睛也不会眨一眨，而是要给予一个轻蔑的嘲笑，于是苦难这块磨刀石，把她磨成一把利刃，所以她才能在敌人的围剿中应付裕如、所向披靡。就是在死神面前，也不作女儿态，恐惧哀鸣，而是明白地捧出自己那颗鲜红的心献给她“暗恋”的人。她，在我们面前，“伏如怒鸡，起为翔鹤”，她时刻捍卫着自己的尊严，像怒鸡一样凝视着来犯者；就是在死的时候，灵魂升天了，也像一只翱翔的白鹤，把不朽的、令人心疼的美留在蓝天，留在苦难的人间。

而香菱就不同了，她把自己的眼泪含在眼里，把自己的苦难记在心里，身上一根可以防身的刺也没有，即使有过，也被苦难的砂轮打平。在人生的战场上，她竟像三国大将许褚，连遮风挡雨的衣服也不穿，一粒沙石打来，也会在她的身上留下青紫的伤痕。她又像一堆发好的面团，任人揉来揉去，把那面做成什么，在她看来都是无所谓的了。

因而也就养成一种浑融天真、毫无机心的性格，甚至博得了人们的喜爱。

吴晓南说：

悲惨的生活既不能使她失去她的温柔、纯真和爱心，便更无法使她失去对美好的追求，她既非任情任性，又非人情练达，她既没有一丁点儿清高孤傲，又没有半点礼教气息，她不抱怨，不自怜，她不自持，不自傲，待人处事全凭一副真心眼儿，换言之，她的性格是一种没有被社会异化的，纯粹的“女儿原来的特质”。

（《“钗黛合一”新论》，三联书店（香港）有限公司，1985年4月版）

这也是她和晴雯的不同之处。

如果把被拐之后的七八年的生活算做她第一阶段的话，就可以把她嫁给薛蟠以后的生活算做第二阶段。相对而言，这要算她一生中较好的阶段了。因为她当了薛宝钗的丫头，奴因主贵，她的地位似乎有些微的改变；更因为她随主子一同搬进了大观园，所以命运也开始回护她了。大观园是一片充满活力的土地，春风也毫无例外地吹进了香菱的胸膛，使她沉寂的心也活跃起来。大观园又是诗的国土，有李纨执掌诗坛，在她的麾下，汇聚了这里所有的诗人。这里的一朵花，是一首诗；一棵草，也是一首诗；浸淫着诗雨诗风的大观园，就是谁在这里不经意地走一遭，一早起来，也会发觉自己变成诗翁了。诗像清风一样，拂去了香菱心中积聚太久的尘埃，也把她头顶上的乌云吹散了。她在这里接受了诗的洗礼，从此一颗诗的种子便播进了她孤寂的心，使她灵魂似乎也来了一番蜕变。

那么，香菱能够成为诗人吗?

二、香菱学诗，是一次自我疗救

大观园的确是诗的国土。在这片温润的土地上，长起了诗歌之树，结出了诗歌之果，出现了不止一个“诗疯子”，他们因为生活遭际不同，艺术修养有别，再加爱好的差异，所以诗的风格也有所不同。如黛玉的沉郁顿挫，宝钗的雍容雅致，宝玉的富贵闲适，湘云的热情奔放，都是别具一格的，各有各的诗肠。当然随着贾家的衰落，他们的诗也都有了一股衰飒之气，甚至有了挽歌情调了。那种悲凉情绪浸透着每一个字，有的则近于哀吟了。大观园的诗风，一开始就少了盛唐的青春气息，而是“夕阳无限好，只是近黄昏”的苍凉。这是没有办法的事，因为每一首诗都是时代的注解和诗人心灵的诠释，纵观讲坛，就可以把住时代的脉搏。今天之所以好诗甚少，就是那些所谓诗都是诗人的个人抚膺自叹或无病呻吟，已和时代过于隔膜了，即便吟出再好的诗句，也和人民大众无关、和国家无关，所以它们就像荒草一样，只能自生自灭了。

香菱随宝钗来到了大观园，与她朝夕相处的都是如林黛玉这样的诗翁，在耳濡目染之中，香菱虽呆，却也对诗别有会心了。有的论者认为，作者写香菱学诗“似乎有些过火”，也就是说有失真实：她既没有家学渊源，也未曾像黛玉诸人饱读诗书，在漂泊无依中长大，是与诗书无缘的，也就是说，她是一个近于文盲的女孩，作诗之事不是异想天开吗？可是古人早就说过“诗有别裁，非关书也”，君不见在大唐时期因为诗风炽盛，影响所及，那些不被人待见的贩夫走卒、织妇牧竖不也在吟诗作赋吗？这是大环境的影响，你相信也好，你不相信也罢，反正事情的本身就是如此。

这是环境对香菱的影响。还有另一个心理因素，那就是暂时摆脱了生活的痛苦，找一个避风港暂且栖身，就像一个遭逢不幸的旅者，在经过不堪回首的大悲痛之后，很想找一所茅屋栖息自己疲倦、痛苦的灵魂，那是生命的需要。哪管时间短暂，却有了包扎伤口的时间，她虽然不奢望痊愈，却期望它不再流血，这就给了自己灵魂以暂时的安慰。以后再出入在那腥风血雨中，也就会增长一点抵抗的能力。她的学诗和黛玉作诗的缘由基本是相同的。黛玉在诗中除了抒发不平的沉郁之气、以诗哭诉自己的命运之外，她也是把诗当作灵魂的栖息之所，让那颗受到宰割的心暂时得到安宁。在逃避现实的追杀这一点上，二人的心理应当是相同的。

诗，是她们躲避命运风雨的茅屋，是蚌的一个壳。

写诗，必须先懂诗，试想一个不知诗为何物的人，怎么能够写诗呢？香菱虽然几近“文盲”，却有鉴赏诗的天才。

刘梦秋在《红楼梦林黛玉论诗》中说：

香菱对诗的鉴赏，可说体会入微，得其神妙。鉴赏是创造的复活，创造是鉴赏的凝固，二者是相互流通的。惟有从南京辗转入蜀的人才能鉴赏杜甫的“夔府孤城落日斜，每依北斗望京华”；唯有家乡遭了变乱的人才能鉴赏白居易的“田园寥落干戈后，骨肉流离道路中”。香菱因为有当年上京所睹的晚景，所以对“渡头余落日，墟里上孤烟”，能体会得非常真切。至于“直”“圆”“白”“青”，能够知道形容的尽，若非细加咀嚼推敲，决不能鉴赏得这么深刻。孔子曰：“依于仁，游于艺”，这个“游”字下得最妙。凡是鉴赏文艺，必须心灵深入，与创造者的心情同起伏，如鱼游于水中一样。香菱得到了这个“游”字，所以林黛玉笑道：“你这话有了些意思。”

（《红楼梦研究稀见资料汇编》，人民文学出版社，2001年8月版）

也就是说，香菱在鉴赏每一首诗的时候，她的心是与作者相通的，也就是说作者彼时的感受，由香菱的想象复原了，此时作者与读者感情已达到了浑融交汇，成为一体了，所以她才能体会到诗的精髓。当然这还要有读诗人经历的加入，才能使作诗人与读诗人在情感上无缝对接，所以“游”是十分重要的一个环节。

宋代诗人陆游在《剑门道中遇微雨》诗中这样写道：

衣上征尘杂酒痕，远游无处不消魂。
此身合是诗人未？细雨骑驴入剑门。

这“细雨骑驴”的意象，是写诗人和读诗人皆知的意象，是历代诗评家所津津乐道的，它的审美价值就在于道出了一般的艺术规律，那就是生活才是创作的源泉，写诗岂能例外？诗人要“游”，而读者也必须有“游”的经历，才能把诗所创造的意象复原，才能使艺术创造的“美”在读者的头脑中苏生，使他的经历重新醒来，达到天衣无缝的契合。

是林黛玉把香菱带进了诗的国土。黛玉教她如何读诗，把她从欣赏陆游的“重帘不卷留香久，古砚微凹聚墨多”的小巧浅近的境界引出来，把她的欣赏水平引向宽阔和博大。黛玉乃是一位有真知灼见的诗人，她的理论是从实践中来，所以她讲的话句句务实，而不是凿空。她对香菱说：

……你若真心要学，我这里有《王摩诘全集》，你且把他的五言律读一百首，细心揣摩透熟了，然后再读一二百首老杜的七言律，次再把李青莲的七言绝句读一二百首。肚子里先有了这三个人作了底子，然后再把陶渊明、应玚、谢、阮、庾、鲍等人的一看。你又是一个极聪明伶俐的人，不用一年的工夫，不愁不是诗翁了。（四十八回）

名师出高徒，没过多久，香菱鉴赏能力迅速提高，而且说出令黛玉吃惊的话来：

据我看来，诗的好处，有口里说不出来的意思，想去却是逼真的；有似乎无理的，想出却竟是有情有理的。（同上引）

这几句话并非石破天惊的、故作高深的矫情之语，它朴素得近乎乡野的蒲公英，但却闪着金光，且又吐着泥土的芬芳，就是著名的诗评家也总结不出这样朴素的真理。连黛玉也吃惊于它不知从何处得来了。

香菱笑道："我看他《塞上》一首，内一联云：'大漠孤烟直，长河落日圆。'想来烟如何直，日自然是圆的，这'直'字似无理，'圆'字似太俗。合上书一想，倒像是见了这景的。若说再找两个字换这两个，竟再也找不出两个字来。再还有'日落江湖白，潮来天地青'：这'白''青'两个字也似无理。想来，必得这两个字才形容得尽，念在嘴里倒像有几斤重的一个橄榄。还有'渡头余落日，墟里上孤烟'：这'余'字和'上'字，难为他怎么想来！我们那年上京来，那日下晚便湾住船，岸上又没有人，只有几棵树，远远的几家人家作晚饭，那个烟竟是碧青，连云直上。谁知我昨日晚上读了这两句，倒像我又到了那个地方去了。"（同上引）

林黛玉金针度人，才使面似呆笨的香菱有了灵心慧性，对古诗有了这种鞭辟入里的分析和见解，尤其难能可贵的是她能结合自己的亲身经历来解诗，所以才使有些诗句解析得那么精到。只有诗在心上，心在诗上，才能使诗活起来，并使之圆融为一，生活之美和艺术之美，才能是一种真正的艺术体验。

香菱之所以在很短的时间内能够到达诗国的纵深地带，还有一个重要的原因就是以黛玉为首的大观园诗人们，对诗艺都有极具个性的主张，而这些主张是那么新鲜可用。

黛玉主张：

> 词句究竟还是末事，第一是立意要紧。若意趣真了，连词句不用修饰，自然是好的：这叫做“不以词害意”。

> 不过是起承转合，当中承转是两副对子，平声对仄声，虚的对实的，实的对虚的，若是有了奇句，连平仄虚实不对都是使得的。

宝钗主张：

> 做诗不论何题，只要善翻古人之意，若要随人脚踪走去，纵使字句精工，已落第二义，究竟算不得好诗。即如前人所咏昭君之诗甚多，有悲挽昭君的，有怨恨延寿的，又有讥汉帝不能使画工图貌贤臣而画美人的，纷纷不一。后来王荆公复有“意态由来画不成，当年枉杀毛延寿”；永叔有“耳目所见尚如此，万里安能制夷狄”。二诗俱能各出己见，不与人同。

> 若题目过于新巧，韵过于险，再不得好诗，倒小家子气。诗固然怕说熟话，然也不可过于求生；只要主意清新，措词就不俗了。

连湘云听说香菱要请她谈诗，都越发高兴了，“没昼没夜高谈阔论起来”：“怎么是杜工部之沉郁，韦苏州之雅谈，又怎么是温八叉之绮靡，李义山之隐僻”刺刺不休。她是把作诗看作“抢命”的诗疯子，自然腹笥很宽，所以她对古代诗人风格的概括是十分精辟的。我们从这里似乎看到了热心的湘云是如何点拨着“学诗如渴”的香菱，而香菱又是如何地在乃师面前俯首倾听的情景。

有黛玉、宝钗的理论指导，加之黛玉等人的耳提面命，如今又来了一位心肠极热的湘云，她罄其所有，以她的作诗心得，指导香菱，这一切如同东风化雨一般，使香菱心中的诗苗茁壮地成长起来了。

此时她暂时忘掉了自己的不幸，全身心地沉浸到诗的氛围当中去，似乎觉得自己也有了“作人”的权利。诗像一股清风一样，不但吹去了她衣上的浮尘，而且也抚慰了她那颗受伤的心，世间虽然狭窄，但毕竟有一条小路在她面前延伸，她也可以领略一下小径通幽的快感了。

正所谓：

世窄犹容诗胆大，囊空无碍酒肠宽。（清·许盥孚：《闻道》）

香菱在“茶饭无心，坐卧不定”中作了第一首咏月诗，却被林黛玉给否定了，谓其“措词不雅”，但不可否认的是香菱是“以诗写心”：月色寒冷，野客添愁，她在月下无所归依地徘徊，只有那孤独的影子相随，这清寒的月色更增添了浓重的乡愁。“不忍观”三字虽俗，却是心灵的真实写照，因为她的心也凝冻如冰了。这是那些“雅人”所体会不到的。

虽然第一首诗得到了“恶评”，香菱并没有灰心，反倒更加苦吟起来。“越发连房也不入，只在池边树下，或坐在山石上出神，或蹲在地下抠土，来往的人都诧异，李纨、宝钗、探春、宝玉等听得此信，都远远地站在山坡上瞧着他。只见他皱眉一回，又自己含笑一回”。此时香菱为诗已痴已呆已傻，用宝钗的话说，“这个人定是疯了”，“昨夜嘟嘟哝哝直闹到五更天才睡下，没一顿饭工夫天就亮了。我就听见他起来了，忙忙碌碌梳了头就找颦儿去。一回来了，呆了一日，作了一首又不好，这会子自然另作呢”。

这另作的一首又被黛玉否定了，谓其“过于穿凿了”。宝钗说得更具体，“不像吟月了，月字底下添一个‘色’字倒还使得，你看句句倒是月色”，宝钗的评论确是的评。但这诗却并非一无是处，它含蓄地写出了诗人的心境：寒冷的月色照临西窗，寒窗小院，人迹已绝，只有柳丝零露，梅魂飘渺，残粉一样的月色也给楼边、画栏涂上了片片清愁。这是诗人心境的写照，以诗的形式来回眸自己走过的路，依然是混沌不清的一片迷茫。或许我们的诠解也像黛玉所说“过于穿凿了”，但谁都知道，悲伤的心别有怀抱，人们是不能以苍凉的心境书写出欢乐的歌的。

两次失败，并没有稍挫她的锐气，她“不肯丢开手”，“走至阶前竹下闲步，挖心搜胆，耳不旁听，目不别视”，在姐妹们各自散去之后：

> ……香菱满心还是想诗。至晚间对灯出了一回神。至三更以后上床卧下，两眼鳏鳏，直到五更方才朦胧睡去了。一时天亮，宝钗醒了，听了一听，他安心睡了，心下想：“他翻腾了一夜，不知可作成了？这会子乏了，且别叫他。”正想着，只听香菱从梦中笑道：“可是有了，难道这一首还不好？”（第四十九回）

她苦志学诗，精血诚聚，日间做不出，忽于梦中得了八句，“精诚所至，金石为开”，香菱终于成功了。她把诗稿递给黛玉和众人看，只见写道：

> 精华欲掩料应难，影自娟娟魄自寒。
> 一片砧敲千里白，半轮鸡唱五更残。
> 绿蓑江上秋闻笛，红袖楼头夜倚栏。
> 博得嫦娥应借问，缘何不使永团圆。

这首咏月诗博得人们一片叫好声，自然也包括香菱的恩师黛玉在内。虽然宝钗说“原来诗从胡说来”，但也要胡说得“雅”，胡说得“有道理”，胡说得有“内容”。香菱的这首诗，好就好在文词的雅，意境的美，内容深刻而有理，形式整饬而有情。诗仍然笼罩着一片寒冷的气氛。砧敲千里，述说着别绪离愁；鸡唱五更，似又闻幽咽暗泣。虽然天已破晓，却预示着前程未卜：绿蓑江上，渔夫孤独的身影站在船上，任其漂流，不知何时才能靠岸；红袖楼头，月下的身影是那样孤单，揾一把热泪，在迷离的月光下，竟不知故乡何处？问一问嫦娥吧，然而她也是孤独的，站在婆娑的桂树下，也只有玉兔作伴，她怎么能够回答香菱的问题呢？

我们这样说，并非是强作解人，请问，古今中外，哪位诗人的作品不是记录自己的心路历程呢？诗乃是诗人的影子，你走到哪儿它就跟到哪儿，它忠实地跟着你，让你永远也摆脱不开。这也就有了人格和诗格的同一性。

这段生活是她一生最光彩的日子，诗像阳光，照亮了她的生活，使她沉浸在诗的氛围中，暂时忘掉了屈辱的过去。在寻找诗的过程中，虽然她几乎熬干了心血，但她找到了它，它成为了她的朋友，在园中它陪她散步，在床上它陪她入梦，一饮一啄，都有诗在关怀着她。香菱，在这短暂的时日，完成了自己对自己的灵魂的拯救，是一次自我疗治。然而，这样的日子是何其短暂啊！

由于她生在封建时代，又不幸沦落为奴婢，尽管她有一颗诗心，但那灵感的火花只能在瞬间一闪，然后便归于永久的寂灭。那个社会不但毁灭了女儿们的青春，也毁灭了她们的才能，宁不令人悲夫！

三、敏慧者处境卑微

文学大师曹雪芹在《红楼梦》中精心经营着他的人物，往往在人物的名字之前冠以一个字，便概括出这个人物的性格，甚至形象，妍媸美丑，一目了然。比如俏平儿、慧紫鹃、敏探春、憨湘云、酸凤姐、勇晴雯、俏丫鬟等等。曹公则为香菱的名字前面著一"美"字，可见他对这个人物是何等喜爱。当然"美"是多方面的，那么，香菱美在何处呢？她美在呆，美在憨，美在纯，美在真，美在诚，美在忠。所以六十二回又有"呆香菱情解石榴裙"的四回出现。

木村在《红楼梦读后记》中说：

> 香菱以呆态出现在书中，这个呆，可不是薛蟠呆霸王之呆，香菱外文明而内柔顺，有文王事纣的作风，故能使黛钗失其怜新爱旧之态，金桂失其酸醋泼辣之风，宝蟾失其刁唆调教之技，的确是书中不可多得的女子，而学诗几忘朝夕，争蕙弄湿裙履，这乃是斯文中呆性行为，不独不伤大雅，反可使大雅生色不少了。
>
> （《红楼梦研究稀见资料汇编》，人民文学出版社，2001年8月版）

她所表现出的呆，不是呆若木鸡而又没有灵魂，她的呆是一种娇憨之美，是天真未凿，像云影都没有照过的寒塘，像鸟影都没有留下的碧空，呆在没有一点儿机心，在那颗如秋水般澄澈的心里，没有一丝云翳，像水晶一样澄明。她的呆，最多的时候表现为沉默。因为她受的苦难太深，始终有一种在水中将要灭顶的感觉，所以她只能不时把头露出水面，小心地、艰难地呼吸着。在这种时候，只有沉默是最相宜的，多一点动作和声音，就会使她下沉，堕入万劫不复的深渊。所以说，她的呆负载着深深的苦难，是命运把她塑造成这个样子的。"对于那些深深地受过痛苦的可怕袭击的简单心灵，沉默往往就是一个避难所"（雨果:《九三年》）。

但她的呆，又呆得人见人怜，呆得可人。

在宝玉生日那天，她和小螺、芳官、蕊官、藕官、荳官等人在花草堆上玩"斗草"的游戏，这是一种高雅的游戏，起自唐宋时代，可见这种游戏已经很古老了。这个说"我有观音柳"，那个说"我有罗汉松"；那个又说"我有君子竹”，这个又说“我有美人蕉”；这个又说“我有星星翠”，那个又说“我有月月红”；这个又说“我有《牡丹亭》上的牡丹花”，那个又说“我有《琵琶记》里的枇杷果”；荳官便说“我有姐妹花”，而香菱则不假思索地说“我有夫妻蕙”。在慌不择言的情势下，她杜撰了一个“夫妻蕙”。谁知这没有心机的“杜撰”，却遭到了人们的嘲弄，说她“你汉子去了大半年，你想他，便拉扯着蕙上也有夫妻了，好不害臊”。此时香菱有口难辩，只好任女伴们取笑了。“夫妻蕙”对“姐妹花”既自然又贴切，香菱此时怎么说也不会想到薛蟠的身上去，只是随口说出而已，却被伙伴们抓住了把柄，岂不冤哉！如果她是一个有心机的人，这三个字出口之前，就会掂量掂量，看它会不会“犯忌”；正因为她的心中一点杂质也没有，所以也就没有“忌讳”这一说。伙伴们认为她呆傻可笑，我们却认为她纯真可爱。这就是香菱之美。

写到这里，大师的笔墨并没有停下来，为塑造他心爱的人物，他那支生花妙笔三皴两点，又给我们带到了“曲径通幽”之处，让我们读到了一大段绝妙好文章。当香菱听了荳官的话，便登时红了脸，便要上前去拧荳官，谁知荳官没容她起来，将身子一压，两人便滚在草地下，身下的一洼子积水，一下子把香菱的裙子污湿了。只见那裙子污湿半幅，绿水点点滴滴地流了下来。正在香菱“恨骂不绝”的时候，可巧宝玉也来凑热闹来了。于是便有了下面的连台好戏。

> （宝玉）因问：“怎么散了？”香菱便说：“我有一枝夫妻蕙，他们不知道，反说我诌，因此闹起来。把我的新裙子也脏了。”宝玉笑道：“你有夫妻蕙，我这里倒有一枝并蒂菱。”口内说，手中却真个拈着一枝并蒂菱花，又拈了那枝夫妻蕙在手内。（六十二回）

宝玉也是个呆子，他与香菱一样，或许也是“混沌未凿”，这里虽然是小儿女的咿咿唔唔，喁喁而语，却也是“临去秋波那一闪”的心照不宣的爱的流露，这是一种“呆傻”，也是一种纯真。宝玉见香菱的新裙子污湿得如此不堪，便抓住这一机会，向香菱进行“柔情的攻击”，向她大献殷勤，让袭人拿出一条新裙子给香菱。书中写道：

> 香菱红了脸笑说：“多谢姐姐了，谁知那起促狭鬼使黑心。”说着，接了裙子，展开一看，果然同自己的一样。又命宝玉背过脸去，自己叉手向内解下来，将这条系上。（同上引）

这几行文字，又深一层地写出了香菱的呆处，在宝玉的面前，一点不避嫌疑，忘了男女之间的界限，竟然在男人面前解换衣裙。这种举动，在现在也属不雅，更何况是在古代呢？那原因就是因为她“呆”，心里根本就不存在“雅”的观念，一片天真，纯属自然，所以香菱的这一举动，我们并不觉其陋其丑，而只觉得这是美的心灵的又一次展示。

在袭人走了之后，只剩下这两个“呆子”，书中写道：

> 香菱见宝玉蹲在地下，将方才夫妻蕙与并蒂菱用树枝儿挖了一个坑，先抓些落花来铺垫了，将这菱蕙安放上，又将些落花来掩了，方撮土掩埋平伏。香菱拉他的手，笑道：“这又叫做什么？怪道人人说你惯会鬼鬼祟祟使人肉麻呢。你瞧瞧，你这手弄得泥污苔滑的，还不快洗去。”宝玉笑着，方起身走了去洗手。香菱也自走开。二人已走了数步，香菱复转身回来，叫住宝玉。宝玉不知有何说话，扎煞着两只泥手，笑嘻嘻的转来，问：“做什么？”香菱红了脸，只管笑，嘴里却要说什么，又说不出口来。因那边他的丫头臻儿走来说：“二姑娘等你说话呢。”香菱脸又一红，方向宝玉道：“裙子的事，可别和你哥哥说，就完了。”说毕，即转身走了。宝玉笑道：“可不是我疯了？往虎口里探头去呢。”说毕，也回去洗手去了。（六十二回）

很显然这是这对小儿女的朦胧的爱情，宝玉怜香菱，香菱恋宝玉，正所谓

"怜香惜玉"；正因为其朦胧，所以更甜蜜，更能引起人们的遐思，有道是，越是追求不到的东西，藏在心底的东西，越是宝贵的、终生难忘的。就像燧石取火一样，摩擦出的是星星之火，是倏忽即逝的，但那是最美的一闪，会永远闪在人们的眼前，深藏在心底，至于能否成为燎原之势，反倒是次要的了。这种感情如梅蕊初萌，如蓓蕾方绽，如初春的第一声隐隐的雷声，如蜜蜂刚刚醒来的第一声嘤嘤，是缠绵而动人的。宝玉与香菱这次偶然邂逅所产生的情愫也当作如是观。这种小儿女的爱的初萌竟是飘忽而来、飘忽而去，是那样的短暂。他们埋下了"菱"和"蕙"，也就埋葬了那甜蜜的初恋，像黛玉葬花以泥土掩埋了自己纯洁的灵魂一样，他们把人间这至神至圣的感情也交给慈悲的地母，让她博大的胸怀永远收藏，如果遇上好风好雨，就像千年的莲子一样可以再度萌生。

这短暂的欢欣缓解了她半生的悲苦；

一剂新药（指诗）把她满心的伤痕抚平。

然而香菱的"幸福生活"是何其短暂啊，她不得不再次回到薛蟠的身边，与那虎狼之性的人同床共枕，但她把心留在了大观园。那里的笑眉弯弯的媚月将永远挂在她的心头，给她永远的不能忘怀的温馨，而那缕缕春风，也会像醇酒一样，永远让她沉醉……是的，那时她像"人"一样地生活过了，留下了那么多美好的记忆，这就足够了，这一杯甜蜜而又温情的酒足够她品咂一生了。此外她还需要什么呢？

香菱的诗情渐泯，她又该规规矩矩地归于"妇道"了。

香菱是个忠厚之人，她的心中存在着封建主义的那种本真，她信奉"嫁鸡随鸡，嫁狗随狗"的信条，在那样的社会，作为一个荏弱的女人，不依靠自己的男人还能依靠谁呢？她一心一意地依傍薛蟠，也就不足为怪了。她忠于薛蟠，对他是一片痴心，既然你已成为我的丈夫，我就应该给予你全部的爱，至死此志不移；然而，她的爱从未得到过回报。虽然如此，她还是纯真以待人，即使对恶妇夏金桂，也没有一点戒备之心，希望这个大家闺秀早日来到薛家，甚至十分天真地想，到时候可以"又多一个作诗的人了"。

香菱的忠心，天日可鉴，然而这好心却得到了恶报。薛蟠对她非打即骂，根本就没把她当人看待，香菱到手之后，他与其他的纨绔子弟一样，“过了没半日，也看的耳旁风一般了”。薛蟠把香菱看作一种玩物，新鲜感过后就弃之如敝屣了。

可怜的香菱，命运不如一只猫狗，猫的“喵呜”一声，尚能博得主人的开颜一笑，施舍一点抚摸的温情；而香菱在一片恨海中只能夜夜向壁垂泪。她做人的权利和尊严完全被这个皇商之家给剥夺了。

美国作家詹姆斯在《伊凡·屠格涅夫》中说：

> 恶是专横而强大的；美令人销魂而难得，善每每显得软弱；愚昧每每显得傲慢；奸佞易于得道；蠢人身居高位；敏慧者处境卑微；而人类普遍遭受着不幸。（《小说的艺术》，上海译文出版社，2001年5月版）

香菱，这朵美丽的花，让怀着恶意的命运任意摆布，让薛蟠者流冷酷摧残，但她在擦干血泪之后，依然像往日一样，以真心侍奉着薛蟠和他的一家人。那原因没有别的，女人就应当奉行“妇道”，这是千百年前就规定了的，所以她以为发生在她身边的事情一切都是对的。

“前有谗而不见，后有贼而不知。”她在人间踽踽独行，尽管她的身旁潜伏着无数的灾难，她似乎浑然不觉，仍然尽着女人的义务，而在这中间，她美丽的灵魂被戕害着、吞噬着，就在奸佞得道的时候，便于沉默中归于寂灭。

“美”虽然令人销魂而难得，但也像秋天的花朵一样，极易凋零而易落；“善”虽然人人称羡，在“恶”的面前却软弱得不堪一击；至于身居高位的蠢人，则多如败草，他们趾高气扬，凶狠跋扈；而“敏慧者”在轭下痛苦呻吟……这就是《红楼梦》中的残酷现实。可怜的弱女子香菱，就是生活在这样的现实之中。她被封建礼教压在社会的最底层，也被薛家压在最底层，连一只肮脏的苍蝇都有飞来飞去的自由，可是香菱却没有这样的自由。她倒像一头磨道的牛，眼睛已被遮蔽，在规定好的圆圈上无尽无休地走下去。棰楚之下，人何以堪？她只好泪洒黄尘，悲叹自己的命苦了。

真善美集于一身的香菱，以含笑的脸面对人间，而人间却对她白眼相加。所以她才感到她的四周充满着难以抗拒的凄冷，这在她的诗中已有含蓄的表达。然而她向善的灵魂，向美的情怀，怀珍握瑜的情操，并没得到人们的理解，反而却得到一些人的嘲笑。莎士比亚在《恺撒》中说："德行逃不过争胜的利齿。"

她在人生的磨道上转着圈儿，披星戴月辛苦地操劳着，但主人们却准备把她也像一粒麦子一样投入磨眼，把她轧成齑粉了。这个善良的人，岂能知晓？

四、名字的转换就是命运的转换

当她的名字由香菱变成秋菱的时候，也正是她苦难进一步加深的时候。名字的转换，也就是命运的转换。

解盦居士在《石头臆说》中说：

> 英莲之母姓封，英莲之夫姓薛，既遭风，复遇雪，此莲欲求不落得乎！颦颦《葬花诗》云："一年三百六十日，风刀霜剑严相逼。明媚鲜妍能几时，一朝飘泊难寻觅。"即风雪落英之谓也。
>
> （《红楼梦资料汇编》，中华书局，2005年1月版）

这种说法是应该成立的。曹雪芹每每在给书中的人物命名的时候或取姓的时候，都是匠心独运的，寓意十分深刻，香菱母姓封，"封"即风也；夫姓为"薛"，"薛"即雪也。这便预示着香菱的一生要在风雪交加中度过，风雪迷途中徜徉，也就是像颦儿深深地感喟的那样："一年三百六十日，风刀霜剑严相逼。"我们在上文已多处涉及香菱的命运了：人生伊始，蒙昧未开，便被拐卖；以后又颠沛流离，几易人手，像牲口似的被买来卖去，留在她记忆中的，几乎没有父母的关爱，有的是说不出道不尽的屈辱。学诗的阶段只是阳光一闪，回到薛家又等于回到冰天雪地中去了，命运把铁门关上，留在铁屋中，她身旁又是永久的黑暗了。

傅继馥在《明清小说的思想与艺术》中说：

> 香菱原名英莲，后来被卖到薛家，才改名香菱。王希廉说："莲花命名，大概用青、红、白、翠、紫、绿、玉等字。今取英字，与人独异。英者，落英也，英落则菱生矣。"这段话点明了"英莲"与"香菱"两个名字的转化关系，表示不幸贯穿了人物的两段生活，能帮助我们了解雪芹命名的匠心巧思。但是，如果以为"香菱"只是"英莲"的转化，而忽略了其中有更深的寓意，那就未免是买椟还珠了。

不论英莲（秋花照水，顾影应怜）还是香菱（有命无运，香国飘零），这名字都已点明了她的命运。而恶妇夏金桂又把"香菱"改为"秋菱"，那寓意是不言自明的，就是"蒲柳之姿，望秋先零"之意。她与薛蟠的遭遇，本来已在心上撒上了厚厚的一层雪，使她婚后的生活犹如永恒的冬天，盼穿双眼，也望不到一只报春的燕子；而今又与恶妇夏金桂遭遇，她的生活就更加不堪了。她本以为女人与女人的心是容易相通的，心与心虽然相距遥远，却有善良、温柔、同类相怜可以架上桥梁，使陌生的心挨近。她曾幻想，夏金桂的到来可能带来一股温馨的春风，化解她心上积聚已久的冰雪，从此铁屋中或许将有些微的暖意了。善良的香菱以善良的心度人，那就失之毫厘、差之千里了。她不知道人心是最难以测度的，人也是不可以貌相的。她怎么能知道夏金桂有王嫱之貌，却藏着一颗蛇蝎之心呢。

她不知道生活的轨迹是不会按着善良人的愿望画出的。它扑朔迷离，最终结果常常令人瞠目结舌：往往是好人遭殃、坏人受宠。薛家来了个夏金桂，就等于屋中多了一只吃人不吐骨头的豺狼、一只嗜血的饥虎。当她扬着一张笑脸迎接新人的时候，当她渴望生活再有一个新的开端的时候，她不知来者即是瘟神，开端就是新的不幸的开始。她不知道“逻辑是不懂得慈悲的”（雨果：《九三年》）。弱肉强食，以强凌弱。“美”遭欺凌压迫，而“丑”却登堂入室，就是那个社会以及那个家庭的逻辑了。

布朗恩说：

> 我们大家都运行在有去无回的轨道上，我们运行的前方都是不可知的未来。

那么，夏金桂会给香菱带来怎样的未来呢？

可以用一句话概括，那就是她使香菱的苦难生活“雪上加霜”。

这个夏金桂“原来生得也颇有姿色，亦颇识得几个字”，但因“寡母独守此女，娇养溺爱，不啻珍宝”，“因此娇养未免太过，竟酿成了盗跖的性气”，她认为“今日出了阁，自为要作当家的奶奶，比不得作女儿时腼腆温柔，须要拿出这威风来，才钤压得住人……若不趁热灶一气炮制熟烂，将来必不能自竖旗帜矣。”本来已居心叵测，“观有香菱这等一个才貌俱全的爱妾在室，越发添了‘宋太祖灭南唐’之意，‘卧榻之侧岂容他人酣睡之心’”，现在又要以“清君侧”为名来践踏香菱了。

种种迫害，非止一端。

一是强行改名。夏金桂把骄横的薛蟠拿到马下之后，自以为她在薛家的地位就是“九五之尊”了，所以不准别人说她的名字，否则就犯了“讳”。呆香菱竟在不经意之间说出“兰花桂花”等字眼，被狗仗人势的丫鬟数落一顿之后，夏金桂没等到秋后算账，当场就令其把香菱改为秋菱，并问她“服不服”，香菱岂有不服之理？你听，香菱说得多么可怜：

> 奶奶说那里话；此刻连我一身一体俱是奶奶的，何得换一个名字

反问我服不服？叫我如何当得起？奶奶说那一个字好，就用那一个。（八十六回）

香菱说得一字一颤，一字一泪，我们分明看到她在这个恶妇面前像弱草当风般的觳觫。这是一种心灵的绞杀，甚至比身受皮肉之苦还要痛苦万分，可怜的香菱，她连用自己名字的权利也没有了。在那样一个社会里，“智慧必须向愚蠢低头，美善只能向丑恶求赦”（蒋和森《香菱的名字》）

二是设毒计，陷害香菱。先是把薛蟠和丫鬟宝蟾拉上肮脏关系，卑鄙龌龊之人自然会想出卑鄙龌龊之计，在薛蟠正要和宝蟾苟合之际，恶妇竟令香菱到房中去取手帕儿。香菱岂知底里，“一头撞了进去，自己倒羞的满面飞红，忙转身回避不迭”。香菱冲撞了薛蟠的好事，他岂能容她？果然，在吃过晚饭之后，在洗澡时硬说水热烫了脚，“赤条精光”地赶着香菱踢打。恶妇的毒计得逞了，但她仍未就此止步，略发一点“惺惺相惜”的慈悲之心，反而又生一计。她装起病来，只说心疼难忍，也疗治无效。闹了两天，忽然在她的枕头内抖出纸人来，上面写着她的生辰八字，还有五根针扎在心窝、四肢骨节等处。这本是一场自导自演的丑剧，却非嫁祸于香菱不可。那呆霸王自然又把香菱痛打一顿。

三是香菱又要被转卖。夏金桂对香菱是必欲除之而后快的，虽然香菱已被恶夫打得遍体鳞伤，她仍死也不肯罢休，又胡搅蛮缠起来。在这样的家庭，这样的社会，什么罪行都可以畅行无阻，而“善良”却像可怜的羔羊一样遭到杀戮。在夏金桂已把薛家闹得“家无宁日”的时候，薛姨妈却立刻嘱咐：“快去叫个人牙子来，多少卖几两银子，拔出肉中刺，眼中钉，大家过太平日子。”在罪恶的深渊中挣扎的香菱，在她们看来仍是个罪人。此时多亏识大体的宝钗出于维持“皇商之家”的面子的考虑，香菱才免于被卖的厄运。

种种折磨，把香菱置于炼狱之中，她所生活的薛家已非人间，她犹如在十八层地狱中的孽火中穿行，徘徊无主，惊慌四顾，踉跄趔趄，彳亍而行，鬼一般的孤影向前忽明忽暗地飘着，一阵微风吹来也会把它吹散。

二知道人在《红楼梦说梦》中说：

> 香菱为人略卖，狮吼惊心，人皆悲其遇矣。仆为香菱悲者，尚不在此，独恨无知月老，何竟以吟风弄月之美人，配一目不识丁傻子耶？玉碗金盆贮以狗矢，冤乎哉！
>
> （《红楼梦资料汇编》，中华书局，2005年1月版）

香菱“所嫁非人”。薛蟠虽系皇商之后，却是个“黑社会”的人物，目为“傻子”，当不过分。对于香菱，他本当有“怜香惜玉”之意，却偏偏生出“除之而后快”之心；他本该是香菱的保护神，却偏偏做了香菱的催命鬼。把终身委托于这样的人，难道还会有福星照在头上吗？

香菱“有命无运”。假若香菱不被拐卖，她会有另一种人生，她也会像大观园中那些幸运的女儿一样，花前月下吟诗，桥边溪旁咏鹤，在无忧无虑中长大，以后嫁一个如意郎君。而尚在年幼的她却要像路旁的野草一样，被车碾马踏，只能在滴满眼泪的人生之路上，惴惴地求生，苦苦地挣扎，以致早逝。

最重要的是“生不逢时”。她生在了女人不如人的封建社会，本来就被压在社会的最底层，而她是奴婢，那就更没有做人的资格了。当然，就是大观园那些幸运的女儿也一样，最后也被封建礼教吃掉，但与香菱相比，她们毕竟有一段无忧无虑的生活，而香菱一旦被拐卖，就将生活在苦海中，她拼命挣扎也游不到彼岸了。

五、香菱之死

苦海无边，香菱是游不到能够拯救她的彼岸了。古巴人不满意自己所处的地理位置，曾说“我们离天堂太远，而离美国太近”。我们可以模仿这句话说：

“香菱离天堂太远，而离地狱太近。”所以她就非死不可了。

但高鹗的续书与前八十回却颇为参差，有许多不接榫的地方，对于香菱之死的处理也与曹雪芹的原意大相径庭。他首先竟让作恶多端的薛蟠有了“悔过自新”之意，把香菱收为“正房”。这个魔鬼也就稀里糊涂地放下屠刀、立地成佛了。很显然，续书的作者既受了封建思想的左右也受了才子佳人小说的影响。那就是“皇商”家庭出身的薛蟠经过一番蜕变，也会由可怕的毛虫变成美丽的蝴蝶了，那么只有“大团圆”才是最好的最理想的结局。我们无意责备古人的这一片好心，只是感觉太离谱了。整个《红楼梦》被此公弄出那么多的“大团圆”，使我们颇感兴味索然。狗尾续貂，强作解人，怎么看也不是那么一回事。看来曹公在前八十回的“草灰蛇线，伏脉千里”的良苦用心算是白费了。

况且书中第五回已说得十分明白：“宝玉……拿起一本册子来，揭开看时，只见画着一株桂花，下面有一池沼，其中水涸泥干，莲枯藕败”，后面书云：

> 根并荷花一茎香，平生遭际实堪伤。
> 自从两地生孤木，致使香魂返故乡。

这判词明明说夏金桂之生，就意味着香菱之死。“两地”二字是两个“土”字，“两土”加一“木”不就是“桂”字吗？也就是说香菱死在夏金桂之手。这应该是曹公的本意；然而续书作者却“一叶障目，不见泰山”，说香菱死于难产，完全为夏金桂开释，宣布她无罪了。

总之，香菱在很年轻的时候就死了，根据曹雪芹在前八十回留下的蛛丝马迹，学者们纷纷作出自己的猜测：

俞平伯说香菱死于薛蟠之手，原因就是“薛蟠非常嫉妒，时时刻刻怕宝玉偷他的爱妾，所以香菱进园是一个重要的关键，及她再出园，薛蟠的态度马上就变了。好像香菱直被夏金桂逼死，其实何尝如此。薛蟠真喜欢香菱，难道不会‘宠妾灭妻’吗？”然而以后他又说：“香菱是被夏金桂折磨死的。”并引书中第五回香菱的判词为证。最后肯定地说“可见八十回的作者明明要香菱被

金桂折磨死的”。(《俞平伯论红楼梦》，上海古籍出版社，1988年3月)

张曼诚在《香菱的干血之症》中说香菱“因病去世”。他说：“水枯泥干正象征着香菱患了干血病，莲枯藕败实寓有英莲病后逐渐枯萎羸瘦，一病不起，败死夭亡之意。”(《红楼梦学刊》1985年第二辑)

陈婴在《香菱和宝玉——〈石头记〉中的爱情悲剧》中说香菱被迫害而死。香菱“和宝玉的感情关系是造成这个死亡的重要原因，这大概也是要写书以记其事以悼其人一个重要原因”。他认为“宝玉、黛玉、宝钗确是一个三角，但是一个假三角，这个假三角掩盖了一个真三角，那就是宝玉、香菱、薛蟠这个三角。这个三角产生了真正的悲剧：香菱之死”。(《红楼梦学刊》1996年第二辑)此说甚新，但事实真是这样吗？

还有更新的说法，认为香菱“生桂”而死。王靖在《香菱的结局：“自从两地生孤木”别解》中认为，这句判词所说的“桂”字非夏金桂之“桂”，乃是香菱所生之子“薛桂”之“桂”，此也可以为一说，文中的议论，也是成理的。

无论怎么说，反正香菱之死是非常悲惨的，曹公虽然披阅十载，并没有写出香菱的结局，所以才留给后人许多想象空间，只要言之成理，都可成为一论。从某种意义上说，晴雯是有幸的，因为曹雪芹用他的下泪泣血的笔写出了她悲惨结局，那是文学史上最悲惨的一次“死”，足以感动世世代代的中国人；而香菱却有了又一次的不幸，那就大师还未及写到她的“死”，就先辞世了，如果她“死”的经历由曹公来完成，那么，就又将有一次更惨烈的“死”留在厚厚的文学史上，让世代中国人回眸，被历史烟尘遮蔽的天空，为先辈们的不幸流着痛泪！

文后，再缀小文一篇，以诔香菱：

千红一哭，众女之运多舛，万艳同悲，香菱之运何薄。

幼年被拐，犹如乳燕覆巢；少小离家，一似蜜蜂失所。

驴背青霜，泪洒紫陌；孤篷夜雨，血染黄尘。山深树老，水阔人稀；孤舟破浪，乱发梳风。寒芦飘絮，鬼火窜于鞍前；残柳垂丝，狼声萦于耳畔。匆匆趱行，近水几湾苦泪；缓缓回首，遥岑一道愁眉。乡关何处，阴阳两路；父母安知，生死殊途。

一进薛府，便入炼狱——

归家无由，困如釜中之玄蚁；展翅有碍，窘似窗上之青蝇。棰楚阵阵，皮绽裂而血溅；詈诅声声，魂飘坠而心惊。抚琴蟋蟀，以哀以泣；饮露寒蛰，以痛以悲。

陪钗进园，暂脱苦海——

黛玉饲人，如紫燕之哺幼；香菱学诗，似桑蚕之抽丝。日吟呕血，石因润而欲雨；夜咏伤神，蚌有疾而怀珠。两眼鳏鳏，魂九逝而入梦；一身荡荡，诗三吟而成篇。无意青草，因夏而绿；有情皓月，为诗而圆。

二进薛家，又临死地——

天地不仁，以万物为刍狗；鬼神无义，视女人为羔羊。“惊霜寒雀，抱树无温，吊月秋虫，偎阑自热”。（清·蒲松龄语）

人皆有口，可唱惬意之歌；我自无弦，只度断肠之曲。

霸王寡恩，贪夫棒狠；悍妇多妒，连环计毒。

华佗再世，难医一身之病；春日虽温，不暖半死之心。

莲菱弱质，逢雪而即萎；蒲柳纤姿，望秋而先零。夕月衔山，倏忽而灭；秋菱属纩，转瞬以亡。

生死有命，苍天不佑弱女；歌哭无端，大地拒收孤魂。

一捧寒灰，长奠衔冤之鬼；两掬热泪，永怀含恨之人。

第七章

一棵历尽沧桑的老树

——贾母

用干枯的眼睛
审视着前所未有的
无数奇异景色
有的近，有的远
有的不时咬痛
古井般沉静的心

——陈敬容：《年轮》

完整等于缺陷
饱和等于空虚
最大等于最小
零等于无限
——陈敬容：《逻辑病者的春天》

一、以快乐为主导的人生轨迹

贾母在《红楼梦》中虽说不是一个最主要的人物，却是一个最重要的角色。书中的每个主要人物和次要人物都和她发生着关联。她像一条河流，众水归之；她像一条山脉，万山拱之；她是贾府这座金字塔的尖顶，她是华林中一棵历尽沧桑的老树。

她出身豪门，威威赫赫，"阿房宫，三百里，住不下金陵一个史"，那史家是和贾家、王家、薛家同等的大族，名著金陵。所以我们可以说，贾母从生下来，就已经过着翠环珠绕、锦衣玉食的生活了。一出生就落在金银窝的人和那些出生在小户寒门的人，各个方面都不可同日而语。她的贵族气质，她对待人生的态度，从小就已经在她的身上明显地形成了，一切阶级在他们身上都要打上鲜明的阶级烙印，这个论断无疑是十分正确的。她的人生轨迹是从豪门出来再入豪门，所以她一直过着安富尊荣的生活。"我是极爱寻快乐的"，这几乎成为她一生不懈的追求，"快乐"，才是她人生的最高标准。吃中有快乐，那是大快朵颐的时候；穿中有快乐，那是身着绫罗绸缎的时候；居中有快乐，那是住在龙楼凤阁的时候。这一些只不过是物质的追求，贾母已尽享矣，她现在追求的是精神的快乐。这位多福多寿的老人家，愈到晚年，对快乐愈有特殊的感受，那就是人生轨迹应该由充满快乐的分分秒秒组成，否则便不能称其为人生。所以我们才会经常看到在青春聚会的场所，有一头发斑白的老者掺杂其中，显得不甚协调；大家围绕着她，如众星之拱卫北辰，那就是寻找快乐的贾母。她虽然垂垂老矣，却始终有一颗年轻的心，这颗心为快乐而激烈狂跳，连年轻人也望尘莫及。

这便是她对待人生的态度，一种非常积极的人生态度。

为了这一生追求不止的快乐，她可以把一切舍弃，包括人们看重的念兹在兹的“权”。我们知道，她在涉及自己管理才能的时候，曾不无得意地说道“当年比凤姐儿来得”。这话却是真实的，并非自吹自擂。她虽然文化程度不高，但经过封建文化长期的耳濡目染和熏陶，以及管家理政的实践，使她成为一个不可多得的管理人才。由于她见识广、站得高，又有理性，所以把贾府的事务管理得井然有序，使人不由产生巾帼不让须眉的慨叹。

就凭她的才干，继续当政似乎是天经地义的，再者说，已稍露颓势的贾府也需要她继续执掌乾坤。此时也无人敢觊觎她的“宝座”，但她还是急流勇退了。原因或许会有种种，但她想“打开枷锁，放开手脚”去及时行乐的思想肯定是当时的主要想法。再说接班人已崭露头角，何必还涎着脸皮赖在那里不肯让位呢？

在长期的考查中，她深知王夫人庸懦无能且又无知人之明，甚至当一个过渡角色也不是理想的人选，与邢夫人一样，实已不堪重用。所以经过再三权衡，才把王熙凤定为接班人。虽然王熙凤也不是一个好货，但在她初登“政坛”的时候，还算是一个敢想敢干的年轻“干部”，决断杀伐，颇做了几件令人称赞的事。至于以后她变成了一个既贪且腐的“腐败分子”，我们不能责怪贾母有失察之咎，因为金钱万能的社会就是一个大染缸，谁在里面厮混久了，也难免变黑。有一点我们得为贾母声明，她老人家没有一手收钱一手交付官帽，也就是没有卖官，却是的确的。

我们说贾母急流勇退，也是有根据的。她离了领导岗位之后，并没有一步三回头地张望那把“椅子”，表现出某种难解难分的留恋；她是头也不回地去了，在有限的光阴里追求快乐去了。这位“老领导”是非常明智的，她从此决不干政，退得干净利索，把位置名副其实地让出来，让年轻人在那里大显身手。

我们古老的中国有个习惯，那便是垂帘听政。退下去的人唯恐“接班人”还不成熟，做事会有什么差池，便总是忧心忡忡；而明里呢，又不便插手，所以每当新人“临朝议政”的时候，就有一帘隔断前后，他们躲在帘子的后面进行无声地操纵。比如慈禧太后就是一个好例。每当看到“慈禧”这个名字的时候，就令人作三日呕；而与此同时却想起武则天来了，她决不搞什么“垂帘听政”，她认为天下应该是“武周”的了，就树起武周的大旗，从不遮遮掩掩，何等斩截，她觉得该走在前台的时候就毫不客气地走上前台，决不忸怩作态。这就是至今还有人称道她的原因。

王昌定在论及贾母的时候说：

> 这位贾老太君在生活中的第一要义就是让自己高兴。
>
> 她之所以喜欢凤姐，固因凤姐善于讨好，更因凤姐善于逗乐，可以给她解闷。她一般不问家事，不理财物，把一些琐细乏味的俗务都交给别人，每日里只是吃些爱吃的，听些爱听的，看些爱看的。她之爱宝玉，在某种意义上，也是把宝玉当成一件心爱的玩物来爱的，因此她并不太关心宝玉如何读书及求取功名。她常常给这个作寿，给那个过生日，是因为她喜欢热闹场面，她看着宴席上的山珍海味，即使自己吃不下几口也感到快活，她看着戏台上的悲欢离合，把成筐的铜钱撒得满台乱响，便是她最大的乐趣。
>
> （《红楼梦艺术探》，浙江人民出版社，1985年10月版）

对于这样一个经历过复杂人生的老人来讲，她的这个决策是极为正确的。吃，饱了口福；听，饱了耳福；看，饱了眼福。福才是快乐之由。如果终日食不果腹，听到和看到的也是满目生悲和两耳填愁，还有什么快乐可言呢？所以我们又说，经济基础才是产生快乐的源泉，虽然它并不是唯一的源泉。沿街乞讨的人没有快乐，家中“无斗米储”的人没有快乐。

贾家数代的政治资本和丰厚的经济基础都为贾母追求快乐创造了有利条

件，她只要利用一下这些条件就行了。山珍海味，绫罗绸缎，亭台楼阁，山溪美景，这一切都是贾母追求快乐的物质基础。如果没有了这些，她老人家的快乐也就没有根基了。我们可以发散一下思维，如果把这位老太太放在破瓦寒窑，求一饱而不可得，寒风吹着满身破絮，又不时有虱蚤来叮上一口：处在如此这般的环境，心中恐怕只有速死之意，还何来追求快乐之心呢！

这就是说你得有“钱”，否则追求快乐只能成为无源之水、无本之木。如果此时你没有“钱”，那么有“权”也可。自古以来，“权”早就发生了异化，成为私家财产了。皇帝之所以能够富有“天下”，就是因为他手中有“权”。有了政权便有了一切，丧失政权便丧失一切，此话是说得极为深刻有理的。君不闻一句俗谚所云：“一任清知府，十万雪花银”，则是对权的威力、权可生财的形象概括。因为贾家是几代皇帝的宠臣，此时又有了姻亲的关系，可以说是“权倾朝野”的，因此他们便有了权，从而便有了钱。有了钱又可以买来“权”，贾家为了他们的不肖儿孙不是捐了官吗？就像今天的所谓企业家可以用钱买来政协委员和人大代表似的。可诅咒的历史，偏偏又这样走了一圈儿。

所以我们说，贾府具备享乐的条件，贾母又有追求快乐的心情，好条件和好心情就是这样天衣无缝地契合在一起了。贾母何能不有大乐、大福？所以我们才会在各种场合看见她老人家匆匆忙忙的身影。有机会就享乐一番，没机会就创造一个机会享乐一番，享乐就像生命一样须臾不可离身了。有时又“只恐夜深花睡去，故烧红烛照红妆”，竟像李白一样秉烛夜游了。更何况有的场合还需要这位“老领导”来点缀一番呢？有她老人家光临的酒会规格显然就提高了，对人对己都有利，何乐而不为呢？所以这位“老领导”便穿梭般地出席今天某某的生日宴会，明天又要给某某作寿，而后天呢，说不定一把剪彩的剪子已为她准备在那里了。

人们把她围在中心的位置，尽量地讨好她，巴结她，那些年轻的或不太年轻笑靥无一不对着她那张满是皱纹的老脸，心中也油然升起一种快乐，快乐来了，虚荣心得到了极大的满足。此次的参与，绝对是不虚此行。所以在觥筹交错的宴席上，她老人家也有些顾盼自雄了。可惜的是当时没有录像设备，所以贾母的种种行动没有留下影像资料，这是应引以为憾的了。与贾母相比，今天的领导干部有福了，他们的荧屏形象将会传之久远，会令后人歆羡不已的。这便是古今的相同之处与不同之处。

贾母在书中一出场，已经是一个享受型的老太太了。她是与快乐相生相伴，她不仅享受别人给她的快乐，她也不时地给他人快乐，所以说贾母的欢乐往往是与别人互动得来的。她文化水平有限，除了熟悉一些民间俗谚以外，她对诗书之事鲜有问津，关在屋中润毫吟诗之乐，显然是与之无缘了。她在王熙凤的粗俗中快乐着，她也在刘姥姥乡野的故事中快乐着。她是兼收并蓄的人，凡是快乐，她都可以斩获。

二、贾母向往圆融的世界

在这个大家族，上上下下，老幼尊卑，也有几百口人；亲朋故友，耆老新贵，也穿梭一般出入于这个豪门。如何处理内部、外部的关系，就成为贾府面临的一个问题，也成为贾母不得不面对的一个问题。她虽然"离休"在家，但"离休"不离人群，所以如何和周围的人相处，也成为老太太面前的一个很现实的考题。她的处世态度热情有礼、雍容大度、诙谐风趣、全面周详，这一切都是她漫长的人生风雨历练的结果，经过岁月的发酵、提纯凝结，成为她处世的圭臬。对一切人与事，她一般都持大度宽容的态度，以一个老祖母的慈祥面对儿孙，也以同样的态度面对下人。我们说她是一棵历尽沧桑的老树，她那"霜皮溜雨四十围，黛色参天二千尺"的形象，萧然地肃立在人们的心头，是贾府几百口人的精神栖所，连小鸟都可以在上面做巢，以求得一枝之安。她觉得给他人以安全、给子孙以庇护是她的责任，也是一种应尽的义务。所以她以一颗慈爱之心观照着周围的人群，让那慈爱的光芒抚慰着每一颗心。

在当时她不可能了解自然之性乃是天地万物发展之理，但她却对子孙们的天性自由发展乐观其成，不加以打压和限制，甚至到了放纵的程度，以致后来产生了一些负面的影响。这是一个崇尚无为而治的老太太，大概也是因为整日里追求快乐而无暇他顾才采取此“下策”的吧。总而言之，在她的心目中无风无浪就好，平平安安地度过每一天，快乐也就随之而来了。

周华在《红楼里的中庸主义者——贾母和薛宝钗》中说：

> 《红楼梦》里写贾母，也许因为曹雪芹个人的感情，好些地方写得很美。她的举动行为都有“分寸”。她对于围绕在她“膝下”的这一群，有责备，有爱护，有褒有贬，而这一切都适可而止。她很知道享受这个“贵族之家”里的崇高地位。你可以说她很狡猾，但至少她与一切人相处得很圆满，受着别人的尊敬和畏惧。也正是她的温暖，抚育了宝玉和黛玉两个人——但同时也抚育了别的人，如奸诈的凤姐，恭顺的王夫人，可怜的鸳鸯（她的丫鬟）。对于旧社会，她是一个改良主义者，一个“兼容并包”的不顽固的人。
>
> （《红楼梦研究稀见资料汇编》，人民文学出版社，2001年版）

每一个老祖母都有舐犊之情，这是与生俱来的母性在起作用。这种爱是真挚的、无私的，有时甚至是盲目的。这种由血脉传承而凸显出来的爱，既不计代价，也不看结果，好像只要尽心尽力地付出，像辛劳的农夫一样，洒下汗水，就会收获一批成熟的果实。贾母就是这样，她的残年之爱，就像强烈的夕阳照耀万物一样，毫无保留地照进每个人的心坎，比中午的阳光更温柔，比早晨的阳光更醇厚。她就是这样不要代价、不要回报地爱着每个人。所以她投向宝玉的目光才那么动人，投向黛玉的眼神才那么充满怜爱……像农夫看着满畦新苗一样，心情是欣喜的、充满希望的。

然而，那种没有理由的狂热的爱，往往在眼前产生一种屏蔽、一种盲点，使施爱之人不自觉地遁入暗影之中，看不见此外的一切了。所以这时往往会产生灾难性的后果，溺爱、宠爱、盲目的爱会逐渐变成一柄杀人之剑，对所爱的对象进行温柔的斩杀，这当是人们所始料不及的。贾母的爱便产生了这样的后果，比如贾琏等等便是。但如果同今天某些“领导干部”相比，贾琏倒成了“贞节烈男”了。君不见有的人已淫五百女人，但犹感不够，还有三百女人在行淫的计划之内吗？有的甚至恬不知耻把与女人的性感觉写入日记，有个把“三奶”已属平常了，如此等等。看到这些见诸报端的事实，我们除了作呕三日以外，真是只能徒唤奈何了。兰陵笑笑生如果在世，看到这样的现实，也会觉得自己何其孤陋寡闻，如果请他再写一部《续金瓶梅》，他会顿觉自己笔下无力了。而贾母也大可不必为培养了贾琏之流惭愧叹息，如果和今天的某某某相比，那真是小巫见大巫了。

但贾母的确难辞其咎，她的“无为而治”方针已成为“不治”的同意语，她的“宽宏”理念已变成“放纵”的代名词，她的宠爱在不经意间变成一剂毒药，毒杀了一些原本还算纯洁的灵魂。对于这一切，她老人家却浑然不觉，觉得一切再正常不过了，有时还为秽行开脱，甚至为之缓颊。这一切都是假爱之名义以行的。

野鹤在《读红楼劄记》中说：

> 贾太君祷天消福，字字至诚，字字血泪，然而纵容之罪已不可逭，读者于此亟宜猛醒。
>
> （《红楼梦研究资料》中华书局，2005年1月版）

这就是说，在贾母的身上动机和效果并未统一，一切良好的愿望最后都化为泡影，这种后果应该说既在意料之内又出乎意料之外。那就是她的主观想法已与现实严重脱节。因为末世将临，朝纲混乱，家族内乱，人心慌恐，也就是贾母面对的是一个乱象丛生的世界，这时往往种下龙种而生出跳蚤，贾母仅凭教化之功而欲使世界家庭不变如常，那只是一厢情愿的事，只能是一场春梦而已。但令人遗憾的是，贾母至死也没看透这个现实，虽然有时也似乎有所悟，但那不是觉悟，更不是醒悟，而只是一场令人昏眊而又迷茫的梦而已。

但我们也不能否定，贾母的心中始终是以建立一圆融的人际关系、和谐美满的家庭为指归的，她的办法似乎只有一个，那就是给人以大爱。就像普照世界的阳光，把它的温暖给山脉、给河流、给原野，也给卑微的草木虫鱼一样，给予一切和她有关系的人，她的思想是一种普世的思想。

所以在她那里少有尊卑的畛畦，却似乎有点墨家“兼爱”的思想。最明显就是她与刘姥姥的关系了。刘姥姥本一介村妪，只因为家庭贫窭、衣食不继，凭着那么一点点曾有的“连宗之族”的关系而找上门来，打抽丰，索银钱，要放在一般的豪门之家，恐怕早就下逐客令、避之唯恐不远了。而在贾母教育下的掌权人王熙凤虽非满怀热情却也很有礼节地接待这位远道而来的不速之客，并满足了她的要求。以后刘姥姥屡进荣国府，贾母不但不烦，还极亲切地称她“老亲家”。贾母不愧是一个老于世故的人，这一声呼叫立刻拉近了两颗心的距离，使刘姥姥感动，也使贾母心安。连两宴大观园的时候，也盛情邀请刘姥姥参加，使刘姥姥从另一个侧面认识了富贵之家，也使她老人家在精神上得到不少安慰和满足。

她像土地一样，不管是细密的春雨还是夏日的豪雨，她都能把它们接纳在怀里，让它们有一个栖息之所。这在当时等级森严的社会，确是难能可贵的。

我们曾经说过，刘姥姥有精神家园的意象，那么贾母就是一棵老树的意象，古代人类在那上面营巢，又从巢中走下来，这一走便走出了人类，也走出思想。当然，那思想是属于封建社会范畴的。贾家子孙也从她那里走出来，走出烈火烹油般的盛世，又一步一颠踬地走向末世。

胡文炜在《贾宝玉与大观园》中说：

> 贾母平时的许多言行，很能引人共鸣，使人对她怀有好感，跟着书中人把她称为“老祖宗”。确实，她总是开心、快乐、带着慈祥的笑容。虽然作为一府之主，讲的话最有威力，但给人的印象却是十分的平易、和善、亲切。她给人的好感具体说来不外乎以下几个方面：
>
> （一）好客

（二）恤贫

（三）怜幼

（四）护弱

（五）爱晚辈

（六）无拘束

（七）厌丑恶

这一些好的品质，都与她不以尊卑为意、不以贵贱画线有关。在当时的社会，贾母能有这样的平等思想，是很不容易的。

在她那里，也少有贵贱的分野。她和鸳鸯的关系就是如此。鸳鸯是个“家生女儿”，家庭是卑贱的、地位是低微的；也就是说，她与贾府一般的丫头比较起来，也要等而下之了。说得不客气一点，她就是贾母身边的一个女奴。然而在贾母那里从来就没有把鸳鸯当作一个奴婢，而是把她当作一个“人”，甚至以孙辈视之。这当然是由她们之间朝夕相处的特殊关系决定的。所以当色迷的贾赦像个馋猫似的要把她身边的“美人鱼”叼走的时候，老太太真的愤怒了。“城门起火，殃及池鱼”，连王夫人等一干人也受了冤枉，得到她声色俱厉的责备。

有论者说，贾母的这次愤怒并不是为鸳鸯，只是为了她自己，鸳鸯一走，她身边便没有这样尽职尽责的服侍她的人了。这只能是其中一说而已，我们姑且认为此说成立；但不容忽视的是这一老一小日久形成的深情也是不容别人割裂的。别人掠夺了贵重的物品，似乎可以容忍；但如果有人想把一个人心中的真情劫掠，几不可忍。这恐怕是贾母愤怒、大光其火的真原因，也是更深层次的原因。当然这里也有对这个没出息的儿子的愤怒：你都满头覆雪、两鬓带霜了，感官的需要还这般强烈，而工作的热情却被放逐到爪哇国去了，拿镜子照一照你那张老脸羞也不羞？这就如同今天的某些“领导”，不理民瘼，却穿梭般出席各种宴会，白天连工作都没有一点力气，晚上在石榴裙下却来了精神，把“二奶”“三奶”侍候得眉开眼笑，连说“好极了”。这岂不是今天的贾赦乎？可惜的是贾母早死了二百多年，否则可能会因为她老人家的愤怒，使这样的官员少一些。

这就是贾母大大的过人之处，她像一个猎人一样，成功地预防了一次色狼对身边丫鬟的袭击，并从此昭告贾府，让大小人等知道，她身边的丫鬟动不得。这是一次让卑贱者扬眉吐气的举动，虽然她已到了耄耋之年，但正气仍在胸中，一点也没有衰减。

如果她与鸳鸯没有很深的感情，给儿子送个人情也就罢了，何苦把全府上下弄得沸反盈天、人人都不自在呢？把鸳鸯送走之后，再买一个丫头来放在身边，教她周到“服务”，殷勤办事，那是易如反掌的事；但贾母一开始就断然拒绝了贾赦恬不知耻的请求，此无他，是那种维系着两颗心的深厚感情不能割舍，那是用尊与卑、贵与贱的简单命题所解释不了的。人性的力量是巨大的，它能战胜一切。

这位老人另一个值得称道的地方是恤贫怜幼。“恤贫”已如前文所说，对刘姥姥的关爱就是一例。她的“怜幼”表现最突出的就是对孙辈的怜爱，这种感情是无时无处不在的，比如对宝玉的无条件的疼爱，对黛玉动了真情的怜悯，书中描写都是相当动人的。她的温情不仅温暖着府中的孩子们，对贾府高墙以外的孩子，她也不缺乏无微不至的关怀和深深的怜悯。比如“清虚观打醮”这一节，写到一个小道士儿，拿着剪筒，照管剪各处的蜡花，“正欲得便且藏出去”，不想一头撞在凤姐的怀里，凤姐一扬手，便把那小道士儿打了一个筋斗，并高声大骂，吓得那孩子连滚带爬。正在众人围上来，都喝叫着“拿，拿！打，打，打！”的时候，被贾母听到了。她听到王熙凤的“汇报”之后——

> 忙道：“快带了那孩子来，别唬着他。小门小户的孩子，都是娇生惯养的，那里见的这个势派。倘或唬着他，倒怪可怜见的，他老子娘岂不疼的慌？”说着，便叫贾珍去好生带了来。贾珍只得去拉了那孩子来。那孩子还一手拿着蜡剪，跪在地下乱战。贾母命贾珍拉起

来，叫他别怕，问他几岁了。那孩子通说不出话来。贾母还说“可怜见的”，又向贾珍道：“珍哥儿，带他去罢。给他些钱买果子吃，别叫人难为了他。”（第二十九回）

贾母不但为小道士解了围，还要给他钱买果子吃；那一段充满真情的话语，简直如同从肺腑中流出，每一个字都很动情。没有一点伪饰，没有一点做作，完全是老祖母关心自家后代的声口，把一个慈祥老人“怜幼”的形象描绘得栩栩如生、跃然纸上。

贾母就是这样一位可尊敬的老人，因为她向往圆融的世界、和谐的关系，所以她在临事的时候才持有这样平等的态度，“己所不欲，勿施于人”，对于这个儒家的信条，贾母是一个真正的践行者。

三、贾母像一条接纳众水的河流

“世事洞明皆学问，人情练达即文章”。贾母漫长的人生，使她经历了很多、思索了很多，也使她洞察了很多。她是那个时代的史书，也是贾府的史书，是一部当时社会的《资治通鉴》，在她苍老的脸上记录着贾府的兴盛到衰亡的整个历史。

正因为如此，这位历经沧桑的老人便具有了敏锐的观察力，对世间的一切洞若观火。当然她是站在她的立场上来评价的。她看透了人生的本质本是虚无的，追逐名利的辛苦岂不辜负了有限的时光？所以她才那样看重每天的欢乐，把每一次都当作世纪末的狂欢，认真投入，从不虚应风景。对她视为生命的宝玉，不用封建伦理去约束他，却让他任性而为；她似乎看透了那套东西对自然生命力的摧残，所以她才对它不屑一顾，让她钟爱的孙子去尽情地发展天性；并修筑一处充满自由精神的大观园，让青春在那里展现它的妩媚。

由于她的人生具有了史书的特质，能够鉴古而知今，所以她对发生的一切都胸有成竹，临危不乱，处变不惊。由于她像中流砥柱一样，饱经沧桑的形象永远矗立在人们的心头，所以当锦衣卫查抄了宁国府之后，这个家族并没有乱作一团。人们望着她，仿佛心中就有了底气，老祖母会给他们指出另一条人生之路。

由于她经历的岁月比栊翠庵门前的梅花还多，所以她的胸怀宽阔如沧海，能够容纳很多东西，也能生出许多东西，使她永葆一身旺盛的精力，这样才能够使她对一切应付裕如。比如贾家被抄后，她也知道自己来日无多，却没有在惊惧中坐以待毙，而是从容应付事变，以“散余资”的方式把家财分下去，让子孙都有一点赖以谋生的经济基础。

徐定宝在《论贾母文化心态中的新质》中说：

> 贾母的文化心态全息地透发出我国老祖母（母亲的母亲）的思想、性格、心理、情怀、风范、仪态等精神特征。中国老祖母身上的优点与缺点、长处和短处、进步面与落后面、坚强处同软弱处、纯情性及功利性、明智处与胡涂处、本色处和变异处，都在她的文化心态内自然而和谐地体现出来。这种体现又非人为组合、对半拼盘，在矛盾交叉中均以前者主导方面，显然占据着主体的支配地位，从而鲜明而真切地反映了中国母亲最本质的心理因素。同时，小说成书于18世纪中叶，这是中国社会历史大转型时期，进步的时代精神也折射于贾母文化心态的诸多新质之中，尽管这类新质尚处萌芽状态，常与传统的旧意识杂合于一起，但是，民主启蒙的曙光却是耀眼夺目、令人神往。……在贾母面前，无数文学作品里的母亲形象皆相形见绌，显得单薄、虚假、苍白与失真。曹雪芹塑造贾母的美学意图在贾母的文化心态内获得全方位的体现。因此，贾母的形象犹如一尊闪光的铸像，矗立于太平洋西岸的中国大地上，让全世界都看清楚，这就是中国的老祖母！
>
> （《红楼梦学刊》，2000年第2辑）

这一段文字把贾母形象产生的根源及其特征阐述得比较全面、深刻。与此同时论者认为贾母的形象即中国老祖母的形象，这个见解也是独具慧眼的。中华民族一股悠远的血脉传下来，像一条永不枯竭的河流，那就是中国的老祖母，她生生不息，历久弥新。她的胸怀是博大的，宽广得如无边的土地。当她的儿女得意的时候，就意气轩昂地从她身旁走出，到四面八方去建功立业；当他们失意的时候，她又敞开胸怀，张开双臂，迎接他们的回归，并给以“重新再来”的鼓励。那种温情，立刻暖热了已经冰冷的心，又使它有“再干一次”的勇气了。这就是母亲的大爱，或者说老祖母的大爱。当我们迷路的时候，在暗夜里徘徊无助，突然在狺狺的犬吠中发现了村庄的暗影，随后就有一点心形的灯火映在午夜的窗上，那是母亲或老祖母点起的灯火，招呼迷途的儿女，来吧，这里就是你的家乡，那扇蓬门始终为你开着。她们以大爱熬过不眠之夜给失路的孩子指出一条回家的路径。

贾母当之无愧的就是这样一个形象，用自己温热的胸腔暖着她的后辈，“手心手背都是自己的肉”，但过深过重的爱，也使她眼中有了盲点，有了黑白颠倒的时候，甚至在她的庇护下屡屡产生邪恶，这是她所始料不及的。所以我们说，爱得过了头往往适得其反，爱的畛域反倒成了滋生霉菌的温床。在贾府出了许多优秀人物，也产生了一些败类。这都与贾母有关，这是毋庸讳言的，我们也不必为贤者讳。在老祖母的血脉中既常常有新的因子产生，也往往有历史惰性甚至是污秽沉淀。历史的担子是沉重的，它常把因袭的东西担起，所以它的脚步又是趔趄的，它所走的路线又是曲曲弯弯的。历史从来都不走直线，它喜欢崎岖的路。

这是她在“亲情”方面的践行。

她又是一个充满人情味的老太太，上文提到的她对小道士的态度，我们便可以从中亲炙她那浓浓人情味；她对刘姥姥的态度以及对其“老亲家”的称谓，尽显她“心有人情”；她幽默的谈吐，一下便拉近了她与陌生人的距离，觉得她和蔼可亲，没有一点贵族气。她情连僧道，心系优伶，并没有把自己看得比他们高贵多少，所以她像磁石一样吸引着也温暖着八方来客。

她又很注重友情，心中始终有着一个念旧的情结。对有多次交情的刘姥姥可以略而不谈，就是对那位与荣国公有故交的张道士也有惺惺相惜之情。在清虚观相遇的时候，她命贾珍搀他进来，并尊称他为“老神仙”。她没有因为自己身份高贵就忘了友情，而是把往昔岁月在人生驿站与他人的每次相逢看作一种机缘，把那离别与相逢的时刻，永记心怀，成为一笔不小的精神财富。

贾母看重人生的每个环节，并在每个环节中寻找欢乐。而她最为关切、倾注心血最多的则是如何对待“亲情”“人情”“友情”，并用自己的理解和实践加以诠释。

她认为含饴弄孙是人生一乐，“有朋自远方来”也是人生一乐，而“绿蚁新醅酒，红泥小火炉。晚来天欲雪，能饮一杯无”的真诚相邀，更是人生一乐。她以积极的人生态度入世，到处寻找快乐，而无处不在的快乐也找到了她。她更属于快乐，快乐也更属于她。她的血管里流动着快乐的血液，她的长处、坚强、纯情、明智、本色无一不融在她的血脉里，形成一条源远流长的河流，我们的母亲河。

陈敬容在题名《水和海》的诗中写道：

一切江河，一切溪流，
莫不向着你奔腾；
但它们仍然是水，
是水！它们属于
你，也属于自身。

既然是河流，就具有河流的特点，她既能吐故纳新，也可以藏污纳垢。贾母何尝不是这样的河流呢？她的出身，她的人生经历，使她有条件有机会随时吸纳中国古老的文化，这是古代的精魂，源源不断地丰富着也改塑着她的精神世界，使她成为封建统治集团里比较开明的掌权者。她以慈悲为怀，既关心着、心向着本阶级的利益，又“惜贫怜幼”，把一个角门向穷苦人敞开着；不时伸出手去，抚慰一颗颗寒冷的心，像一个慈眉慈眼的佛陀，把他们渡到彼岸，重拾生活的信心；但不可否认的是她确实又做了罪恶的保护伞，甚至有些恶行她明知而不管，还为其寻找说辞，为之开脱，例如对于贾琏等人的行径就是如此。这时，这条河流便也散发出一种腐臭，污染着本不洁净的人间。这是历史源流给予她的，她没法拒绝也不能拒绝接受。这时她便变成了“死水”。

闻一多在一首诗中说：

这是一沟绝望的死水，
清风吹不起半点漪沦。
不如多扔些破铜烂铁，
爽性泼你的剩饭残羹。
也许铜的要绿成翡翠，
铁罐上绣出几瓣桃花；
再让油腻织一层罗绮，
霉菌给他蒸出些云霞。

是的，这沟死水，表面看上去，何其美丽，“翡翠”“桃花”“云霞”多么诱人眼目，然而这不过是斑斑绿锈、堆堆污垢而已。传统文化和传统道德中既有精华也有糟粕，吸取精华，扬弃糟粕，才能使古老的文明发扬光大，然而贾母对这一切却兼收并蓄了。

贾琏和鲍二家的偷情，败露之后，凤姐在贾母面前状告贾琏行为无状，谁知贾母却说出了这样的话——

贾母笑道：“什么要紧的事！小孩子们年轻，馋嘴猫似的，那里保得住不这么着。从小儿世人都打这么过的。都是我的不是，他多吃了两口酒，又吃起醋来。”（第四十四回）

你看，老太太这几句话说得多么轻松，好像男盗女娼、偷鸡摸狗纯属正常的事了，好像谁都是从这污秽中爬出来、从这深水中趟过来的。从这里我们看出她倒像一个“性解放”论者，对秽行何其宽容！这与今天有些领导把自己旗下的干部淫秽行为看作是私生活、看作是私人空间不加理会的思想如出一辙。但贾母的话也道出了几分真，她所从属的那个阶级从来就是荒淫无度的，这几乎成了他们的生活常态。贾母如一位久入鲍鱼之肆的人，所以嗅觉失灵，也就不足为怪了。

这就说明，贾母肩负因袭的重担，前行的步伐是趔趄的；随同她前行的不止有美好事物的身影，也有鬼影、魔影。宽容从来都被看作是美德，但过分宽容，往往在它的荫蔽下繁衍霉菌，却是不争的事实。

四、溺爱、怜爱、宠爱

贾母对待亲人的态度可以概括成一个字，那就是“爱”。她生活在一时不可或缺的欢乐中，也生活在须臾不可离去的爱中。对于这个心地善良的老人来说，儿孙满堂、四代同堂真可谓天赐之福。这大大地安慰了她由于夫君早逝的寂寞，她看到一代代人在她面前成长起来，就像一个农夫看到田野里的庄稼茁壮生长一样，其乐为何如！当然，由于长期观察的结果，她的眼睛便出现了一些黯淡：宁国公荣国公的时代已如流水落花，消失在时间的深处，连一点影子也不见了；他们带走的不仅是一些闪光的记忆，还有昔日的辉煌。如今，虽然诗礼簪缨的社会地位并没有改变，但月影移墙，似乎已到了冷月衔山的时刻了。尤其令她久久不能释怀的是，贾府到了现在竟阴盛阳衰起来，眼看着两个儿子已不能成事，他们如行尸走肉一般，连家政也不能主持。孙辈呢，贾珠不幸早死，贾琏如此这般，每念及此，老人的心中不禁涌上一股悲凉。多亏老天垂怜，生下了衔玉的宝玉，他的相貌与爷爷酷似，这就给她很多安慰，似乎贾家又有希望了。而围绕在她身边的那些女孩儿，更是一个赛过一个，不仅貌美，而且多才，像花朵一样开放在她的眼前，云何不乐?

于是她把大爱分给跟前的每个人。

她的爱又可以分为多种：溺爱、宠爱、怜爱……

（一）溺爱宝玉

贾母对宝玉的爱是溺爱。溺爱者，过分宠爱也。这也是事出有因的：一是这个孙子衔玉而生，生之奇必非凡夫俗子，以后的前途不可限量，说不定将来贵如乃祖，那么贾家复兴有望了；这个孙子长得可人意儿，酷似其祖："我养了这些儿子孙子，也没有一个像他爷爷的，就只这玉儿还像他爷爷。"贾母如是说，十分得意。这是第二个原因。三是有这么一个不同凡响、聪明灵秀的孙儿整日陪伴在身边，便使她的内心得到满足。宝玉成了她的一个快乐因子。

二知道人在《红楼梦说梦》中说：

> 贾媪素明大义，洞悉人情，溺爱宝玉，亦大母之常事。贾政欲以箕裘为念，善诱其子，媪断无不期其孙之成立也。顾平居安肆日偷，养蒙无术，时而趋庭有训，无非一暴十寒，是直纵之浮荡耳。及其淫泆无度，已成自然，而施以大杖，几置之死地，竟归咎于其母之溺爱也。平心而论，宝玉之不肖，果贾媪之咎哉?
>
> （《红楼梦资料汇编》，中华书局，2005年1月版）

她的溺爱，也是有原则有界限的，那就是以把宝玉培养成一个封建主义的接班人为终极目标，使他成为一个知书明礼之人，以继贾家箕裘。她有这样的出发点，在她所处的时代，也纯属正常。但在具体培养环节中却出了问题，刚以"入家塾"开始，即以"闹学堂"结束，也就是说宝玉并未受到"学校"的正规教育。贾母对于这一切似乎是极少问津的，而且贾政对宝玉的学习也疏于过问，这就给宝玉一个机会，使他有足够的时间游荡在姊妹群中，涉足于优伶之间，自由的环境培育了他自由的灵魂，无拘束的生活孕育了他无拘束的思想。

在这样的家庭却有这样的宽松环境，几乎是我们无法想象的。但这正像龙卷风一样，虽然刮得昏天暗地，却在风暴的中心存在着绝对安全的真空；宝玉或许是躲在这个真空里的吧。

贾母认为教育儿子是为父者贾政的责任，所以才不闻不问，而贾政则认为由于贾母的溺爱，他实则难以插手，所以才一曝十寒；那教育的真空因此而形成。

贾母看见宝玉快乐，当然也就自得其乐，祖孙二人追求快乐的方式或有不同，但那心情却是相同的。可是宝玉似乎有些把事做过了头，他不但结交优伶，而且还是王府的优伶；不但与他交换信物并且还是将他藏于秘处。在当时来讲，这都属于大逆不道的事情，因此而引来大承笞挞的惨祸。

贾政"笞挞"宝玉，自然有他不可辩驳的理由，一是"上辱先人下生逆子"，已属有罪；二是任其发展下去，很可能到了"弑君杀父"的地步，那岂不更是滔天之罪？在如何维护封建秩序和怎样对待儿子的这一对矛盾中已没有他选择的余地，与其背上不忠不孝的恶名，莫如先来个斩草除根，以免将来纵虎遗患。此时贾政的怒是真怒，所以此时的打也是真打，加于宝玉肌肤上的棍棒就真的格外沉重无情。所以，未几宝玉已皮开肉绽了。到这里，我们不妨提出这样一个问题：如果此时真的要了宝玉的命会怎样？他会后悔莫及或抚膺大哭吗？恐怕不会，大概只有一种报复的快感，如醍醐灌顶的快感流贯全身：我为圣朝除了大害，不亦快哉！

可是我们不必再为贾政想下去了，因为随着丫鬟的一声"老太太来了"一切都向不可逆料的方向发展了。一开始是人未到声先到，"只听窗外颤巍巍的声气说道：'先打死我，再打死他，岂不干净了？'"当贾政急忙上前赔笑时，贾母——

> 厉声说道："你原来是和我说话！我倒有话吩咐，只是可怜我一

生没养个好儿子。却教我和谁说去！”

当贾政含泪跪下说此举也是为了“光宗耀祖”时——

贾母听说，便啐了一口，说道：“我说一句话，你就禁不起，你那下死手的板子，难道宝玉就禁得起了？你说教训儿子是光宗耀祖，当初你父亲怎样教育你来！”说着，不觉就滚下泪来。

贾政再次赔笑，并下了保证：从此以后再不打他了。听了此话——

贾母便冷笑道：“你也不必和我使性子赌气的。你的儿子，我也不该管你打不打。我猜着你也厌烦我们娘儿们。不如我们赶早儿离了你，大家干净！”说着便令人去看轿马，“我和你太太宝玉立刻回南京去！”家下人只得干答应着。贾母又叫王夫人道：“你也不必哭了。如今宝玉年纪小，你疼他将来长大成人，为官作宰的，也未必想着你是他母亲了。你如今倒不要疼他，只怕将来还少生一口气呢。”

贾政听了这话，又是叩头，又是流泪：“母亲如此说，贾政无立足之地。”但老太太依然不依不饶，面对她满脸老泪横流的儿子——

贾母哭道：“你分明使我无立足之地，你反说起你来！只是我们回去了，你心里干净，看有谁来许你打。”一面说，一面只令快打点行李车轿回去。

贾政此时只有“苦苦叩求认罪”的份儿，而贾母根本不理睬他——

贾母一面说话，一面又记挂宝玉，忙进来看时，只见今日这顿打不比往日，又是心疼，又是生气，也抱着哭个不了。

我们之所以不厌其烦地引述原文，就是因为这段文章表现了贾母对宝玉的大爱、真爱、不顾一切的爱，所以为了维护她的这种爱，才说出这些令贾政无地自容的话。我们须知，此时的贾政已有一大把年纪了，他不是啥事不懂的孩童，需要父辈的“庭训”，他是以“训人”者自居的。此时母亲的雷霆之怒，大概是他所始料不及的。然而平日颇有尊严的贾政又能怎样呢？只有不时地叩头、不时地赔笑、不时地谢罪而已，就这样在大庭广众面前尴尬着、无奈着。他那“弑君杀父”“上辱先人”的想法，大概早已消逝得无影无踪了。

贾政对宝玉的震怒，并施之以笞挞，也应该说不是毫无道理的：难道王府的东西还能染指吗？在君临天下的时代，是绝对不允许的，况且琪官是王爷的最爱呢。你宝玉有几颗脑袋，竟敢冒天下之大不韪！贾政也要为这个家族的生存考虑，为下辈的前途考虑，从这一点来说，贾政的“笞挞”似乎也就有些理由了。

但他却全然不知，此时贾母纯粹从母性之爱——一个老祖母对孙子的爱——出发来阻止了这次酷刑。他与母亲的出发点和落脚点完全是两股道上跑的车，他怎么能期望老太太支持他的行动呢？我们只能说贾母的爱有些盲目，那是一种没有功利的爱、没有归属的爱，这种爱只注重过程，不注重结果。而贾政的“笞挞”目的性却非常明确，那就是为皇权培养忠顺的仆人，所以应当“非礼勿视，非礼勿听，非礼勿动”，而今天如宝玉者却与此背道而驰，作为皇权的忠实仆人，贾政能不忧心乎，能不暴怒乎？但他还是在母亲的权威下摧眉折腰了，暂时忍让了，他并没有一股道跑到黑，在母亲面前把宝玉打死，也算是不违母命的孝顺儿子了。但此时确乎又有一个问题应当提出来，贾母的溺爱是对还是不对呢？

要回答这个问题，不能不涉及贾母的人生观。我们可以说，她奉行的是庄子的人生哲学，人生应不受任何束缚，自由是最高的人生境界，所以做任何事情都应当不累于物、无愧我心。做到“无功”“无名”“无己”，以无用为有用；不主张出世，在“紫陌红尘”中与人争个你高我低。而且庄子认为一切都产生于虚无，又归之于虚无，所以孰是孰非也就没有分辨的必要了。他主张万物是齐一的，那是非的区别也是不复存在了，所以世间无是非可言，那么谴责也就没有必要了。庄子认为无论成功与失败，对己都有伤害，那么怎样解决呢？那就是“不择地而安”“不择事而安”，“知其不可奈何而安之若命”，一切听其自然，一切都不过问，心如止水一般看待发生在自身上的一切。

庄子的这些思想在贾母的身上是如何体现出来的呢？她的不问家政，每日追求快乐，自由自在地在大观园徜徉，和庄子的“逍遥游”几乎毫无二致，只是形式不同罢了。她不像别的封建家长强烈地主张儿孙走“仕途经济”之路，而是听其自然，让他们按着自己的本性去发展。在她那里往往把是非的界限抹掉，从不责备任何人、谴责任何人（只有对鸳鸯垂涎三尺的儿子贾赦是个例外），大家相安就好。

由于这种处世哲学深植心中，所以她才让自己最疼爱的孙子步她的后尘，践履庄子的主张，快乐逍遥地生活。她认为宝玉不热心读书是正常的，整日里在女子队中厮混是正常的，私藏了王府的优伶也是正常的。如果你不让他这样做，就损害了他的天性，剥夺了他追求快乐的权利，在贾母看来，这是万万使不得的。所以在宝玉棍棒加身的时候，她才那般痛心疾首地谴责贾政，说出那么多令儿子无地自容的话来。在这里，如果上升到理论上来认识，便可知晓，贾母维护的不仅是孙子宝玉，而且是自由；她维护的不仅是一个具体的人而且是所有人的尊严。如此看来，贾母何过之有？

（二）怜爱黛玉

贾母对宝玉的爱是不需要理由的，而对黛玉的爱则有理由。与其说因为黛玉是她的外孙女，倒不如说她是个无依无靠的孤儿——这就是贾母爱黛玉的理由。怜爱，是疼爱的意思，当然也包括同情和怜悯。黛玉的父母早逝，无疑是她人生悲剧的一个主要原因。她像一只孤独的乳燕，还在少不更事的时候，就失去了为她遮风挡雨的屋檐，使她顿时陷入了无边的恐怖之中，从此她的人生轨迹便发生了根本改变。她不得不离开自己熟悉的尚留有母亲体温的燕巢，迁往那陌生的异乡，寄人篱下，过着彷徨无主的生活。

贾母以她温暖的胸怀接纳了这个自己女儿的骨肉。祖孙的初次相见，那情景是极其动人的：

> 黛玉方进入房时，只见两个人搀着一位鬓发如银的老母迎上来，黛玉便知是他的外祖母。方欲拜见时，早被他外祖母一把搂入怀中，心肝儿肉叫着大哭起来。当下地下侍立之人，无不掩面涕泣，黛玉也哭个不住。（第三回）

那"一把搂入怀中"的动作以及"心肝儿肉"的大叫，又加上"大哭"，把心中压抑了许久的大痛、大爱、大怜淋漓尽致地表现出来了，也应该说是贾母对黛玉怜爱的一次大大的宣泄。从此黛玉便生活在外祖母的怜爱之中，羽翼之下。

贾母是如何对待这只失去旧巢的小燕子的呢？首先在思想上把黛玉放在与宝玉兄妹同等位置上，视为亲孙女；然后为她提供非常优渥的生活条件并分派若干侍者。书中写道：

> 黛玉只带了两个人来：一个是自幼奶娘嬷嬷，一个是七岁的小丫头，亦是自幼随身的，名唤作雪雁。贾母见雪雁甚小，一团孩气，王嬷嬷又极老，料黛玉皆不遂心省力的，便将自己身边的一个二等丫头，名唤鹦哥者与了黛玉。外亦如迎春等例，每人除自幼乳母外，另有四个教引嬷嬷，除贴身掌管钗钏盥沐两个丫鬟外，另有五六个洒扫房屋来往使役的小丫鬟。当下，王嬷嬷与鹦哥陪侍黛玉在碧纱橱内。宝玉之乳母李嬷嬷，并大丫鬟名唤袭人者，陪侍在外面大床上。（第三回）

这个待遇是不低的，连如今的省级干部也不可望其项背。生活秘书，勤杂人员应有尽有，只是没有笔杆子陪侍左右；这也不足为怪，因为黛玉不必把整天发表演讲或作报告，作为自己每日生活的主要内容，她还要吟诗作赋呢。黛玉虽然初到贾府，那级别就已经很高了，可谓一跃龙门，身价十倍，享受了高级干部的待遇，可以住豪华的大宅，可以有众多的生活服务员，只是没有豪华的进口车可坐，是稍稍引为遗憾的。

贾母让外孙女一进门就享受如此待遇，是循了贾家的常例，本应如此；但我们也不能不说这有贾母的深心在：让孤苦的孩子在优越的生活环境中快些忘掉过去的不幸，在这个安乐窝里过上全新的生活，早日把心灵的创伤医好。这便是一种怜爱，一种悲痛之后的最理性选择。

随着年龄的增大，贾母给予黛玉的爱也是与日俱增的。她是在爱的阳光下成长起来了。然而这个性情孤傲的女孩却总觉得自己的头上笼罩着乌云，心情日渐忧郁，不满日益增多，似乎有风刀霜剑向她渐渐逼过来。此时她无法拒绝贾母的爱，也无法接受贾母的爱。在外祖母那边，同情、怜悯似乎是天经地义的，对这样已经失巢的燕子难道不应当怜悯和同情吗？给她筑个小巢，让她居者有其所，这是最根本的爱啊！然而，在黛玉那边看来，掺杂着怜悯和同情的爱是不纯的，甚至亵渎了爱的神圣。所以当这种爱再度叩响她的心扉的时候，便引起了她的警惕。她不是不接受别人的爱，但她要选择那纯而又纯的适合自己心灵的爱。

这种爱，大概就叫作爱情吧。

对于小孩子的心事，贾母岂能看不透？一开始，她觉得给心爱的孙子选上黛玉，也是个不错的选择。然而她对外甥女的怜爱，却没有使两颗心更加靠近，反而是渐渐远了。贾母的生活态度是追求自由的，但这自由有个限度，那就是不能有损那个社会的根基；而黛玉追求的自由是真正的生命自由，虽然没有明确表白，却是孜孜以求、追之不舍，那便是婚姻也要自己说了算。毫无疑问，这种思想像个魔影一样在大观园飘荡，这是贾母所不能接受的。所以，她虽然仍爱着黛玉，但却抽去了主要内容——亲情、同情，便使那爱徒具形式，成为一个没有多少内容的空壳了。

而黛玉仍然像个披发仗剑的屈原似的，在大观园里行吟泽畔，用诗的形式把她的不满呼喊出来，这时她便拒绝来自各方的爱了（当然宝玉除外）。

黛玉的心细如毫发，她有敏锐的观察力和感受力。虽然贾府关于宝玉婚姻的决策是悄悄进行的，但那渐变的空气还是让黛玉嗅到了。决策者们舍弃黛玉，选中宝钗，我们不能说是没有一点理由的，因为封建主义也要传宗接代，他们怎能选一个高呼猛进而又娇喘吁吁的反对者呢？所以有了“怀王弃屈原”之举也就不足为怪了。

所以说，对于黛玉来讲，外祖母的爱已没有丝毫意义了。最后她终被爱所杀，酿成流了二百多年眼泪的爱情悲剧。

东方眼在《贾母的悲剧》中说：

> 贾母最终还是一个悲剧，而且这个悲剧的深刻程度决不亚于宝玉和黛玉的爱情结局。因为林黛玉是她亲自接来的，谁也不会忘记黛玉初进荣国府，这位鬓发如银的外祖母一把把她搂入怀中的情景，那心肝儿肉叫的哭声感动了所有在场的人。贾母也更没有想到自己原来是要给可怜的黛玉更多快乐和幸福的，可后来竟然成为一个真正的戕杀者，不仅戕杀了宝黛的爱情，而且也戕杀了自己内心中原有的善良愿望。这一点和她在大观园所做的一切是一致的，她为了避免悲剧的行为恰好加剧和导致了悲剧的发生，她所看到的正是她最害怕的和最不愿看到的，她给自己最爱的人带来的恰恰是最悲惨的结局。
>
> （《交际与口才》，1998年第9期）

贾母对黛玉的爱是不能轻易否定的，那种掺着一半是怜悯、一半是同情的爱是出自内心的爱。这种爱如果不受意识形态的左右，会像母乳一样不仅能哺育黛玉的身体，也可以哺育黛玉的灵魂；然而令人可惜的是这种爱最终到底被政治所扼杀，在黛玉看来那是和毒药无异的饮品，对它是应当心存警惕的。“政治联姻”，从来如此，所以当贾母把黛玉排除在她视线之外的时候，觉得黛玉也是一无可取的了，所以那种怜爱之情也就所剩无几了，甚至于有些厌弃了。

黛玉悲剧的酿成，不在于贾母把她的怜爱渐渐收回，而在于“道不同，不相为谋”的决绝，她之所以把黛玉那条维系生命的爱情红绳毫不留情地斩断，就是她认为黛玉已不堪重用，只有薛宝钗才能继承那个封建社会的“大统”。这里边便有了康熙皇帝几废太子之意，忠厚者被废，奸宄者登基，所以黛玉不能不死！

涂瀛在《红楼梦赞》中说：

> 人情所不能已者，圣人弗禁，况在所溺爱哉！宝玉与黛玉其生生死死之情见之数矣。贾母即不为黛玉计，独不为宝玉计乎？而乃掩耳盗铃，为目前苟且之安。是杀黛玉者贾母，非袭人也；促宝玉出家者贾母，非黛玉也。呜呼！“我虽不杀伯仁，伯仁由我而死”，是谁之过与？
>
> （《红楼梦资料汇编》，中华书局2005年1月版）

真爱一旦被政治利益染指，马上改变了可亲的面目，渐渐变得狰狞起来。虽然有时可能是不自觉的，但那感情按着已定的轨迹出发，便不会回头；最终会做出许多始料不及的事。痛悔也来不及，只能被政治因素牵着鼻子走下去。

（三）宠爱熙凤

贾母对王熙凤的爱是宠爱。按辞书的解释是，上对下的喜爱，娇纵偏爱是也。贾母对王熙凤的宠爱理由是十分充分的。一是她可人的模样，是个人见人怜的美人：

> 一双丹凤三角眼，两弯柳叶吊梢眉，身量苗条，体格风骚，粉面含春威不露，丹唇未启笑先闻。（第三回）

贾母岂能不爱？况且又是孙儿媳妇，那爱的情感自然又深了一层。贾母每提及熙凤，那种喜爱的感情常常溢于言表，那夸赞的言词是十分独特的，表面似在贬损，实则是喜欢之极的赞扬。如黛玉初进荣国府时，贾母向黛玉介绍王熙凤，那评价是这样的：

> 贾母笑道："你不认得他，他是我们这里有名的一个泼皮破落户儿，南省俗称作'辣子'，你只叫他凤辣子就是了。"（第三回）

贾母的这一番介绍，不是板着老脸，说出一些枯燥无味的话，而是以诙谐出之。从中我们既可以看到她们之间关系的非同寻常，也窥见了王熙凤的一点真实面貌，把王熙凤性格的特征一语说尽。"听话听音"，这话一点贬损的成分也没有，只是深深喜爱的另一种表现形式而已。也就是说贾母爱王熙凤泼辣的性格。

当然，贾母最爱王熙凤的原因还是因为她有办事能力。她敢于担当，做事心思细密，能把一团乱麻霎时捋顺；她善于协调，办事兼顾左右，能将纷乱的人心很快收拢。她的办事能力是那些须眉浊物望尘莫及的。当贾母从岗位上退下来的时候，她岂能不想把大权交给天生就应掌权的男儿们？然而当她环顾左右的时候，眼前出现的是古板的贾政、好色的贾赦，比乃父更为不堪一用的贾琏；那么女人们呢？王夫人庸懦无能，邢夫人竟如泥塑偶像，提线木偶，偌大家业，怎能交给她们？所以贾母把眼光放在了王熙凤的身上：只有她才能担起这副沉重的担子。

贾母的眼光不错，王熙凤果然出手不凡，最突出的业绩就是"协理宁国府"。在别人束手无策的时候，王熙凤却把宁国府管理得井然有序，贾母把这一切看在眼里，记在心上，当然由此便产生宠爱之情。然而贾母毕竟垂垂老矣，她对王熙凤也有失察的时候。

由于贾母对其十分娇宠，所以她眼中的王熙凤几乎是一个完人，这样便把一切缺点、错误，甚至罪恶都遮蔽了。王熙凤便以贾母为靠山，以管理家政为掩护，大胆贪污、四处敛财。如果贾母不是对她过于偏爱，在她刚出山的时候严格地加以管束和训导，或许她会成长为一个好的管理人才。而贾母只看到她的管理才能，并把它放大了，加以夸张，而她的大恶却被掩盖得严严实实，这就是所谓的“一俊遮百丑”了。娇宠的大害就在于不能客观地评价被娇宠的人，往往把他的缺点也看作优点，甚至把他人公允的评价当成不怀好意了。

以古鉴今。如今有的领导干部对他手下的所谓“爱将”，由于宠爱有加，不加管束，纵容其横行一方，贻害百姓，最后终于身败名裂，这样的例子经常披露于报端，比之于贾母和王熙凤，何其相似乃尔。这是应当引以为教训的。

于是贾母的宠爱产生了相反的效果。

贾母宠爱王熙凤的另一个原因是她的身边需要这样的人。人到老年，孤独寂寞感就会与日俱增，她们身边需要一个能说会道的人，时常与之开颜解颐。贾母身边虽然不乏为她服务的人，更有贴身大丫鬟鸳鸯，应该说她是不应该寂寞的。然而这位老太太是个极喜欢热闹的人，她既然能够喜欢偶然来府打抽丰的颇具喜剧色彩的刘姥姥，当然她就更喜欢诙谐幽默的王熙凤了。刘姥姥来去匆匆，纯然是一个过客，能给老太太带来多少欢乐呢？而王熙凤却像她的影子，随时侍奉左右；这个孙子媳妇又笑口常开，动辄更幽他一默，经常给老太太破颜一笑的机会，对于身边这样的人物，老人家岂能不爱？贾母是个追逐欢乐的人，而王熙凤却又恰恰是能给她欢乐的人，她对王熙凤超乎寻常的宠爱就成为自然不过的事了。

所以，贾母便像得了一件宝贝一样，经常把她捧到人前，由衷地夸奖一番，那种得意的神情就像尚未脱离童稚之心的孩子。王熙凤便尽量投其所好，以娱乐贾母为日常生活的第一要务。

二知道人在《红楼梦说梦》中说：

> 贾媪暮年，善于自娱，但情之所钟，未免烦恼。锁媪之眉者黛玉也，牵媪之肠者宝玉也，能开媪之笑口者，熙凤一人而已。凤兮凤

兮，差强人意矣。

（《红楼梦资料汇编》中华书局，2005年1月版）

这位评论者道出了贾母宠爱熙凤的另一个原因，那就是这位快乐的老人也经常有烦恼之事萦绕心头，一是黛玉让她眉头不舒，二是宝玉令她连心牵肠，而熙凤是唯一能给她带来欢乐的人。只有她像一阵风一样能吹去老太太的愁绪，像春雨一样能洗涤老太太的愁肠，对于这样的人，岂有不爱之理？虽然这未免有些宽严不检，所以酿出一些祸患，但却不能成为责备老人的理由，因为任何爱都是有些盲目、有些自私的呀！

二知道人又说：

贾媪生二子：曰赦，曰政；一女曰敏。赦之所出，媪爱其媳；政之所出，媪爱其子；敏身后只一女耳，媪则千里招来，视如性命。媪之爱，公而溥矣。中秋家宴，赦尚以父母偏爱之笑谈陈于膝下，是诬其母矣。岂为其吝惜鸳鸯，遂腹非之曰："是区区者，而不予畀，得非偏爱乎？"（同上引）

"媪之爱，公而溥矣。"是一句深中肯綮的话，贾母的爱的确是广施子孙。贾府的上上下下，哪个没得到过贾母之爱？甚至包括她不待见的赦、政二人，就是她怒斥贾政"笞挞"宝玉的时候，也是一种爱的特殊表达方式；就是贾赦觊觎鸳鸯，她出面保护的时候，虽然声色俱厉、爆发了雷霆之怒，那也是一种爱的特殊表达方式。因为那里都有恨铁不成钢的成分在，在这种特殊的时候恨便转化为爱了。

五、古老而又幽暗的河流

贾母在安富尊荣的生活中，走过自己的一生，她"看人多，阅世深，受得富贵，耐得贫贱，既不执着人生，亦不看透人生、玩弄人生，只是体味人生，享受人生，有些胸襟，再加上聪明、才干、经验、闲暇，于是幽默出矣……有这些精神，可以处世，可以治家，可以永年。"这是名字叫作"绪"的人在《红楼梦发微》中对贾母的评论，应当说这话说到了点子上。

在她生命的最后阶段，也可以说老太太由生命的高峰跌到了生命的低谷，一个富贵之家被"抄检"之后变得贫贱。这时候人心散了，奸狡的王熙凤眼看大局已去，下场难以收拾，竟做了缩头乌龟，不复管事。这时贾母像当年百岁挂帅的佘太君一样，在危难临头的时候接过了"帅印"，像一棵擎天大树一般，把这个摇摇欲坠的家撑起来。人们看到白发满头的老人，都有一种悲壮的感觉，那些散去的心又重新归拢来。

这时贾母是有所醒悟的，她在"祷天消祸患"时说：

> ……我帮夫助子，虽不能为善，亦不敢作恶。必是后辈儿孙骄侈暴佚，暴殄天物，以致合府抄检。现在儿孙监禁，自然凶多吉少，皆由我一人罪孽，不教儿孙，所以至此。……

虽然贾母的醒悟有些晚了，可她毕竟看到了贾家破败的根由，"暴殄天物""不教儿孙"，终于酿成今日的大祸。儿孙们抓的抓了，关的关了，而且在经济上也"寅年吃了卯年的租儿"，一应费用，一无所出，连糊口都困难了。那些平日里骄奢淫逸的大老爷们，一个个面对这样的现实，只有哭泣的份儿，竟一点办法也没有。

在这个时候，贾家的生死存亡就在眼前，又是"受得富贵，耐得贫贱"的老太太站出来了，她"开箱倒笼，将做媳妇到如今积攒的东西都拿出来"，把这些钱财一一分派，而且在这时候竟然交给贾琏五万两专用银子，嘱咐贾琏“明年将林丫头的棺材送回南去”。临危不惊，临事不乱，我们此时不得不佩服老太太的胸怀何其宽广。当大家都突然良心发现，觉得对不起老太太的时候，她说了一篇话，尤其令人警醒：

> ……你们别打谅我是享得富贵受不得贫穷的人哪，不过这几年看看你们轰轰烈烈，我落得都不管，说说笑笑养身子罢了，那知道家运一败直到这样！若说外头好看里头空虚，是我早知道的了。只是“居移气，养移体”，一时下不得台来。如今借此正好收敛，守住这个门头，不然叫人笑话。……（第一百零七回）

这是贾母的最后的反思，她深深地痛苦地责备自己，把贾家败落的责任揽到了自己的身上。我们不能说她没有责任，但我们也知道那责任本应落在“现任领导”身上，然而她没有“推过揽功”，像一棵挺拔的老树，为他人避风挡雨，宁愿自己受苦。从中我们既可以看出一个人的胸襟，又可以看出一个人的品质。她要为这个家承担一切，毁也罢，誉也罢，她都能够承受。

在弥留之际，她留下了八十三年人生经历所总结的箴言：心实吃亏。是耶非耶，谁也难以说清。

写到这里，不知什么缘故，美国诗人兰斯敦·休斯（1902—1967）《黑人谈河流》深沉悠远的旋律在我的心里响起来，竟使我激动得几乎下泪。就把它抄下来作为本章的收尾吧。

> 我了解河流，
> 我了解河流和世界一样古老，
> 比人类血管中的血流还要古老。
> 我的灵魂和河流一样深沉。

当朝霞初升，
我沐浴在幼发拉底斯河。
我在刚果河旁搭茅棚，波声催我入睡。
我俯视着尼罗河，建起了金字塔。

当亚伯·林肯南下新奥尔良，
我听到密西西比河在歌唱，
我看到河流混浊的胸脯被落日染得一江金黄。

我了解河流，
古老的，幽暗的河流。
我的灵魂与河流一样深沉。

这河流就是贾母吧？

第八章

胸怀如大地般宽厚无边

——刘姥姥

你站在桥上看风景，
看风景的人在楼上看你。

明月装饰了你的窗子，
你装饰了别人的梦。

——卞之琳：《断章》

你应无穷的古老，超然时空之上；
你应无穷的年轻，占有不尽的未来。
你属于这宏观整体中的既不可多得、
也不该减少的总和。

——昌耀：《慈航·爱的史书》

一、刘姥姥——一个全息的摄像镜头

刘姥姥不是大观园中人，究竟来自何方？的确有些“云深不知处”了。作者只说她“从千里之外”而来，是“芥荳之微，小小一个人家”，可见她居家远方且又地位卑微。然而过去呢，这个王姓人家却也有一些来历，祖上曾做过小小的一个京官，因为认识凤姐之祖和王夫人之父，“因贪王家的势利，便连了宗认作侄儿”。但是而今，因为老人们先后物故，知道这一门连宗之族的人就很少了。刘姥姥已寡居多年，如今住在女婿狗儿的家里，帮衬着他靠两亩薄田度日。

看来刘姥姥是生在农村、长在农村、嫁在农村，如今又在农村老去，是一个名副其实的村妪了。也正是因为这一点，使刘姥姥历尽了人间的艰辛，生活锤炼了她，使她成为一个智慧老人。她虽然并不识字，但她却是一个饱读诗书的人，她的书不是别的，乃是广袤无边的大地、瞬息万变的天空和充满苦辣酸甜的人生。

她早已把人间的这部大书读透。她同女儿一样，亲操井臼等事，春耕、夏耘、秋收、冬藏，在季节轮回中，历大辛苦、受大磨炼、得大智慧，虽然使她饱经沧桑，却把一颗心磨砺得更加坚忍、更加宽厚、更加慈悲。因为她差不多一年四季不离田野，就使她的心与大地贴近，她胸中不仅永存天籁之音，也使她能够厚德载物，像大地那样能够容纳万类万物。她的胸中可以屹立万仞高山，也可以接纳粒粒微尘。所以她才能在万分困顿中“卧天然之怀，作婴儿之笑”（鲁迅语），以坦荡的胸怀面对人生。

刘姥姥尽管生活在那天地的一角，但那里却不是与世隔绝的荒岛，与广阔世界有着自然的联系，所以她的心并没有封闭在那一角天地里，而是时时体察着人生和社会。在和社会的接触和人群的交往中，她形成了自己的一套处世哲学。为了体面地生存，有时就要不体面地在别人的屋檐下低头；为了取得一些利益，有时她也得做一做引得皇上高兴的弄臣；插科打诨、贬低自我有时也是一种取胜的“法宝”。虽然此时心境不免有些悲凉，不过一想到要取得一点蝇头微利也是要付出代价的，心里也便释然了。

她是穷人，她也要吃饭穿衣，打发着一个又一个充满变数的穷苦日子。她要利用好每个条件以便获取小小的利益，给困顿的生活一些小补。“有条件要上，没条件创造条件也要上”，何况刘姥姥的面前有这样的好条件呢，这个好条件就是那个“连宗之族”。所以凭着这个在王家人的头脑中已渐渐模糊的亲戚关系，刘姥姥“要舍着我这副老脸去碰一碰”了。

所以她怀着一个大大的希望一进荣国府。

在她那充满智慧的心里，早已做好了两手打算：“可能获得成功，得到些许恩赐；也可能受到冷落，吃了闭门羹”。但以一颗平常心对待这件事的刘姥姥，自我解嘲地说：“……便是没得银子来，我也到那公府侯门见一见世面，也不枉我一生。”她并不想势在必得。

这位老太太，她把一切都看得明明白白：得与失都是一种情理之中事，都是一种必然；得到自然更好，失去了也未必就是坏事。这才是真正的人生智慧。否则为了一点小事而终日耿耿于怀，则是十足的傻瓜 。

总而言之，刘姥姥的性格是复杂的，不是简单的、扁平的。每个人都是社会的产物，社会无时无刻不在塑造他的性格，反转来，他也无时无刻不在影响着社会。这既是人生的辩证法，也是艺术的辩证法。

这个有血有肉的人物，是与《红楼梦》中另一位老人的形象相对照、相比较而存在的，那就是享尽荣华富贵的贾母。在这部百科全书式的伟大小说中，有多组人物都是在对比的描写中展现了他们性格的异同，这就使人物的形象更丰富、更鲜明。比如贾宝玉之于甄宝玉，林黛玉之于晴雯，薛宝钗之于袭人，在他们的性格对比中，既有同中之异，也有异中之同，在作者的笔下各显风采、各具形态，形象鲜活、呼之欲出。

她们的相同之处，都是耄耋之年的老人，都经历了漫长的人生岁月，积累了丰富的人生经验；她们都具慈悲胸怀的品格，锐利的眼光已把人生看透，如此等等。然而她们又有很大的不同：贾母出身豪门，终其一生都过着锦衣玉食的生活，而刘姥姥始终未离卑微的泥土，在贫寒中苦熬度日；贾母是享受人生，而刘姥姥是苦度人生。“社会存在决定社会意识”，她们对事物看法必然有很多不同。贾母一次宴会可以花掉刘姥姥一年的生活费用，而刘姥姥看着那花样翻新的菜肴，却想着度日的酸辛。贾母唯恐流年易逝，“秉烛夜游”，而刘姥姥甘作优孟，则为了改变生活的艰难。此时贾母的欢乐是真正的欢乐，而刘姥姥此时心中却涌着一种悲酸……

阶级分野，自然便使她们的思想意识大大的不同。对于“日日筵宴，夜夜笙歌”的生活，刘姥姥自然会认为奢侈，而贾母却认为很是正常。

鲁迅先生在《二心集·“硬译”与“文学的阶级性”》中说：

> 自然，“喜怒哀乐”人之情也，然而穷人决无开交易所折本的懊恼，煤油大王那会知道北京捡煤渣老婆子身受的酸辛，饥区的灾民，大约总不去种兰花，像阔人的老太爷一样，贾府上的焦大，也不爱林妹妹的。
>
> （《鲁迅全集》第四卷，人民文学出版社，2005年版）

鲁迅先生这段话，是关于阶级关系的经典论述，洞深烛微。由于所处的阶级地位不同，由之而产生的思想意识、主观评价是很不相同的。“道不同，不相为谋”，这话却是真的；那么为什么刘姥姥却要尽力取悦贾母呢？她们本来应该如同冰炭才对。然而我们不要忘记这一切都是为了生活。刘姥姥对贾母以及周边的太太小姐，甚至大丫鬟，一律采取曲意奉承的态度，笑脸的后面是藏着不可消解的悲酸的。她笑得越响亮，悲哀就越沉重；她笑得越久，悲情就越深沉。

这种人格的对比，思想意识的对比，以及穷与富的对比，百倍真实地揭露社会的矛盾，千百个刘姥姥像地火一样运行，以他们潜藏的愤火，时机一到，会给污秽的世界以致命的一击。

与此同时，刘姥姥这个人物在全书的结构中起着至关重要的作用，那就是只有从第六回开始，也就是刘姥姥的出现，《红楼梦》的故事才算真正开场，也就是说，是她开启了《红楼梦》的大门。犹如我们面前矗立着一座甲第连云的建筑，正在我们不得其门而入的时候，刘姥姥来了，她给我们打开了大门，导引我们到了那曲径通幽的去处。她把景点一一地指给我们看，让我们真切地感受到了这座艺术之宫的妙处。

进入贾府之后，凡在大的关节处，都有刘姥姥出现。她像一个全息的摄像镜头一样，几乎把发生在贾家所有大事不加筛选地统统摄入。从艺术构思的角度看，这是十分高明的做法，她以亲历者的特殊身份见证着这一切，并且加以口述，由曹雪芹不加润色地记录下来，就成了一份真实的口述历史。虽然她不总是在场，但她在场的时候，往往都是最重要的时刻。即使在她若有若无的章节，也似乎有她影子神出鬼没，进行着她那无声的述说。她在全书的关键作用是可想而知的。

她是《红楼梦》的开启者，又是《红楼梦》的终结者。

王希廉在《红楼梦总评》中说：

> 刘老老为归结巧姐之人，其人在若有若无之间。盖全书既假托村言，必须有村妪贯串其中，故发端结局皆用此人，所以名刘老老者，若云家运衰落，平日之爱子娇妻，美婢歌童，以及亲朋族党，幕宾门客，豪奴健仆，无不云散风流，惟剩此老妪收拾残棋败局，沧海桑田，言之酸鼻，闻者寒心。

（《红楼梦研究资料汇编》，中华书局，2005年1月版）

刘姥姥所做的一切，都是她的心性使然，做所当作，行所当行，并非都有什么功利的目的。她在书中所起的作用也像她的人格一样，是极其自然的；她自己并没想起什么作用，却起到了不可忽视的作用。曹雪芹就是以着这自然之理，构思着一切都是那么自然的故事，以极其自然的艺术架构，不着痕迹地把人们带到千姿百态的艺术迷宫之中。似乎一切都是平常的，没有一丝一毫的修饰和张扬，故事就如生活之流那么流着，平稳而沉静，但一切却都是自然天成、天衣无缝，好像没有什么技巧，但诚如老子所说：

大成若缺，其用不弊；大盈若冲，其用不穷。
大直若屈，大巧若拙，大辩若讷。
躁胜寒，静胜热，清静为天下正。

（《老子本原》黄瑞云校注，人民文学出版社，1998年版）

刘姥姥不仅是书中的一个令人难忘的人物形象，而且还有着深深的寓意：她代表着博大宽厚的大地，是人们最后回归的地方；她代表着朴素诚实的农村，她有家园的意象，无论是达官显宦，还是乡野小民，都有一方难离的故土，那就是乡村，她温热的、宽厚的胸膛永远为失路的游子敞开着……

二、深于世故的老人

这位有着丰富生活智慧的老人家，她深知自己的地位和身份，在复杂纷纭、瞬息万变的生活中，她审时度势，随时变换着自己的角色。在身份高贵的贾母面前，她充当了清客的角色。所谓清客者，就是给身份高贵的人（或阶级）充当帮闲的门客。他要随时揣摩主人的心思，察言观色，调整自己脸上的肌肉，给主人送上此时需要的最合适的表情，以取悦主人。充当这个角色最难之处在于，主人的心情是难以把握的：他可以因为天气变化而心情不悦，也可以因为坐的车子不够高档而心生烦恼，又可以因为“二奶”“三奶”之间的矛盾，而大伤脑筋，如此等等。总之你得像天气预报员一样，整天盯着天空的阴晴变化，以见微知著的敏感盯着他那张老脸。为此你得精通各种心理学，随时随地分析“首长”的面部表情，以便送上适当的言词，让“首长”开心。

当然刘姥姥是个古人，她没有今天“清客”们的高深学问，所以在贾母面前，为了让她开心，只是随时讲一点带着泥土气息的乡村笑话而已。可以视做两个同届耄耋之年的老人唠唠家常嗑儿。在这里，所谓“清客”，也只取其比喻意而已。

刘姥姥知道，就是一棵卑微的蒿草长在贾府的院里，也比灵芝高贵。所以对待贾府的小丫头们，她就自动地降低一下身份，不因她曾在大人物贾母的身边待过，仿佛身上也沾了仙气，动辄就撇清起来，不，刘姥姥不是这样，她蔼然有礼地对待她们，就像一位慈祥的老祖母面对儿孙。

这位老太太也有坐大的时候，那就是在那位“贤婿”狗儿的面前。这种偶尔的自我“膨胀”一番也是有充分理由的。试想，当一家人衣食不继举目成愁的时候，忽然因为一个人的努力，使这个困顿的家庭走出了困境，那欣喜之情将何如耶？那么这个使家庭脱离苦难的人，受人敬之崇之，也就成了自然之理。从而他就掌握了话语权，在这个家庭可以呼风唤雨了。刘姥姥由于一进荣国府打“抽丰”并有了较大的收获，使这个家庭不再因为明日无粮而愁苦，贡献可谓大矣。作为一家之主的狗儿做不到，而刘姥姥却做到了，他还会因为一点小事狺狺而吠吗？当然不会。所以刘姥姥在他面前坐大也便成为当然。

刘姥姥在那艰难时世中，以她的大智慧在人间行走，做到了左右逢源。在夹缝中生存，并能够做到衣食无忧，过得滋润，这是相当不容易的。虽然有时她的言行有些可笑，却是她内巧外拙的表现，不觉其可鄙，只觉其可亲。

有人会说，这个老妇人过于世故了；但诚如鲁迅先生在《世故三昧》中所说：

> “世故”深刻到不自觉其“深于世故”，这才是“深于世故”了。这是中国处世法的精义中的精义。

刘姥姥在生活艰难历练中，对此中精义，早已得之矣。这可以称之为在艰难的生活中逼出来的人生哲学，表现了她面对人生的大智大巧。

何其芳说：

> 对于刘姥姥这个人物，作者也充分地写出了她的复杂性，因而好像显得有些矛盾。一方面写出了她的乡气和见识不广，因而这个人物流行在生活中就带有几分可笑的意味，产生了“刘姥姥进大观园”这样一个谚语，并且由于她喜于凑趣，人们有时又用这个名字来称呼旧社会的统治阶级的某些年老的帮闲；但另一方面，由于作者经历了贫困的生活，对于下层人物有些接触，他就不但赞赏了醉金刚倪二的豪爽和义气，而且着力地描写了刘姥姥这样一个人物，写她是忠厚的，健康的，因而激起了我们的同情。
>
> （《名家解读<红楼梦>》，山东人民出版社，1998年1月版）

这就是说，这一形象颇具普遍性，它已经颇为深入人心，成为社会上某一种类型的人，成为一个典型。她的形象像生活本身那样真实和本色，原因就是作者对于这样的人物有过接触，对她们了解得很深，所以作者在描写这样人物的时候，举手投足间已见性格。

对于他熟悉的这个典型，作者是充满同情的，在笑声和幽默的背后，隐约地透露出一种伤痛。刘姥姥在柴米不继、生活无着的时候，她和女婿狗儿一样，没有什么更好的办法来解决了。恬颜求人，这委实是一种不得已的下策，但不如此又怎样呢？而求讨之始，又不能一开始就话奔主题，而是要采取一些迂回策略，老于世故的刘姥姥也认为这是一个难题。

这位智慧老人终于想出了办法，那是不得已而为之的，表面欢天喜地，背后充满凄凉；牺牲自己的尊严，换取豪门的恩赐，我们读着这样的文字，只觉心中涌动着一种莫名的悲伤。如果只看出“滑稽”二字，那就贬低了刘姥姥，也唐突了作者的笔墨。

我觉得脂砚斋的看法是深刻的：

> 写贫贱辈低首豪门，凌辱不计，诚可悲夫！此故作者以警贫贱，而富室贵豪，亦当于其间着意。
>
> （《戚蓼生序本石头记》，人民文学出版社，2006年版）

作者塑造刘姥姥形象的警世作用是自不待言的。

我们看到了，她不是一个乱撞的无头苍蝇，她做事之前有分析，真正地做到了知己知彼，没有十分把握她是不会去碰钉子的。第一次进荣国府，就是她在分析各种条件之后，才“舍着那张老脸去碰一碰的”。在去之前，她对贾府已做到了心中有数，知道那里的当家人喜欢奉承，那么就当着她们的面歌功颂德一番，反正那现成的嗑就装在她的肚子里，不费吹灰之力就可以把她们捧得迷迷糊糊的，像醉酒的人一样。酒精已迷了心窍的人是容易办事的。

她刚到荣宁街见着几个“挺胸叠肚指手画脚的人”，刘姥姥小心地“蹭上来”，称“太爷们纳福”。把奴才也称为“太爷们”了。

见着厮闹的孩子也客气地称作“哥儿”。

见着故人周瑞家的，则称“周嫂子”“你老”。周瑞家的一下子便知道了：“昔年他丈夫周瑞”与别人“争买田地一事”，多得狗儿之力；如今刘姥姥前来，“心中难却其意”，况且也要“显弄自己的体面”，她能不满口答应带刘姥姥见贾府的当事人吗?

刘姥姥不愧是一个善于公关的人，见啥人说啥话，称呼别人是那样谦恭得体，语言是那样深入人心，见着这样谦和的老人，就是“门难进，人难见，脸难看，事难办”的人民公仆坐在舒适的老板椅上，也会暂且抬起尊贵的头，对老妪皮笑肉不笑一番。这老人的公关能力着实了得，进入侯门如海的贾府，也倒没费多少周折。

见着凤姐，她老人家“在地下已是拜了数拜”，然后才敢抬头看一眼这位凤辣子，忐忑不安有时，心神方定，说出了那令人难以开口的求借之事：

> 今日我带了你侄儿来，也不为别的，只因他老子娘在家里，连吃的都没有，如今天又冷了，越想越没个派头儿，只得带了你侄儿奔了你老来。（第六回）

但这话说得何等得体、何等亲切，一口一个“你侄儿”，简单的称谓虽然仅仅三个字，却一下子拉近了与王熙凤的距离，而且“哭穷”也“哭”得恰到好处，虽然话很简单，却把穷的程度说得十分透彻、到位。刘姥姥知道，此时如果喋喋不休起来，则会言多使人生厌，效果反倒不好，王熙凤是一个绝顶聪明的人，她难道会不明白刘姥姥的心意吗？

会办事的刘姥姥果然如愿以偿，得到王熙凤赏赐的20两银子。

这时她说出了两句很有名的话。一是“瘦死的骆驼比马大”，一是“你老拔根寒毛比我们的腰还粗呢！”这两句民间俗语是从无数的事实中提炼出来的，它形象地反映了当时社会的现实。今天由刘姥姥的口中说出，尤显沉重。财富都聚集在少数人的手中，怎么能够体现社会公平呢？不但不公平，反而要出现两极分化，富者愈富，穷者愈穷，到头来则会出现“朱门酒肉臭，路有冻死骨”的不为人乐见的社会现实。

刘姥姥这个睿智的老人一针见血地揭露了那病态社会的本质。那是她看到的社会现实并把它概括出来，所以它比多少空头理论都真实，一字一字滴着的是穷人的血泪；而王熙凤，也是那个阶级的代表，却高居其上，表示了她对穷人的怜悯，但当我们知道那些微的赏赐恰是物归原主的时候，我们对她的怜悯只有鄙夷，只会把仇视的眼光投在她珠环翠绕的身上。

但不管怎样，刘姥姥及其女婿一家却可以暂解燃眉之急了，这也是值得欣慰的事。所以刘姥姥对于王熙凤的逐客令也就不怎么放在心上了。该得到的都已得到，难道还非得看办事人的脸色吗？人们看重的是结果，不是过程。王熙凤对刘姥姥还是客气的，虽然说了一些哭穷的话，决策时倒还是爽利的。

刘姥姥一进荣国府大获成功。从此她便与这家豪门有了“剪不断，理还乱”的千丝万缕的联系，她六进荣国府，成了那里的常客，她穿针引线地把故事组织起来，使那千头万绪的故事有了线索，繁而不乱，多而有序，实为开启故事的钥匙，结束故事的关锁。这是她在艺术上所起的作用。她对贾家功莫大焉，她不只是供太太小姐们取笑的人物，也是拯救贾府未来的人物，这是她在贾家危难时所起的作用。

诚如涂瀛在《红楼梦论赞》中所说：

> 刘老老深观世务，历练人情，一切揣摩求合，思之至深。出其余技作游戏法，如登傀儡场，忽而星娥月姐，忽而牛鬼蛇神，忽而痴人说梦，忽而老吏断狱，喜笑怒骂，无不动中窾要，会如人意。因发诸金帛以归，视凤姐辈真儿戏也。而卒能脱巧姐于难，是又非无真肝胆、真血气、真性情者。殆黠而侠者，其诸弹铗之杰者与！
>
> （《红楼梦研究资料》，中华书局2005年1月版）

这是一段颇有见地的话，刘姥姥深谙世间的诸人诸事，所以对任何事情她都有应对的办法。而拿手好戏便是游戏人间：她果然像一个演提线木偶的艺人，不管你是皇亲国戚，豪门贵妇都在她的掌控之下，按着她早已制定的方略，任她摆布。她又的确像弹铗高呼“食无鱼”的冯煖，呼声一出，鱼便摆在面前了。凤姐似乎摆布了她，实质却是她按着自己的意图摆布了凤姐。

三、明月装饰了你的窗子，你装饰了别人的梦

在上文我们就刘姥姥的社会角色作了肤浅的论析，仅能窥见刘姥姥一个朦胧的轮廓，我们对她只相识、未相知。随着刘姥姥在荣国府多次的进进出出，她的形象便从多侧面、多角度得到了充分的展示，使我们看到了一个内心世界非常丰富、人物形象非常丰满的刘姥姥。

观察一个人，如果用一个最简单而有效的方法，只要看看他对待人生的态度就足够了。由于人的出身不同、修养不同、所处的社会地位不同，甚至因为性别差异、年龄不同，所持的人生态度就会截然不同。当然，它也可以随着时世的移易而变化。

刘姥姥出身农村，一生下来就与泥土相亲，自然她胸中就涵有一种雄浑朴野之气，所以她胸怀广阔，能够像大地那样包容一切；她生在乡野，长在乡野，从小就得到了大自然的恩赐，所以她的处世哲学便能够顺应自然之理，积极而又灵活；她的社会地位是低下的，饱尝了苦难的人生况味，所以她坚忍而又顽强。她大概是生在幽燕之地，那里自古便多慷慨悲歌之士，她受到了一些濡染，所以身上便有一股侠义之风。

这一切就决定了刘姥姥的人生态度。

她已到了耄耋之年，太多的人生阅历使她像一部史书，每一阶段的生活积累在一起，装订成一部厚重的历史。她始终知道自己是谁，来自何方，又将归于何处。所以她才用这样的态度处事，而不用那样的态度处事。这是从她自己的人生历史中归纳出来的人生态度。概括起来，有下列数端。

一是她以“冷”的眼光观照人生。这里的所谓冷，就是纯客观的态度，也就是卞之琳所说的“你站在桥上看风景”之意。所以遇事才能冷静地思索，找出有利条件，规避不利条件，战马一跃，旗开得胜，比如她一进荣国府“打抽丰”一举获胜就是好例。

二是她又能以“热”的态度投入人生。这是冷静之后的热情，也是热情之

中的冷静。所以她才能把人心揣摩得深透，她知道贾府中的那一群富贵闲人什么时候需要什么，便满腔热情地为他们“服务”。在秋熟之时，她没有忘记给她“一饭之恩”的贾府，及时地带来了一些“枣子倭瓜并些野菜”，让那些餍肥饫甘的人们尝尝新鲜，而且又说了一篇热情的话，足以使人动情。在问了平儿“姑娘好”之后——

> 又说：“家里都问好。早要请姑奶奶的安看姑娘来的，因为庄稼忙。好容易今年多打了两石粮食，瓜果菜蔬也丰盛。这是头一起摘下来的，并没有敢卖呢，留的尖儿孝敬姑奶奶姑娘们尝尝。姑娘们天天山珍海味的也吃腻了，这个吃个野意儿，也算是我们的穷心。”（第三十九回）

在人情淡漠的当时，刘姥姥的热情是值得称道的。这一番朴实无华的话语，无疑会给人心吹入些微暖意。我们说过，她观照人生的态度是冷中有热、热中有冷的，不管何时她都以自己的观点对人生作出冷静的观察评析，所以她才很快发现了“这一顿的钱够我们庄家人过一年的了”的社会不公。

三是语言诙谐，见多识广；家长里短，时带机锋。这次来荣国府，刘姥姥与贾母相遇了。两位阅历丰富的老人相遇，自然便要生发出许多有趣的事情。贾母虽然过着安富尊荣的日子，并有儿孙绕膝的欢乐，但不可否认的是她内心有着难言的寂寞。那原因便是因为有代沟横陈在老辈和少辈的面前，年轻的一代怎能了解老一代人的心灵需要呢。她需要一个与自己年龄相仿的同龄人陪伴左右，像汉武帝需要东方朔一样，能以诙谐与幽默聊解眉愁。

贾母等来了刘姥姥，犹如汉武帝身旁有了东方朔。果然刘姥姥不负贾母的期望，甫一相见，贾母便发现了她“虽是个村野人，却生来有些见识，况且年纪老了，世情上经历过的”，所以她们一见如故，都有了相见恨晚之憾。

极为聪明的刘姥姥当然知道此时贾母需要她充当什么角色，所以她便以极大的热情很快地进入了自己的角色。她给贾母讲“穿着大红袄儿，白绫裙子”的故事。这些故事是真的在乡村流传的，还是刘姥姥信口编撰的呢？如今难知其详，但确乎都是符合老年人心理需要的传说，都是刘姥姥在揣摩贾母的心情之后精心挑选的，却可成为定论。

当然刘姥姥是个说真话的人，不管在谁的面前，她都要把豪门贾家的奢侈生活与贫苦的农家对比，不管身旁的人愿意听与否，她都实话实说，语带机锋。如当贾母得知她此次前来带来了“瓜儿菜儿”的时候——

> 刘姥姥笑道：“这是野意儿，不过吃个新鲜，依我们到想鱼肉吃，只是吃不起。”（第三十九回）

刘姥姥的话，再次让我们看到她“热中有冷”的性格和敏锐的洞察力，这些就构成了她的积极的人生态度，不时地语带机锋，评判着她所看到、她所感受到的一切。我们可以说，评判贾府，也就是评判那个社会。

她从来没有在得意的时候让头脑热昏起来，对一切都应付裕如。她的诣趣并非与生俱来，而是大地母亲的赐予，是乡村大地生长起来的智慧之花，是慰藉苦难生活的良药。否则，在苦难的包围中和重压下，怎能度过那一分一秒的时间呢。换言之，刘姥姥的幽默和谐趣完全是苦难生活的赐予。富贵产生愚昧，苦难孕育真知，应视为天然的真理。当心灵受伤的时候，不妨用幽默这服良药疗救，一句幽默可以胜过千言万语。当你无路可走的时候，也不妨幽默一下，然后便会曲径通幽，把你引向另一种人生境界。我们应该学习刘姥姥的人生态度和人生智慧。当生活对你不公的时候，不妨用“刘氏幽默”对它揶揄一番，然后一笑了之，这样就放下了心上的沉重的负担，便可以轻装前进了。

刘姥姥的生活是苦的，但她没有紧锁眉头，整日唉声叹气，而是以乐观的态度对待之。苦中作乐，苦亦有乐，乐中有苦，苦亦甘甜。

在这次来荣府宴于大观园的时候，她似乎任人捉弄、出尽了洋相，好像她的一切都是为了取悦于人。但谁又能知道这是智慧老人的故意设计呢？捉弄人者反被人捉弄，就是这个意思。也是作者反面文章正面作、正面文章反面作的又一次实践，所以对于这段妙文是应当深长思之的。不为作者的狡狯笔墨瞒过，方为巨眼。

胡小伟在《刘老老平议》中说：

> 刘老老有着鲜明丰富的性格特征和细微复杂的心理活动，像生活中的人一样。一方面，她是饱经沧桑的老寡妇，受人周济的穷亲戚，必须察言观色，忍受嘲弄，而又要显得心甘情愿，高高兴兴，富有阅历和机变；另一方面又是一个对豪门贵族生活完全陌生的乡下人，具有惯常的好奇心，心直口快常常显得大惊小怪，滑稽可笑。她是忠厚宽容的，但又含着辛酸和自尊。她在困难时硬着头皮乞哀苦怜，但在别人危难时又能热情相助。这些似乎矛盾的特点完整地统一在她的身上，统一在这样一个阶级意识尚未觉醒而又明显受着封建思想和宗教迷信毒害的平凡农妇身上，构成了这个具有时代现实关系的某些本质特殊的艺术形象。尽管不值得敬佩赞赏，却能唤起我们的同情怜悯。
>
> （《红楼梦研究集刊》第三辑，1980年出版）

这个分析还是比较全面、比较深刻的。所以我们说，刘姥姥在这些贵妇小姐、公子哥儿面前，并不是甘心充当弄臣、篾片的角色，而是通过一种极特殊的方式来发泄。如果认为她是自愿出丑、任人摆布，我们就把刘姥姥看低了。只有具备高度智睿的人才会有这种出乎常态的表现，比如东方朔便是。

对于刘姥姥的生活态度，可能有不同的解读，但有一点恐怕我们都得承认，她的人生态度是积极的、入世的。她的积极介入生活是冷静思索之后的介入，这就使她有了应付裕如的时间和大显身手的空间。就使她的言行闪射出智慧的火花和意想不到的效果。这种智慧是随机的，不是停留或滞止于一种固定的模式。它的机巧不是一日可得，而是长期生活历练的结果。只有像刘姥姥这样长期在农村生活、来自田野的人才有这样取之不尽的智慧，生活就是它的活命之水，它是厚重的历史上的小花。

比如赵本山，只因为他长久地生活在关东大地上，才使他有了泥土可以生长万物、大地可以负载一切的智慧。关东有成百上千条江河，他只要作一瓢饮，就能使他有用不完的睿智。甚至这大地的一颗露珠、一声虫鸣，也会启发他的思想，妙手成春，做成一篇绝好文章。

他们都像安泰一样，是大地母亲给了他们力量。他们是大地所育，他们一刻也离不开大地。

胡文彬说：

> 有人说，刘姥姥很“村”（不是“蠢”），我以为她“村而不俗”。又有人说，刘姥姥是一个丑角，造出一大堆俗而又俗的“笑话”让人发笑而已。我以为这是看了表面，其实刘姥姥的“丑角”，并不意味着是“傻角”，她说出的笑话在别人听来可以发笑，但在她自己说笑时而眼里闪动的是泪光，是她的心里在流泪。……刘姥姥之谐，就像她脸上一道道皱纹一样，是人生经验所集，是风刀霜剑所刻，是她大智若愚的艺术表现。
>
> （《冷眼看红楼》，中国书店出版社，2001年7月版）

这个见解与鄙意相合。鸳鸯在捉弄了她之后，很是后悔，向她道歉，她说：“姑娘说那里话，咱们哄着老太太开个心儿，有什么恼的！你先嘱咐我，我就明白了，不过大家取个笑儿，我要心里恼，也就不说了。”她老人家说得明明白白，这一切都是有意为之。

卞之琳在一首诗中说道：

> 明月装饰了你的窗子，
> 你装饰了别人的梦。

刘姥姥装饰了贾母的梦，使她老人家在梦中有了一种好心情；而贾母也像明月一样装饰了刘姥姥的窗子，使她在艰难的人生之旅跋涉中，有了一种好心情。这就是刘姥姥的积极人生态度带来的双赢。她对世事冷静的观察，热情的投入，使她的生活有了暖色、有了温情，面对不可预知的前途，也有再走下去的勇气了。

四、刘姥姥——大地之母的意象

在我又一次细读第四十一回“栊翠庵茶品梅花雪，怡红院劫遇母蝗虫”的时候，不期然而然地想起元代散曲作家杜仁杰的《庄家不识勾栏》。这套散曲用庄稼汉的自述口吻，写他进城看戏的所见所闻。如果作者平平写来，就成了一次看戏的实录，最多也只能保留戏曲演出的史料；但这篇作品却别开生面，以通俗的口语，模仿庄稼人的声口、神态，把他们从未见过的勾栏演戏情况，写得具体生动、诙谐百出。作者在“庄家”和“不识”之间下了功夫，因为是庄家初进勾栏，所以不识勾栏；因为不识勾栏，所以才闹出笑话：把化妆涂面说成“满脸石灰”；把头上插着的翎毛之类的饰物，说成“顶门上插一管笔”；把戏台说成“钟楼模样”，如此等等。但这些喜剧性的描写，并没有丑化“庄家”的意思，却起到了谑而不虐的效果。所以我们才说它是一篇不可多得的好作品。

而《红楼梦》第四十一回对刘姥姥在大观园宴游时的种种描写，的确与这篇散曲有异曲同工之妙，区别只在繁简的不同而已。如果我们把《红楼梦》的这个章节有关刘姥姥的言行梳理一下的话，就会发现和《庄家不识勾栏》何其相似乃尔。

在欢宴的时候，她不怕失去风度，双手捧杯喝酒，引起贾母薛姨妈的担心：“慢些，不要呛了。”

她不知茄鲞为何物。

吃完了一杯酒，“还只管细玩那杯”。她认为贾府这样的人家“断没有那贱东西，那容易得的木头，你们也不收着了。我掂着这杯体重，断乎不是杨木，一定是黄松”。她的醉眼蒙眬中的醉言醉语，引起大家一阵“哄堂大笑”。

在山前树下盘桓的时候，看见了一些树，一些石，一些花，一些鸟。她酕醄双眼，夸这里的鸟“偏这鸟到了你们这里，他也变俊了，会讲话”，把会说话的八哥、鹩哥之类的鸟，说成长出凤头的黑老鸹，众人自然又是一场大笑。

然后是栊翠庵豪饮，引得假清高的妙玉厌弃。

到了“省亲别墅”的牌楼底下，她以为那是供佛祖的大庙，“说着，便爬下磕头”，引得众人笑弯了腰。她却理直气壮地说：“笑什么！这牌楼上字我都认得。我们那里这样庙宇最多，都是这样的牌坊，那写的就是庙的名字。”众人笑道：“你认得这是什么庙？”刘姥姥便抬头指着那字道：“这不是‘玉皇宝殿’四个大字？”

此时腹内一阵乱响，便要在此解衣方便方便。

出厕以后，由于不胜酒力，“只觉得眼花目眩”，不辨路径，刘姥姥乱走起来，进了一个房门，碰到了迎面的画儿，便与那画上的女孩儿说起话来。

不识穿衣镜，把镜中的自己当成了亲家母，且与之攀谈起来。这镜子原来是西洋机栝，可以开合。不意在刘姥姥乱摸之间，“其力巧合”“撞开消息”，到了宝玉的卧室，并倒头大睡起来。

当人们找到她的时候，她已然是“鼾齁如雷”，弄得“酒屁臭气”满屋了。

这些情节，也都蕴含着幽默诙谐的因子，充满了喜剧性，把刘姥姥醉酒的幽默、醉酒后的诙谐以及放诞的行为，用细腻的笔致，写得十分真实生动，也像《庄家不识勾栏》一样，产生了一种谑而不虐的效果。我们读了这样的情节，对于刘姥姥，却不觉其可厌，只觉其可亲；不觉其可鄙，只觉其可爱；不觉其可怜，只觉其可悯。这也应视为她“冷眼看世界”之后的“热情投入生活”的一种表现，是“冷眼向洋看世界，热风吹雨洒江天”（毛泽东诗）的自然流露。

况且，曹公的文章常常“假语村言”，把“真事隐去”，谁又能断定此章节不是“假作真时真亦假，无为有处有还无”的笔墨呢。如果我们这样来看，那么佯狂疯癫的刘姥姥便成为一个一本正经的刘姥姥了，那几近疯言疯语的谈吐，也是真情流露了。如果颠倒过来看一看，这里的“丑”便是“美”的表露了。

贺信民在《红楼拾萃》中说：

> 刘姥姥从气质、人格到谈吐举止，都堪称“俗而又俗的一个大俗人儿”（宝玉语）。曹雪芹之所以通过宝玉的口，把那些俗不可耐的老婆子比作“鱼眼睛”，就是因为她们的世俗世故、“童心”沦丧，早已不是“水做的骨肉”了。然而，“现实生活中的丑，经过艺术家的灵心点化”，便会“转化成为艺术中的美”。《红楼梦》中的刘姥姥，就像舞台上的赵本山、陈佩斯、赵丽蓉、宋丹丹一样，通过极“本色”、极“丑”、极“俗”的表演，塑造了极“精致”、极“美”、极“雅”的艺术形象。

一切都在转化，一切都可以转化，一个事物走向极端的时候，便从量变发展到质变，由此事物变成了彼事物。在艺术领域，无论是绘画、表演都是这样。通过夸张、变形，往往取得意料不到的效果。例如，西洋绘画的野兽主义以及京剧丑角的脸谱，“丑”之中往往有“大美”存焉。以此观之，刘姥姥的形象恐怕也是一种变形吧。

行文至此，我又忽然想到另一部文学名著《西游记》中孙悟空的形象，这种联想或许是荒谬的，但这种联想也不是空穴来风，完全的无根之谈。刘姥姥的“大闹荣国府”不恰是孙悟空“大闹天宫”的翻版吗？孙悟空被骗到天宫之后，起先也着实高兴了一阵，在祥云缭绕的天宫徜徉，自以为得其所哉。但他并没有得到重用，最终只得了一个弼马温之职，那是一个备受鄙视的职位，所以觉醒了的孙悟空便大闹天宫，以泄其愤。这是一个反抗者的形象。

我们把刘姥姥与之相比，一开始的时候，会觉得殊为不伦不类，他们之间压根儿就没有可比性。然而我们细按两书有关章节，就会发现其叙述顺序、人物行动、表现方法存在许多相近的地方，虽然情节不可能完全相同，但其用意则是相同的，我们不能说刘姥姥也是一个反抗者的形象，但她随意地便想如厕，撞开机栝，闯入宝玉的卧室，在那里鼾声雷作，把“酒屁臭气”弄了一屋，不也有大闹凌霄殿的意思吗？刘姥姥此时的形象分明带着几分孙悟空的形象。

曹雪芹痛恨这个快要衰落的大家庭，他对它有着不可解的仇恨，用刘姥姥闹它一下不也是很正常的吗？孙悟空来自花果山，那是自然的国度，那里孕育着新的思想、新的人物；而刘姥姥来自农村，那是朴质的能化育万物的乡野，从那里走进城市的人物，当然也就有了化育万物的功能。所以我们可以说，刘姥姥这不经意的一闹，就与旧思想、旧道德发生了碰撞；虽然撞出的一星火花在黑暗中倏忽间消失于无形，然而却不应低估了它的进步意义。那里寄托着曹雪芹的希望。

梅新林称刘姥姥为“救世母神”，是不无道理的。他说：

> 从小说本身刘姥姥的从被救到救世的符号功能来看，也许更重要的是作者藉以传达这样一种价值取向：既然上层社会已彻底腐朽没落，不可救药，但又不可能出现或找到一种新的社会力量，按着老庄哲学的返璞归真的思想模式，便自然而然地转向了这位来自社会下层的“积古老人家”，以赋予其救世者的神位和使命，这在中国文学中似乎成了一个源远流长的传统。王昆仑先生在《红楼梦人物论》一书中指出：在中国的小说、弹词和民间故事中有一类老夫人的人物形象，常以丰富的经验，对人的热情，充任着人们日常生活的顾问、助手，或为人排难解纷。刘姥姥即是其中典型的一位。……因其是贾母的“对立幻影”，所以能长驱直入贾府担当起贾母所不能担当的保护和救世责任，因其是对原始救世女神女娲的回归，所以又能以一乡村老妪的身份上升为具有非凡活力的救世母神。
>
> （《红楼梦的哲学精神》，学林出版社，1995年5月版）

是的，这个世界已病入膏肓，不可救药了，它既需要一个共工式的人物一头撞去，把它推倒，也需要一个女娲式的人物把破了的天补起来，在曹雪芹心目中，那个神通广大的女娲就是刘姥姥。所以我们说，在曹雪芹那里，她的担当是很重的。为什么这样说呢？就是因为曹雪芹让她在书中发挥的作用太多、太大。

那就是刘上生所说的“一副特殊感官”的作用：

> 刘姥姥是一位具有多重再现和表现功能的线索性人物，是全部贾府末世史的见证人。作为局外视点，她是来自农村下层社会的一副特殊感官，偶然的机缘使她得以进入这个贵族之家及其宝地——大观园。作者既通过她的眼睛心灵去观察和感受贾府的豪富，渲染末世之“盛”；又用她的生活体验来对照和展现社会的不公，批判末世之“奢”，以印证冷子兴的知性分析。这一形象的意义，也许要在作者未及完成的三进贾府才能全部显现出来。张锦池先生以甄（士隐）贾（雨村）冷（子兴）刘（姥姥）谐“真假难留”，认为“他们都曾是贾府盛衰兆的冷眼旁观者”。甄贾作用另有不同，谐音寓意有理。作为旁观者，“冷”是冷眼，有商人的势力之心；“刘”是热心，有农民朴实的义肝侠肠。但他们对贾府末世或理想或直觉的观照都揭示了贾府无可挽回（“难留”）地走向衰败的内在原因。他（她）们是作者从外及内进行家族解剖的手术刀。
>
> （《走进曹雪芹——〈红楼梦〉心理新诠》，湖南师范大学出版社，1997年7月版）

我们通过刘姥姥的形象感知了太多的东西，既有社会层面的，也有艺术层面的。在书中她是很繁忙劳累的，唯其如此，我们才获得了太多的信息：她像一条接纳万水的河流，一切溪流都向着她汇聚，有容乃大，所以她才能有博大的胸怀，让众水皈依；她又像一棵生长在山野的老树，百鸟来归，所以才有了书中那喧闹的世界；她又像宽阔无边的土地，种瓜得瓜，种豆得豆，所以曹雪芹因为她才有了如此丰厚的收获。一切比喻都是蹩脚的，她就是曹雪芹创造的一个丰满的艺术形象，是曹公的理想所寄，借着她，嬉怒笑骂，皆成文章，向世人传达他久蓄于心的情怀。

这只是一个艺术符号，但却是一个万能的艺术符号。曹雪芹为什么特别垂青这个人物，因为她来自土地；曹雪芹为什么把她奉为尊神，因为她来自土地。在曹雪芹那里，土地就是一切。有了土地才有河流溪涧，世间才有化生万物的水，才可能有“水作成骨肉”的女儿，世界才会五彩缤纷，才会有那么多令人心痛的美丽。

大地是万物之母，曹雪芹在书中向无边的大地膜拜！

五、刘姥姥——曹雪芹的精神家园

是的，曹雪芹向着大地膜拜，在他那里，刘姥姥的形象既是一个艺术符号，也是一个象征、一个意象，那是他理想的精神家园。所谓精神家园，是灵魂的归宿，是滋养思想的地方。一种意识，一种思维，一种风习都是在那里形成的。每个民族的精神家园都是不同的，就像大地有红壤黑壤一样，所以产生的哲学、文学等也是不同的。民族的成长过程，大体上是相似的，但他们所拥有的精神家园却各有各的不同。

中华民族精神家园的血脉源远流长，它的内涵十分丰富，在遥远的古代，《易经》就有“天行健，君子以自强不息”“地势坤。君子以厚德载物”的观点。君子以天为法，自会自强不息；也应该效法大地的法则与德性，以宽厚深沉的修养来负载、化育大地的万物。这种民族精神又在诸子的手里发扬光大。那种“海纳百川”的胸怀，那种“克己复礼”的精神，那种“推己及人”“群而忘己”的品格，那种“修齐治平”的抱负以及“敬畏天命”的自然观，已形成了完备的体系，像一条源远流长的河流，五千年来在我们民族的心中淌过，塑造着我们的国家和人民。它像一盏灯，曾照亮初民的蒙昧混沌时期，让这个民族走上一条生生不息之路，创造着五千年的辉煌。

世界上有的古代文明已发生了断裂，且不复存在，唯有中华文明，像繁茂的千年老树，不断开出新花。那原因其实很简单，就是人人心中有个精神家园之故，它始终给人以鼓励、给人以希望、给人以力量，它能把千万颗心凝聚在一起，就是把一捧沙攥在手里，也能叫它变成黄金。曹雪芹以他高超的艺术手段，把分散的沙子攥在手中，攥出一锭黄金，塑造出能代表中华民族精神家园的形象——胸怀像大地一样宽厚无边的刘姥姥。当贾家面临崩溃、已无路可走的时候，曹雪芹把他的目光投向了大地之母——刘姥姥。

这深情的一瞥便是对精神家园的信赖、向往和皈依。在这方面曹雪芹和诸多历史人物是一样的，他们在艰难的时刻，都有向精神家园皈依的渴望和行动，只是表现方式不同而已。

屈原被驱逐出郢都，在湘江水域流浪，经过长久的徘徊和痛苦的思索，最后举身投江而死，他把汨罗江当作精神家园，在他看来，那是最好的归宿。

苏武被囚匈奴19年，在冰天雪地的北海边牧羊，饥则吞毡，渴则饮雪，在屡次的绝望中都有一盏明灯在心中点亮，那就是故国的山川草木、故国的情怀不时地萦绕于心，那是他活下去的最大理由，只要精神不死，家园就永远在远方呼唤着他归去。

曾经被沙俄强迁于额济勒河（今伏尔加河）流域的土尔扈特部落，他们世世代代渴望回归祖国，那里才是他们的精神家园，而伏尔加河流域始终不是。所以他们才在渥巴锡的率领下，冲破无数次的围追堵截，有多少青年男子战死，有多少老人病死，有多少婴儿在刀光血影中夭折。但这个部落却坚贞不屈，在血海中趟出一条回家的路。那力量来自对家园的皈依。经过数年的大迁徙，他们终于在乾隆三十六年（1771年）回到了祖先们生活过的那一方热土，又在伊犁河畔放牧了。

钱学森冲破重重阻碍回国，甚至不惜以生命为代价，那原因就是游子的心要向家园皈依。

艾青说：“为什么我的眼里常含泪水，因为对这土地爱得深沉。”他说出了亿万人的心里话。

所以于右任才在《望大陆》中慷慨悲歌：

> 葬我于高山之上兮，望我大陆；大陆不可见兮，只有痛哭。葬我于高山之上兮，望我故乡；故乡不可见兮，永不能忘。天苍苍，野茫茫，山之上，国有殇！

所以余光中才在《乡愁》中说：

> 小时候
> 乡愁是一枚小小的邮票
> 我在这头
> 母亲在那头
> 长大后
> 乡愁是一张窄窄的船票
> 我在这头
> 新娘在那头
>
> 后来啊
> 乡愁是一方矮矮的坟墓
> 我在外头
> 母亲在里头
>
> 而现在
> 乡愁是一湾浅浅的海峡

我在这头
大陆在那头
（《余光中诗选》，海峡文艺出版社1988年版）

所以席慕蓉才在《乡愁》中写道：

故乡的歌是一支清远的笛
总在有月光的晚上响起

故乡的面目却是一种模糊的怅惘
仿佛雾里的挥手别离

别离后
乡愁是一棵没有年轮的树
永不老去
（《席慕蓉抒情诗全集》，花城出版社1991年版）

“乡愁”似乎是文学中的永恒主题。而这几首诗中的“乡愁”不就是对于家园难归的深情抒写吗？这种难归的惆怅，不仅仅是实质的，而且更是精神层面的。不论是于右任的慷慨悲歌，还是余光中、席慕蓉的婉转抒情，无一不指向一个目的地，那就是精神家园，表达一个渴望，那就是对精神家园的皈依。

我们似乎有些离题过远了。然而只有通过这番考证和梳理，才能更深刻地理解曹雪芹塑造刘姥姥这一形象的良苦用心和深层意蕴。这一形象除了起到开启和终结红楼故事的作用以外，她又以全能的视角像摄像机一样记录了贾家由盛而衰的全过程，为各类人物写真，用刘姥姥具有神性的眼光把他们进行全景的、多侧面的观照。这种描写是匠心独运的，因而也是十分独特的。

但这一形象最大的、别人不可替代的作用，就是她具有了精神家园的意蕴。中华民族几千年的精神文明遗产，在她这里得以血脉相传。巧姐的命名、巧姐最后被她带向乡村，就是这一意蕴的具体体现。在贾府树倒猢狲散的时候，巧姐像一叶浮萍漂在险恶的人生波浪上，时刻都会有灭顶之灾降临在她的头上。巧姐虽然是贾家那棵毒树上生出来的幼芽，但“人之初，性本善”，她毕竟还没有受到更多的精神污染，她有极大的可塑性。刘姥姥从污秽中、苦海里把她超拔出来，显然是一次善举，也是一种新的萌芽向大地的回归，给在绝望中的曹雪芹一丝希望。

我们可以这样说，刘姥姥既是贾家的救星，也是处在精神危机中的曹雪芹的救星。

在这时刘姥姥又颇具了一些侠肝义胆。当强悍的王熙凤在不可主宰的命运面前也败下阵来的时候，把自己休咎与巧姐的未来都交给刘姥姥了。王熙凤对刘姥姥说：“姥姥，我的命交给你了。我的巧姐也是千灾百病的，也交给你了。”这分明是一种哀求的口吻了，虽然这是王熙凤嘱托刘姥姥在菩萨面前给她和巧姐祈福，但似乎也有“刘备白帝城托孤”之意了。

刘姥姥不怕贾家连累自己。在贾家倒霉、别人都避之唯恐不及的时候，刘姥姥却冒着风险，多次出现在贾府，表现得十分从容，她为巧姐能够顺利逃出苦海，早就做了准备，想好了切实可行的具体步骤：先把巧姐藏起来，然后在出其不意时，“扔崩一走”，也就是突然走掉。最后刘姥姥依计而行，果然“巧姐随了刘姥姥带着平儿出了城，到了庄上”。

这的确是有一种侠义之风。

但她拯救巧姐，却不纯粹是报贾府的“一饭之恩”，更重要的是一种同情心在起作用，是一种能够包容一切的博大胸襟在起作用。她就像广漠无边的大地一样能够承载一切苦难，给丧失家园的人一个栖身之所。

蔡义江在《刘姥姥与贾巧姐》中说：

> 如果把刘姥姥的行为动机，全部归之于报恩意识，也许还是片面的：事实上，恐怕只有像刘姥姥那样饱经风霜、对现实生活中的种种

滋味都有深切体验的劳动妇女，才能对巧姐的悲惨遭遇倾注最大的同情，才敢于承担种种压力，不顾一切地向她伸出援救的手去，忍耻受辱地去作她的苦海慈航。

（《红楼梦研究集刊》，第三辑，1980年版）

这一论断是全面的，它接触到了中华民族的传统美德的重要方面。“海纳百川”“群而忘己”是最可宝贵的，刘姥姥就具有这样的胸怀，她容纳了涓涓细流，所以才使她像浩瀚的大海那样，击浊扬清，吐故纳新，虽然渐渐老去，却永远充满着活力。如果把她比作天，她运行不止，有了天的德性，所以她能够包容一切；如果把她比作地，她负载一切，所以成为万物之母。

曹雪芹让刘姥姥把巧姐带向乡村，就是把他一颗希望的种子播向大地。他渴望巧姐能够脱离那些不幸女儿的命运，真正长成“水做的骨肉”的女儿。这个希望是迫切的，然而结果却是不可预知的。可以说这是曹雪芹的一个虚幻的未醒的梦，是无法实现的空想。虽然大地母亲可以化生万物，但曹雪芹忘了，他头顶的天即将塌陷，脚下的地即将崩摧，一切都将在那轰隆隆的声音中灭亡。当女娲再次把宇宙重新整好、补出新天的时候，不知要经过多少次生死轮回，曹雪芹会等到那个时候吗？

第九章

罪与罚

——王夫人

在滑稽的时代里，
不必挺戈呼喊，
或带点武士之色，
只要年青，皆可成危险之人物。

因忠孝而成之活尸，
忽变为无上之偶像，
被刻上一句隽语：
“看呵，这才是良民之代表！”

总之，在这滑稽的时代里，
一切反古了，
且因强暴者之权力，
另造了无数真理。
——胡也频：《在滑稽的时代里》

一、无才而妄用其才

王夫人，就是胡也频诗中所说的那个滑稽时代——封建社会所孕育的“杰出”代表。我们之所以把那个时代称为滑稽时代不是人云亦云，而是有事实作为根据的。那个时代“存天理，灭人欲”，戕害了自然人性，人甫一降生或尚未降生就要像制作砖坯一样被放在一个模子里，制作成没有个性、千人一面的所谓“人”。这样的人当然唯封建统治者马首是瞻，忠心地为封建制度服务。我们说，王夫人就是这样制造出来的典型。以封建伦理来衡量她，她可称为“贤妻良母”。那个社会以自己的标准塑造了她，她又以这个标准相夫教子，塑造着她身边的所有的人。她认为，她那些违背人性的做法乃是天经地义的，皆为封建伦理题中应有之义。所以她才对那些东西规行矩步，亦步亦趋，哪敢有半点疏忽！她所践行的是社会规范，谁又能责备她做得不对呢？

她的出身高贵，乃四大家族的王家；她又嫁到贵族之家贾府，女儿又成了圣上的宠妃，且又与皇商薛家是至亲，薛姨妈就是她的亲妹妹。这么说四大家族她占其三，她的地位之尊，是贾府的任何夫人都不能望其项背的。那个时代虽然门阀制度已不复存在，然而高姓大族还是互相攀结的，一旦“联络有亲”，便“一荣俱荣”起来。这样的高贵出身，又嫁到王侯府第，她便具备了不一般的身份。

这位夫人知道自己是有身份的人，所以平日里不苟言笑，但并不像一般的自以为身份高的人把脸板得僵化起来，还总有一丝微笑挂在脸上。她不事张扬，无声地出没在人群里，有时人们似乎忘掉了她的存在。她倒不是不想管事，只是缺少管家的才能；她倒不是不想揽权，只是感到年事日高、心劳日绌而已。然而她却始终不放心这个朱红大门中的一切事物，总把那双眼角布满了鱼尾纹的眼睛投向各个角落，以防不测的发生。如果有了事情，她会按着封建社会教给她的那套理论加以处理，而那方法多与事实相左，以致多次酿成悲剧。

然而她又极其自尊，所以做起事来无一不主观片面。再加上她庸懦无能，所以做出许多令人齿冷的事情。

涂瀛在《红楼梦论赞》中说：

> 人不可以有才，有才而自恃其才，则杀人必多；人尤不可以无才，无才而妄用其才，则杀人愈多。王夫人是也。夫人情偏性执，信谗任奸，一怒而死金钏，再怒而死晴雯，死司棋，出芳官等于家，为稽其罪，盖浮于凤焉。是杀人多矣，顾安得自有后哉？兰儿之兴，李纨之福，非夫人之福也。
>
> （《红楼梦资料汇编》，中华书局，2005年1月版）

涂瀛此论是有道理的。王夫人之所以做出那么多伤天害理的事情，就是因为她无才，而偏偏她又妄用其才，恃才逞能，一切都假封建伦理之道以行，当无辜者的鲜血染红双手的时候，她并没有忏悔，反倒认为她是剪除了恶人、替天行道了。“无才”之可怕，一至于此。

在大观园里，她是一个比王熙凤更阴险的人。王熙凤虽恶，是表里如一的，人人皆知其恶；而王夫人却以善掩其恶，使人不知其恶。这一点，她与薛宝钗倒极其相似。但她们之间又有所不同，薛宝钗的善是装出来的，而王夫人却没有伪饰，她自已认为，作为人妻、作为母亲、作为一家之长本应如此。也就是说，王夫人所做的一切皆出自天性，是封建道德要求她这样做的，她认为善良的人性在“恶行”面前也会变得冷酷，所以当她那一副佛陀的面目陡然一变的时候，就要杀害无辜了。下人们的凶吉祸福，都在那张老脸倏忽的变化之中确定了。

然而她的性格及处事方法也颇有令人猜详的地方，有的事本应该这样做，她何以偏偏那样做了呢？有的甚至有悖于常理了。难道是她老人家上了几岁年纪一时糊涂所致吗？似乎又不是。那么只能归之于性格和识见了。

涂瀛在《红楼梦问答》中似乎回答了这个问题——

> 或问："王夫人逐晴雯、芳官等，乃家法应尔。子何痛诋之深也？"曰："《红楼梦》只可言情，不可言法。若言法，则《红楼梦》可不作矣。且即以法论，宝玉不置之书房而置之花园，法乎否耶？不付之阿保而付之丫鬟，法乎否耶？不游之师友而游之姐妹，法乎否耶？即为一误，不堪再误，而用袭人则非其人，逐晴雯则非其罪，徒使佥人幸进，方正流亡，颠颠倒倒，画出千古庸流之祸，作书者有危心也。贬之，不亦宜乎！"
>
> （《红楼梦资料汇编》，中华书局，2005年1月版）

涂瀛看到了作者的良苦用心，曹雪芹虽然只写了一个王夫人，实则是概括一个社会典型。他们盘踞要津，高高在上，由于亲小人而远君子，两耳失聪，双目不明，所以尽做些颠颠倒倒的事情。他们不知悔过，因而一错再错。王夫人就是这一"千古庸流"形象的浓缩，有很高的审美价值。所以我们可以得出结论，是王夫人摧毁了贾家的巨厦，是王夫人把宝玉从人间放逐而又驱入寺庙的。她同王熙凤一样，是贾家的千古罪人。

我们这样说，是不是有些言重了呢？难道一个手无缚鸡之力的半老徐娘会有这么大的力量吗？一切事物的变化都有从量变到质变的过程，贾府的变化当然也不例外。由于贾家阴盛阳衰，大权不得不落入女人的手里，由于贾母到了垂暮之年，一心游乐，无心掌权，王夫人就成为不二人选；而这位夫人是无才无能之辈，惮于庸务缠身，所以很早就把权交了出去。由于家族的利益，理所当然地她把眼光放在了内侄女王熙凤的身上。王夫人把这颗棋子放在了关键的地方，从此贾家的命运就维系在这颗棋子上。问题就出在这里了，王熙凤乃贪腐之尤者，她怎么会把大局放在心上呢？管家管家，只是虚应风景而已，实则是借公帑而饱私囊。自熙凤上任，贾家的一切便步入了恶性循环，以致一步步踏上了不归路。

王夫人不是始作俑者又是什么呢？

当然王夫人也不是一无是处，她对贾府的贡献也是有目共睹的。那就是她为贾家生出了“金枝玉叶”和接班人。她共生了三胎，每一个都不是等闲之辈。头胎生下贾珠，那是个聪明的公子，十四岁进举，也是学业有成的；虽然不到二十岁就病死了，却为贾家留下了后代根苗——好学长进的贾兰。第二胎生了个小姐，因为生在大年初一，故名元春。她被选入皇宫做了女史，以后又封为“凤藻宫尚书，加封贤德妃”。谁也没想到的是隔了十几年，又生了第三胎，而且令人称奇的是，此子竟是衔玉而生，那玉之上还有许多字迹。贾母喜不自胜，觉得这个新生儿“形容身段，言谈举动，怎么就和当日国公爷一个稿子”，他竟和国公爷长得一模一样，难怪以后她对宝玉疼爱有加呢。

王夫人因为生育后代而成为贾家的功臣，那地位自然就比别人高了许多。她对自身价值当然也要重新估量一番：贾家之所以有今天，我之功也；贾家之所以有未来，亦我之功也。她逐渐骄矜起来，暴戾恣睢起来，也就极为自然了。“权力”二字是极有诱惑力的，而权力之大者，莫过于生杀之权。当一个弱者在强权面前像一片秋叶在风中凋零的时候，掌权者会品尝到从来未有过的成功的快意。王夫人本来已属退居二线的“领导干部”了，对一些事情满可以睁一只眼、闭一只眼，但这位名退实不退、人退心不退的王夫人却把贾府的角角落落盯得更紧，唯恐天塌下来；怕缺少那双昏花老眼的盯视贾府会出现问题。所以她那双眼睛像一架扫描仪似的，盯着猫儿打架，蝶粉蜂黄；耳朵则像戴上声呐，倾听蟋蟀夜歌，小鸟鸣春。

我们并不是说她从此再不应当管事，而是责备她管得太多。不是你把宝玉放在鲜花丛中、姊妹群里的吗？难道一转身就忘了自己的决定，甚而至于对年轻人的行动监视起来了呢？使自己一下子堕入“千古腐流”之辈的行列，不亦冤乎？然而她是不冤的。就是因为她这种颠颠倒倒的主张，才酿成贾家的巨祸。

这里也告诉我们这样一个真理，人不能因为地位偶然提高了而才智也随之提高，而相反的例子倒是所在多有：因为地位提高产生的骄衿，往往使思想迟钝；老子天下第一的狂妄，往往使自己与愚人同列。可怜王夫人不幸堕入了这样的泥潭。如果她的身边能有一两名有见解的谋士，经常拉一下她的衣襟提一个醒，说不定王夫人也会及早回头的。尤其可怜的是她的身边缺少诤谏之士，尽是些像薛宝钗这样的阿谀之徒。薛宝钗颇像一个谀墓的好手，把不是也当成功绩写到墓碑上了。所以自以为聪明的王夫人实际上是闭目塞听的。

王夫人喜欢坐在椅子上听别人毕恭毕敬地汇报，这时她觉得心中颇为滋润，年龄好像也忽然倒退了二十年，她觉得自己虽然早已从“领导岗位”上退下来了，但那使人望而却步的权威仍在，像一缕阴魂一样跟着她穿花渡柳、过涧涉溪，碰上它仍然使人心生恐惧。她又喜欢决断事情、仲裁事情，觉得只有时常发出自己的声音，人们才会意识到她的存在，至于把事情办得如何，那倒是其次的了。现在内侄女王熙凤执掌了大权，成为自己强劲的一翼，如今自己的妹妹、侄女也作为一翼搬进了贾府，只要自己愿意，不论在何时何地都可以鼓翼高飞了。

试看今日之贾府，竟是谁家之天下？

二、每只蜘蛛都得编织自己的网

不争的事实是，王氏家族的女人已在贾府居于要津，“维鹊有巢，维鸠居之”（《诗经·召南·鹊巢》），她们成了贾府的真正主人。那么此时“赫赫扬扬，已将百载”的贾家，难道真的竟没有一个男人可以出来主持家政吗？没有，真的没有，贾府出现了“断后”现象，举目四望，找不到一个可以继承贾府之

“大统”者，这是一个令人心惊胆寒的事实。让我们一一审视一下贾府那些老老少少：贾政者，假正人也，里里外外充满了儒家的酸腐气味。在朝中，虽不能做一名能臣良相，却也是一个忠于职守的循吏，可是齐家却显得力不从心，所以只能撒手不管，把大权交给自己的妻子王夫人了；那么他何以不把兴家的历史重任交给宝玉呢？我们细按文本，此老何尝没有这样的打算呢？然而这个衔玉而生的宝贝儿子却丝毫没有“立功立德”“兴家建业”的念头，整天在脂粉队中倚翠依红，全然没把兴家的大业放在心上。在遭到父亲的痛打之后，依然故我，甚而至于越来越放任了，与父亲成了对头。“中国之君子，明于礼仪，而陋于知人心”，此话恰恰击中贾政的痛处，他那已然僵化冬烘的脑袋，怎么能够理解儿子贾宝玉呢？贾宝玉已成了封建主义的逆子贰臣，他不屑也不想接这个班；他已成为贾府的反叛者，一个一心想用自己的头把封建社会撞倒的共工；这一切应该说贾政是看到了的，早已心知肚明。那么自己那个不作脸的世袭了官的兄长贾赦呢？这更是“马尾穿豆腐，提不起来”的一个亦人亦鬼的败类，整日把那贼溜溜的眼睛盯着花丛一般的女儿国，连母亲身边的丫鬟都不放过，此老如果当家，那贾府就会像今天的东莞似的成为名副其实的“性都”，只会让后来者齿冷。那么他的儿子贾琏如何？此公与其乃父一样，是一个纯粹的好色之徒，与赦老比，使人只会兴起“青出于蓝而胜于蓝”的慨叹，这样的色狼，如何能担大任？贾珠已死，贾兰尚幼；而贾环为人卑琐，与其母赵姨娘一样心地卑污，不堪造就。如此种种，才使贾政有贾家“断后”之叹。

刘再复在《贾府的“断后”现象》中说：

> 所谓“断后”，用现代时髦的话说，就是没有“接班人”，或叫作“后继无人”。这就是说，这个大家族没有产生出可以延伸其贵族生命的优秀后代。更没有产生出足以支撑和光耀这个家族门面的栋梁之材。
>
> （《红楼梦悟》，生活·读书·新知三联书店，2009年第一版）

其实这是天意，绝非一个人能主宰得了的，贾政心强命不强，看来他只有仰天长叹的份儿了。“种牡丹者得花，种蒺藜者得刺”（鲁迅《答有恒先生》），此之谓也。

然而这却成就了王夫人。

老天爷给了她一个难得的机会，也就是说，在客观上的一个好机遇让她碰上了。她虽说不是一个“无丑不备，为恶皆臻”的女人，但她却是一个阴鸷的女人。于是她就像当年刘邦死后吕雉辅佐诸吕一样，开始扶植自己的势力，把娘家人一一安置在极重要的岗位上。几年之间便织成了一张从上到下、从左到右的庞大关系网。虽说没像武则天那样明目张胆地篡唐立周，但王氏家族掌控了贾家的命脉却是人人皆知的事实。这位夫人则像一个大大的蜘蛛一样，蹲踞在网的中心，眼观六路，耳听八方，掌握着家政大权和每个人的命运。虽然她不像内侄女那样整日招摇，表面上深居简出，心如止水，却使心用心，监视着贾府天空的云雨阴晴，星明月淡，谛听着花草丛中的蚂蚁排衙，蟋蟀悲吟，她要在这里找出什么差池来。她是很矜持的，因为她知道自己在贾府的重要地位。高尔基在《在人间》中说：“每只蜘蛛都得造自己的窝，它得织自己的网，而且得知道自己有多么重，好让那个网承得住自己……”王夫人是深知这个道理的。

于是我们便见到这样一个王夫人：与乃夫贾政一般无二，“以儒治国，以佛治心”，这是贾政的信条，也是王夫人的箴言。她在大观园漫步，总是面带微笑，俨然一个救苦救难的观世音模样，那种篡权得手的志得意满的骄矜溢于言表，使那张早已起皱的老脸也舒展开了，竟有了几分青春年少般的娇艳。是的，“权”从来都是个好东西，有了它便有了一切，丧失它便丧失了一切，所以总有那么一批人，每每像苍蝇舐血一般地追逐着权力，中外古今，概莫能外。

那么，她是怎样排兵布阵的呢？

首先，她任命自己的内侄女王熙凤为贾府的“内阁总理大臣”，掌控这个百年望族的“党政财文”大权。这样她就可以高枕无忧了。王熙凤何许人也？

我们在《楼外说梦》一书中已有较为详尽的论说：她有才，然而无德，无德而有才就会妄用其才，最终必然酿成大祸。这位凤辣子上台伊始，还是有些收敛的，她做的事情，有几件可以称为大手笔，比如在秦可卿仙逝之后，她协理宁国府便是。从此她便春风得意，顾盼自雄，有了一种成事在我的骄横，舍我其谁的自负。她草菅人命，滥用职权，贪公帑以肥己，收贿赂为营私，不多时日，竟弄得偌大的贾府“寅吃卯粮”，“内囊也紧上来了”。而王夫人对此却睁一只眼闭一只眼，反正“肥水不流外人田”，竟任其虎暴狼贪，把贾府掏空，然而这一切都是假公家之命而行，一时竟遮住了人们的耳目。莎士比亚说：“人们往往用至诚的外表和虔敬的行动，掩饰一颗魔鬼般的内心。”（《哈姆莱特》）在贾府这样的例子实在是太多了。

由于她们善于伪装，巧于掩饰，加之她们都是贾府的庞然大物，就把人们的视线遮蔽了，久而久之，也就见怪不怪了。雷马克说：“对于相信者的信任——乃是人类根深蒂固的本性。”于是乎，贾府便信任了王夫人，王夫人便信任了王熙凤，而王熙凤则借此大行其敛财之道。因为她们高贵的身份就是她们的衣衫，谁会怀疑锦衣玉食的王熙凤会有此恶行呢？

莎士比亚说：

> 褴褛的衣衫遮不住小小的过失；披上锦袍裘服，便可以隐匿一切。罪恶镀上了金，公道的坚强的枪刺戳在上面也会折断；把它用破烂的布条裹起来，一根侏儒的稻草就可以戳破它。
>
> （《莎士比亚全集》第三卷，人民文学出版社，2010年9月版）

莎翁所言，就是这个道理。

然而这种任人唯亲的人事安排，却给贾家的覆亡埋下了祸根。从表面上看，这个“赫赫扬扬，已将百载”的名门望族一朝瓦解，落了个树倒猢狲散的可悲下场，王熙凤是脱不了干系的，但王夫人更是弄得贾府“家败儿叛”的罪魁祸首，因为她才是那面八卦形蜘蛛网中心的王。

王夫人在任人唯亲方面可用一句话来概括，那就是“一人得道，鸡犬升天”。就是她的陪房周瑞家的两口子，也委以重任。如果说王熙凤是当家的，那么周瑞家的就是管家的，事无巨细，皆由此人来管理。但这两口子都是吃里扒外的货，到头来终于闹成一场“欺天招伙盗”的祸殃，使贾家更加雪上加霜，从此便一蹶不振了。

王夫人自以为聪明，然而她着实是聪明反被聪明误了。何以如此说呢？

你对王熙凤委以大任，别人就是有意见也说不出口，因为王熙凤毕竟是贾琏的妻子，也就是说，她是贾家的人；周瑞家的也毕竟是随王夫人陪送而来，如今也算是贾家的奴才了，令其管一些杂七杂八的事，似乎也是顺理成章的了。别人因此也会三缄其口。但是，说不上是因为她上了一把年纪，大脑有些退化，还是因为脑袋里灌了水，竟然把薛宝钗请进贾府，成了大观园里蘅芜苑的主人。

此举绝不是一时脑袋发热的唐突决定，而是这位夫人深思熟虑的战略决策，虽然平时她少言寡语，貌似昏眊，但她的眼光却是长远的，这是出于百年大计的长远考虑。她不是有一个宝贝儿子宝玉吗？将来他如果娶了宝钗，那么王氏的根或许就会牢牢地扎在贾家的土地上，在这里“不离不弃”，贾家的“社稷”不就成了王家的江山了吗？我们这样说，或许是言过其实了；但这只是一个比喻，比喻只能是比喻，而比喻都是蹩脚的。她或许想不到这么深也想不到这么远，但她的“任人唯亲”的“干部政策”却是有目共睹的，也因此产生了不可挽回的恶果，这是谁也否认不了的。

她又闭目塞听，俨然是一只井底之蛙，所见者寡，所闻者稀，所以在她眼前出现的人才便少之又少，“大约是夜间飞禽都归巢睡觉，所以单见蝙蝠能干了。”（鲁迅）她用像薛宝钗这样的两面讨好者也就不足为怪了。你还能期望“一叶障目，不见泰山”的上级选贤任能吗？回答当然是十分肯定的:不能。

尤其令我们忍俊不禁的是她把袭人也放在了她的这张网上，就像在棋盘上郑重地布下了一枚棋子一样。这一招和她的前几招一样，不仅未给贾家带来福祉，却明显地给这个家族带来了灾殃。书中的判词说她“枉自温柔和顺，空云似桂如兰”，册子上虽然画着一簇鲜花，但又画着一床破席，显然这也不是一个什么好货了。“面承唾为求利，膝生胝为求荣”，为了攀上高枝，就是同林的鸟她也视为仇敌，必逐之而后快了。况且她又急匆匆越过了奴才与主子的底线，与年尚孩童的宝玉做了那“不才之事”，作为一个少女，就是泼尽长江之水，也难洗满面的羞愧了。然而她却认为这是一件幸事，似乎是天赐之福了。她仍恬然不羞地出入在大观园里、怡红院中，围绕在宝玉的旁侧，但令人称奇的是颇懂妇道知礼教的王夫人却对此婢青睐有加，视其卑污的行径为正当，且在她的心目中已把她看作宝玉的准姨娘了，并公开地给这位丫头加了“薪”。她是糊涂了吗？没有，只是她需要这么一个“坐探”，把宝玉身边的丫鬟们的一举一动，能够立马报告给她。显而易见，这是一个十分小儿科的“下策”，用一个“坏人”监督“好人”；然而这又是一个“上策”，因袭人已做了宝玉的准姨娘，就自认为宝玉已名副其实地是她的人了，自己的“男人”岂容他人染指？因此之故，这位准姨娘就像一只忠实的狗一样，日夜不停地围着宝玉转，侧耳听着风吹草动，睁眼盯着别人的眼角眉梢，甚至一只苍蝇在怡红院飞过，她也会紧张地狺狺而吠。这便是王夫人的愚中之智了。就在她时而清醒时而昏庸的时候，岂知已铸成了大错，致使贾家的“社稷”不保了。

那么王夫人为什么会这样而不是那样呢？还是鲁迅先生说得深刻，他一针见血地指出：“某一种人，一定只有这某一种人的思想和眼光，不能超出他本阶级之外。”

“胸中不正，则眸子眊焉。”孟老夫子也如是说。

行文至此，似乎关于王夫人“任人唯亲”的来龙去脉已说得差不多了，本不应当再啰唆下去了。然而我这里却有一点“余论”，虽然有可能是一个奇谈怪论，不足为训，但我还要说下去。愚以为曹雪芹对中国的男人是彻底地失望了，也就是说对贾家的男人是彻底地失望了。男人（那些皇帝们）治下的中国（也就是贾府）已无路可走，在这种时候，作者把探寻的目光投向女人，这些“水做骨肉”的女人们或许能给黑暗的王国投入一线光明吧，所以在本书的开头才有“女娲炼石补天”之说。他希望有个治世的能人来把几近塌陷的封建社会的天来补一补，这是他探寻良久、彷徨无路的时候的最后希望，所以他才把最美丽的赞歌献给大观园里的那些少女。然而就是在这些他加以青睐的女人中也是有才无德者多，而无德者却被统治者擢为“上宾”，比如王熙凤等人就是。在这些有声有色的描写中，我们似乎听到了曹雪芹的一声浩叹：在那样的社会里，已经没有能够补天的女娲了。所以他只好茫然四顾，含泪给封建社会唱一曲长长的挽歌。

“在漆黑一团中，即使一星鬼火也是光明。”（雷马克）然而这希望的鬼火在曹雪芹面前倏忽之间就熄灭了，留在他周围的仍是铁一般的黑暗。

三、王夫人对宝玉：一种毁灭性的爱

刘敬圻教授在《〈红楼梦〉主题多义性论纲》中说：

> 笼统地说，《红楼梦》也不外乎是“严肃而沉痛的人间苦的象征”。哲人的头脑，学人的渊博和诗人的激情，使曹雪芹比之那些与他有着同样遭遇的人更敏感，更善于思考，对人间苦的体验也更加深切。当他奔腾不息的生命力受到压抑，当他莹彻透明的心灵负了重伤，流着血，苦闷着，悲哀着，然而又放不下，忘不掉的时候，就会发出诅咒，激愤，赞叹，企慕欢呼的声音，那就是《红楼梦》。
>
> （《明清小说补论》生活·读书·新知三联书店，2004年10月版）

这段引文有极强的概括性，它深刻地说明了曹雪芹为什么写下《红楼梦》，因为他曾遭遇了大不幸，对书中人物的遭际感同身受，他是带着伤、流着血、和着泪写下这些文字的，这是一部血写的书，正所谓“字字看来皆是血，十年辛苦不寻常”。所以书中字里行间才有深深的慨叹，沉痛的诅咒，火焰般的激愤以及眼含热泪的企慕。

“古道狐成怪，荒山鬼作人。”（元·方夔）仿佛这便是贾府的真实写照。面对着这些半狐半鬼的人，曹雪芹只能长歌当哭，以抒心中积压已久的愤懑。也就是他为什么对像王夫人这种人痛下针砭的原因所在。王夫人从表面看来，是个“贤妻良母”，举止文雅，言语温顺，的确不失大家的风范；然而在她的骨子里，却“行为偏僻性乖张”，做出许多叫人哭笑不得的事。

对于宝玉的母爱，应当说是真诚的。作为女人，自古至今，舐犊之情，人皆有之，王夫人也不例外，与他人比较甚至有过之而无不及。然而“糊涂庙里糊涂神，糊涂事遇上了糊涂人”，她把对宝玉的爱弄得一塌糊涂。纵观她的所有行止，对宝玉之爱，从表象上看似乎是“成全了宝玉”，但实质上却是“害了宝玉”，这种事实所在多有，细按文本，非止一端。现在我们从中找出几件典型的例子来，可以概括成“三个不应该”。

第一个是她不应该把宝玉天长日久地放在大观园里，让这个不成年的孩子在缺少成人的监护下终日地与女孩子们厮混，虽然这里面有贾妃的主张，并非王夫人一人决定的，但作为宝玉的监护人，她却有不可推卸的责任。日后产生的种种乱象，她确实难辞其咎。大观园是个什么去处？这里是溢满青春气息的芳草地，别有洞天的游乐场。在这里人亦花，花亦人。蜂飞其上，连花朵也会谈情说爱；蝶舞其间，连空气也会热辣多情。难道四大家族之王氏家族出身的贵夫人，宝玉之母连“男女之大防”“男女授受不亲”的“圣训”也忘到爪哇国去了吗？当然不会。那么她做事为什么如此偏僻乖张呢？是因她老眊昏聩了吗？当然不是。有论者道，她放纵宝玉实则是放纵自己。她虽然处在贾府这座金字塔的顶端，地位在“一人之上，万人之下”，按理说她可以按自己的心意去规定自己的行止，然而却是不行。在那样的社会、那样的家族，她必须规行矩步，按老祖宗的律条规范自己。长期以来，自己不能一抒满心的抑郁之气，看到儿子的欢乐，自己也就感同身受了一番。除此之外，还有什么玄机，只有她自己知道了。

“蛾眉本是婵娟刃，杀尽风流世上人”。

（《警世通言·蒋淑真刎颈鸳鸯会》）

宝玉在那绮罗丛中，整日与少女们耳鬓厮磨，终日优游，怎能不日久生情？宝玉也就“因空见色，由色生情”起来，虽然又“传情入色，自色悟空”，最后脱离了十丈红尘，遁入空门，但他在大观园中度过的无数晨昏中，毕竟亲炙了色欲，甚至与袭人有了肌肤之亲，在此期间宝玉的良知则一次又一次地沉沦了，他的童贞就是最纯清的水也涮洗不清了。可以说王夫人，这个封建礼教的维护者，让她儿子犯了大忌。这是由畸形的爱产生的结果。王夫人这种爱是一种近于毁灭性的爱，她那有些近乎冬烘的脑袋，个中缘由，可能至死她也难以厘清。所以我们说：爱可以育人，也可以杀人。爱是可敬的，也是可怕的。尤其是当它披着“崇高”的外衣出现的时候。

雨果说：

> 母性是顽强的，你不能够跟她争辩。一个母亲之所以崇高，就因为她有点像野兽。母性本来就是兽性的，也是崇高的。
>
> （《九三年》，人民文学出版社，1979年3月版）

用这段话对照王夫人对宝玉的爱，不亦宜乎？（但她的爱却只有兽性而缺乏崇高）。

这是她害了宝玉的一方面；另一方面她成全了宝玉。她把他放到了大观园，而没把他禁锢在形同监狱的书塾中，这就使宝玉像一只从樊笼中出逃的鸟，可以在自由的天地里尽情舒展他那有些麻痹了的双翅，在怡红院中他得到了“诗意地栖居”，便消除了时刻警惕被凶禽攫去的惊恐；他可以和黛玉讨论诗词，共读《西厢记》，在自由国度的草坪之上携手徜徉。甚至抬头望一眼墙外柳边的一弯新月和无时无刻不在运行的繁星，也会引起他对人生的思索。唐风宋雨，滋润着他的心田；天体运行，启迪着他的心志。于是就有一种尚显柔弱的新苗在他的心中萌生了；他的心灵在蜕变，使他从旧茧中出来，变作一只长翅的新蚕，便可以作蛾之飞舞了。

他在大观园中成长了，他又在大观园中沦落了。这是谁都始料不及的，更不用说他的母亲，那个有时呆若木鸡的王夫人了。

“锯齿不能咀嚼，箕舌不能别味”（《抱朴子·博喻》），如王夫人者，稀里糊涂地做了这事，她怎么能预想到有什么结果呢？她本想为贾府培养一个“孝子贤孙”，为封建社会培养一个接班人，始料不及的是她却为贾府培养了一位敢撞不周山的共工。这便使王夫人的身上也多少带上了一点悲剧意识。

假设她此时觉悟了呢？发现了此子大逆不道，一怒之下一斧砍下了他的头颅，恐怕他也要做个无头的刑天，手持干戚在贾府大舞一番。

第二个是她不应该把袭人放在宝玉的身边。这个安排或者不是出自她，但她应当是最后的裁夺者。我们公道地说，当初谁也不知道袭人的品质如何，只是一个丫头而已。殊不知此丫头非彼丫头，是一个有野心的丫头。她甫一到宝玉的身边，可能要做他姨娘的愿望便产生了，而且随着时间的移易，日渐炽烈。但起初并没有什么实质性的进展，只是一股潜流，流在水下，王夫人没有注意和察觉，也是纯属正常之事，我们对她无须苛责。然而在宝玉与袭人“同领警幻所训云雨之事”后，王夫人仍然采取一种鸵鸟政策而不予过问，则是姑息的行为了。而且又给那个不要脸的丫头“加了薪”，并内定为“准姨娘”，毫无疑问，这就是放纵的行为了。先前，我们对她还有些微好感，但在我们惊诧莫名之后，那仅存的好感也一扫而光了。她的这种无理由的爱，愚人的爱，近乎毁灭性的爱，我们对其只能嗤之以鼻了；对于这种“残忍”的母亲，任何批判的语言都会显得软弱无力了。

犀脊山樵在《红楼梦补序》中说：

> 荣府群艳，以王夫人为之主，乃王夫人意中，则以宝钗为淑女，而袭人为良婢也。然宝钗有先奸后娶之讥，袭人首导宝玉以淫，则淑者不淑，而良者不良，譬诸人主，所谓忠者不忠，贤者不贤也。
>
> （《红楼梦资料汇编》，中华书局2005年1月版）

这段议论已说得十分明白。袭人何许人也，已无须再论了；这也就是我们说王夫人不该把袭人放在宝玉身边的理由。

第三个是她不应该让宝玉娶薛宝钗为妻。那理由之一就是“道不同不相为谋”。宝钗是封建社会培养出来的典型淑女，在那条封建主义的道路上，小心谨慎地前行，唯恐走错一步，言则“仕途经济”，动则“规行矩步”，她的言行和贾宝玉是大相径庭的。这本是两股道上跑的车，怎么能走到一块儿呢？宝钗意欲封建王朝的江山永固长存，而宝玉则一心要做撞倒这座大山的共工。两个人的思想形同水火，判若冰炭，是绝不相容的。就是在平日里对宝钗的一些酸腐之论，宝玉每每都给予一针见血的批判，这样的两个人，如何能同床共枕，成为朝夕相守相亲相爱的鸳鸯呢？况且宝玉身边还有黛玉呢，他们从小就在一起厮守，可谓青梅竹马，一同长大；最重要的一点是他们“同声相应，同气相求”，早就是在漫漫的人生长途上相伴而行的伙伴了。他们的思想早就水乳交融了。然而，固执的王夫人却无视这个现实，硬是拆散了这对鸳鸯，让鸠占了鹊巢。

雨果说：

> 一个人可以像天空一样有一种带阴暗的晴朗，随便什么时候都足以在他身上造成黑暗。
>
> （《九三年》人民文学出版社，1979年三月版）

王夫人终其一生，就是被这种黑暗统治着，所以她屡屡做出违情悖理的事情。当她“移花接木”把宝钗推上婚床的时候，也就把宝玉放逐了。他舍命追求的是林妹妹，而不是薛姐姐。对于“鸠占鹊巢”这种荒唐的现实，宝玉虽然能忍于一时，却不能忍之久远，所以他才选了个适当的时期，断然地推开了贾府那两扇朱红的大门，义无反顾地走向大地深处，走向虚无缥缈的地方，与红尘彻底地告别了。这种离家出走，体现了贾宝玉对整个封建社会的彻底绝望，对生于斯长于斯的家庭的彻底绝望，对母亲的彻底绝望。贾宝玉的最终选择，亦即曹雪芹的选择。当他们面对现实世界的“实际”，已无力改变它的时候，椎心泣血的时候，也只能在泪下千行之后，走向不可知的远方，走向虚无了。万事皆空，落了片白茫茫大地真干净。贾宝玉看得真切，曹雪芹看得真切，这就是生活，最后都得归于一场无尽的梦，亦即《红楼梦》之梦。

但我们不必悲观，王夫人所代表的封建主义的思想毕竟是一种陈腐的、垂死的思想，在它腐烂的时候，就肥沃了土地，终究会在这里长出新芽的。宝玉走了，但那脚印却留在荒草萋萋的路上，谁能预料，在那深深的脚印里不会有新的种子萌发呢?

苏联作家费定在《忆高尔基》一文中说：

> “垂死和消亡的东西正在被新生的东西所代替，死亡出现之日，就是新生命孕育之时。”

贾家的事情也不能例外。

四、“向善不善”：手上沾满了少女们的鲜血

蒋和森说：

> 从表面看来，她（指王夫人）吃斋念佛，不苟言笑，仿佛是个正正派派的“慈善人”。其实，她是封建势力的另一种代表。在她“慈善人”的外表下，深藏着昏聩而又残忍的阶级本质。贾府里几桩悲惨的人命案，如金钏的投井自杀、晴雯的抱屈夭亡、司棋的撞壁惨死，都是由她一手造成的。她对真正和她的儿子“作了怪”而又暗中进谗的袭人非常好感，但对正直清白，贞洁无染的晴雯却一口咬定是个“妖精”。甚至当晴雯已经抱屈死去，这个吃斋念佛的“慈善人”还

要横加污蔑，说晴雯是得“女儿痨死的，断不可留”，并命令她哥嫂“即刻送到外头焚化”。

（《红楼梦概说》，上海古籍出版社，1979年6月版）

的的确确，这位夫人，外表是一张佛陀的面孔，慈眉善目，给人“即之以温”的亲切，然而在慈悲面目的掩护下，却有一副蛇蝎心肠，比青面獠牙的恶魔更可怕。在贾府除了王熙凤以外，她杀人最多，也最残忍。王熙凤，斩断杀伐，做在明处，并没有刻意地掩饰自己。杀贾瑞那似乎是一种酒足饭饱后的游戏，追杀张华则纯粹是为了泄愤……好像都有一定的缘由，她从不藏藏掖掖，就像武松让张都监等人血溅鸳鸯楼之后，“白粉壁上，衣襟蘸血，大写八字道：‘杀人者，打虎武松也！’”何等斩截，何等英雄，真正是明人不做暗事!虽然王熙凤并没有把她杀人的消息写在贾府的红墙上，或贴一张“小广告”，与武二郎相比有些逊色，但毕竟还有点“英雄本色”。而这位戴着“慈善人”面具的王夫人，以佛陀面貌出现，行的却是鬼蜮伎俩，这就欺骗了那些不知就里的人们，总以为她是个“好人”。

她“向善不善”，手上沾满了无辜者的鲜血，那么她杀人的理由是什么呢?答曰：没有理由。如果让我们非说出一个理由不可，我们只好用莎士比亚的话来回答：“头晕的人以为世界在旋转。”就是说，“天下本无事，庸人自扰之”。

比如她平白无故地打了金钏儿一个嘴巴，逼得金钏儿跳了井。那事情的起因是非常清楚的，分明是你的宝贝儿子亵渎了金钏儿，金钏儿也只不过与宝玉说了一句玩笑话，你却反咬一口，一巴掌下去，把金钏儿打了个满脸花，并把金钏儿诬为“小娼妇”，而且马上把她撵了出去。

让我们看一看王夫人的丑恶嘴脸：

这里金钏儿半边脸火热，一声不敢言语……王夫人便叫玉钏儿：“把你妈叫来，带出你姐姐去。”金钏儿听说，忙跪下哭道：“我再不敢了，太太要打骂，只管发落，别叫我出去就是天恩了。我跟了太

> 太十来年，这会子撵出去，我还见人不见人呢！”……虽然金钏儿苦求，亦不肯收留，到底唤了金钏儿之母白老媳妇来领了下去。那金钏儿含羞忍辱的出去了。

本是自己不肖的儿子作了孽，却明目张胆地嫁祸于人。可怜的金钏儿，鞍前马后地服侍王夫人十余年，就因为一个莫须有的罪名被逐了，她临行前声泪俱下的这一番话，就是铁石心肠的人听了，也会受到感动而潸然泪下，然而这个“念佛吃斋”的所谓“慈善人”，却一丝不为所动，到底叫其母领了出去。当金钏儿“含羞忍辱”地走出贾家那朱红大门的时候，她幼稚的心里是否感到了人心的险恶？她明不明白在等级森严的贾府是不能开玩笑的？一个不慎就会跌入万丈深渊，一句玩笑就会付出生命的代价。那高墙环绕的贾府，在她的眼中，渐渐地远了，那是一处伤心之地，一处剥夺了她无数天真的鬼域，一处囚禁灵魂的监狱。她不想回头，只把眼泪滴在前程未卜的迷途上，无目标地前行着。大概此时，她淌血的心已朦胧地想到，在前面等着她的就是：死，她的眼前迷茫一片，有一眼井像巨兽张开的大口正在焦灼地等着她。

金钏儿就这样死在了王夫人的淫威之下。她一巴掌打下去，就像打死一只蚊子一样，打死金钏儿何等轻松又是何等狠毒。

既然这个世界不容于我，那么我就到另一个世界去寻找自己的归宿吧，于是这个烈性的丫头跳了井，“扑通”一声，阴森森的井底激起几丈浪花，把金钏儿吞噬了。

正如沈从文所说：

> “最公平的地方不在地面，却在空中与地底；天空地位有限，地下宽阔无边。”

那么，宽阔无边的地下，会接纳这个苦命的丫头吗？

金钏儿就这样悲惨地死去了。听到了她的死讯，罪魁祸首王夫人又是怎样表现的呢？制造罪恶渊薮的魔鬼一转脸变成普度众生的佛，在这次充满仁爱之心的慈航之中，仿佛倒是她在地狱的恶焰中超拔了金钏儿的灵魂，反面文章正面作，做得是那样的有条不紊，神完气足。请看书中的描写：

> 却说宝钗来至王夫人处，只见鸦雀无声，独有王夫人在里间房内坐着垂泪。宝钗便不好提这事，只得一旁坐了。……王夫人点头哭道："你可知道一桩奇事？金钏儿忽然投井了！"宝钗见说，道："怎么好好的投井？这也奇了。"王夫人道："原是前儿他把我一件东西弄坏了，我一时生气，打了他几下，撵了他下去。我只说气他两天，还叫他上来，谁知这么气性大，就投井死了。岂不是我的罪过。"宝钗叹道："姨娘是慈善人，固然这么想。据我看来，他不是赌气投井。多半他下去住着，或是在井跟前憨顽，失了脚掉下去的。他在上头拘束惯了。这一出去，自然要到处顽顽逛逛，岂有这么大气的理：纵然有这样大气，也不过是个糊涂人，也不为可惜。"王夫人点头叹道："这话虽然如此说，到底我心不安。"

这两个人一唱一和，把一场人命关天的大案轻轻地消解了，把金钏儿尚有几分热度的鲜血也轻轻地抹去了。于是天下从此太平，摘下了魔鬼的面具，她们的慈善又堪比佛陀了。她们就是这样善于披着令人目眩的外衣招摇过市，在手上的鲜血还没有洗净的时候，又开始做"好人"了。

她们的精彩表演还远没有结束。她们要借着这场由她们亲手造成的惨祸，再次为自己的脸上贴金，把自己打扮成"慈善人"，就像川剧的变脸似的，她们那张脸，为了适应需要，可以瞬息万变，而且让台下的看客不知其变，她们在骗人的伎俩上的确有真功夫。

在宝钗安慰了她一番之后，她就把假慈善的文章做得很足。君若不信，请看引文：

王夫人道："刚才我赏了他娘五十两银子，原要还把你妹妹的新衣服拿两套给人妆裹。……要是别的丫头，赏他几两银子也就完了，只是金钏儿虽然是个丫头，素日在我跟前比我的女儿也差不多。"口里说着，不觉泪下。

又是赏银，又是赠衣，又是言不由衷地说，金钏儿在她跟前堪比女儿，然后便声泪俱下。你能相信这是真的吗？当被杀者还尸骨未寒的时候，杀人者却一转身变成了忏悔者，这样的事连三岁的孩子也不相信，只能骗一骗白痴和傻子。

尤其是，她双手沾着金钏儿的血还没有干，又杀死了司棋，然后她又没有缘由地杀死了晴雯。晴雯是一个可怜的丫头，是一株无根之草，当她受尽人间的苦难，漂泊到贾府的时候，那两道强烈地寻求真善美的眼光，最后落在了怡红公子身上。她从此从心灵深处感到，他是她这只可怜的麻雀遮风避雨的茅檐，是她这只疲倦的蜜蜂栖息的蜂巢。她觉得她这只无父无母的乳燕可以在这里衔泥做窝了。而宝玉也对这个钟灵毓秀的姑娘投以青睐，把她看作自己的知己、自己的忠贞不贰之臣。他们只是在心灵上彼此相通而已，一切活动都不涉及被人诟病的男女私情。他们的友情，像一泓刚刚出山的溪水，没掺杂一点点杂质，清碧透彻，清光足可以鉴人。然而却有一双毒眼盯住了他们，那便是袭人的眼睛。因为她此时正在处心积虑地要爬上宝玉姨娘的高位，便以小人之心度君子之腹，把他人也想象得如自己似的卑污了。晴雯生得俏丽灵秀，乃宝玉身边丫鬟中的第一等人也，再加宝玉对其另眼相看，这就让袭人万分地不自在了。此人平时胸中就妒火千丈，恨不得烧掉宝玉身边所有的女人，对晴雯岂能饶过？当然，她还要等待一个时机，时机一到，她就会像饥鹰捕捉小鸡一样，把晴雯攫于足下。

在她与宝玉有了肌肤之亲以后，在她已被王夫人内定为宝玉"准姨娘"之后，在她成了王夫人的"坐探"之后，在王夫人给她"加薪"之后，这样的时机终于让她等到了。她以"莫须有"的罪名，指鹿为马的骗术，一举把晴雯拿下。善良的、从不以恶意度人的晴雯，美丽的双眼还没有离开她对美的探寻，就被袭人推入了万劫不复的深渊，这一切都是假王夫人之手而行，而这个心肠歹毒的丫头却站在岸上，要圆她日夜追求的美梦了。

晴雯因为美而致祸，这美包括容貌美、性格美、灵魂美、言行美。虽然毁灭晴雯的人表面上看是王夫人，但真正的凶手也应包括袭人，她是怡红院里的借刀杀人者。

作为一个“慈善人”，一个“吃斋念佛”的人，本应该老者养，幼者怜，贫者助，病者医，这乃是天经地义之事。难道连这个基本的教义她也不知道吗？非也。只要头“晕”的时候，她就觉得天地都在旋转，她眼前的事物就会颠颠倒倒，白的就会变成黑的，黑的就会变成白的。晴雯被逐的理由只有一个，就是因为她生得美，按照王夫人的混蛋逻辑，生得美就必然勾引男人，她的宝贝儿子就很危险；加之居心叵测的袭人在她面前早就做了“醋”，晴雯岂能不死？可怜“美质”遇到了“丑行”的狙击，它就无可逃遁，只能是“蒲柳之姿，望秋先零”了。

在金钏儿面前，王夫人暴露的是凶狠的本性，而在晴雯面前则暴露出残暴的本性，斯时晴雯已病入膏肓，“四五日水米不曾沾牙，恹恹弱息”，只等死神随时召唤了。稍有一点人性的人，也不会坐视不管，任一个美丽的生命消逝，何况以“慈善人”自我标榜的佛祖的信徒呢？然而王夫人却命恶奴们“如今现从炕上拉了下来，蓬头垢面，两个奴才架起来去了”，大病的晴雯，在王夫人的淫威面前，像一根柔弱的小草，被恶风连根拔掉。一个“拉”字和一个“架”字，把王夫人的残暴“入木三分”地写尽了，也写绝了；那是一个女孩流不尽的泪和揩不尽的血，是痛苦无告的呜咽和肝肠寸断的控诉。

这只命运多舛的燕子，刚刚有所归依，还没来得及把新巢筑完，便巢也无凭，人也无踪地去了，在城外的化人场上化作一缕青烟，那是晴雯的精魂，依依不舍地向四野飘散。她又将像生前一样，如同一个孤魂野鬼，到处漂泊，茫然四顾，去寻找那永远也找不到的家。

鲁迅先生说：

> 中国人民，是常用自己的血，去洗权力者的手，使他们又变成洁净的人物的。(《鲁迅全集·且介亭杂文末编》，第六卷，人民文学出版社，2005年版)

鲁迅先生说得对，如王夫人者，她在杀了金钏儿之后、司棋之后、晴雯之后，用无辜者的血洗了手，马上又变成了一个洁净人物，又板着一副佛陀的面孔，恬然地在贾府出出入入了。然而嗜血者是不会就此罢手的。

我们再看她是怎样杀司棋的。

在《红楼梦》里，“司棋，人奇事奇，志节尤奇，青衣有此，斯亦奇矣”(洪秋蕃《红楼梦抉隐》)。她是迎春房里的丫头，她热烈得似一团火，大胆行事则胜过男儿，为了一碗鸡蛋汤她差点捣毁柳嫂子的厨房，为了爱她可以不怕风险与情人私自相会。在暗地里借信物订了亲，这在正人君子的眼里便成了“大逆不道”，在病态社会里就成了“淫乱”。当天大的压力要从头顶坠落的时候，不争气的潘又安又想打退堂鼓了。此时这个视爱情如生命的姑娘，只好求助于主子迎春，而迎春这个“二木头”却以少见的薄情不予理睬，母亲更是昏聩无能，所以司棋的爱情已走上了绝路，但她不想回头，被逐就被逐，而那崇高的爱却永远藏在心里，那是不能放逐的。她说：

> 一个女人配一个男人。我一时失脚上了他的当，我就是他的人了，决不肯再失身给别人的。……就是他一辈子不来了，我也一辈子不嫁人的。妈要给我配人，我原拼着一死的。今日他来了，妈问他怎么样。若是他不改心，我在妈跟前磕了头，只当是我死了，他到那里，我就跟到那里，就是讨饭吃也愿意的。

说着，“便一头撞到墙上，把脑袋撞破，鲜血直流，竟死了”。见司棋死去，潘又安也用刀抹了脖子自尽了。

两个年轻人就这样死了，他们是为爱情而死，以死与封建社会抗争。如果王夫人不兴师动众抄检大观园，司棋就可以不被放逐，那么这个大胆追求爱情的姑娘就可以不死；如果那个颠倒是非的王夫人能够把正常的爱情看作是爱情，而把贾府男人三妻四妾、偷鸡摸狗看作真正的淫乱，这个悲剧也许就不会发生；然而她偏偏把淫乱看作是爱情，而把真正的爱情看作是淫乱，封建社会的“贤妻良母”，乖情悖理，荒腔走调，黑白颠倒，指鹿为马，又何其甚也。只能说，只有封建社会才能培养出这样的人才。

莎士比亚说：

> “最肥沃的土壤上最容易生长莠草。”

诚哉斯言！

附录

试作咏红七律九首

鸳鸯

运蹇时乖夜未央，
形孤影吊独彷徨。
一襟红泪斥奸嫂，
满把青丝拒色狼。
崇阁高楼醉贾母，
寒芦野水泣鸳鸯。
投缳一死随人去，
血染芳魂入大荒。

尤三姐

经霜黄叶易凋零，
三姐往来一阵风。
百转柔肠拜偶像，
一腔幽怨对优伶。
泪滴雌剑云生紫，
血沃高楼日落红。
假作真时真亦假，
人生如梦古今同。

尤二姐

平生遭际最堪伤，
自酿苦酒自己尝。
不谙奸人魍魉计，
误服魔鬼虎狼汤。
一枝碧树栖枭鸟，
万点银星乱苇塘。
油尽三更魂杳渺，
半规冷月窥寒窗。

平　儿

一只俊鸟困樊笼，
伴虎陪狼度此生。
虽为主家管锁钥，
竟如冬日履薄冰。
心慈屡探尤娘病，
人善总怀婢仆情。
急救遗孤入野地，
轻车融进杏花红。

紫　鹃

低窗小院气萧森，
黛玉紫鹃姊妹亲。
挑尽银釭陪怨女，
哭残斜月伴孤魂。
有谁怜尔诗肩瘦？
唯我惜卿病瘼深。

月落潇湘星黯淡，
蒲团趺坐夜沉沉。

香　菱

不知何处是乡关，
回首当年心惨然。
无力春蚕因茧死，
有情秋月为诗圆。
贪夫棒下生何易？
悍妇手中死亦难，
急唤阎王带我去，
九泉做鬼更平安。

贾　母

儿孙绕膝宴楼堂，
追乐逐欢日日忙。
只要红烛烧夏夜，
不须绿蚁洗愁肠。
寿夭皆似瞬间短，
福禄岂能万代长？
乌鹊忽来栖断壁，
夕晖如血照回廊。

刘姥姥

五谷初熟原野黄，
进城老妪满衣香。
羞于陋巷讨茶饭，

故向朱门乞稻粱。
虫蛀望族倾巨厦，
车携孤女入山乡。
谁云富贵百年久？
唯有农家日月长！

王夫人

佛陀面孔虎狼心，
贾府第一巧伪人。
别具情怀纵宝玉，
竟听谎话害晴雯。
残星洒泪吊新鬼，
古井兴波哭故人。
噪晚寒鸦投远树，
荒烟起处野狐吟。

后记

在这部书稿行将告竣的时候，忽然有一种怅然若失的感觉袭上心头，这种感觉如同要与亲人长久离别似的，有些黯然神伤，又有些落寞，那是一种难分难舍的情怀。放下书稿，感叹不已。

我知道随着这部书稿的杀青，就要与相处多年的红楼人物握别了；虽然这只不过是暂时的，说不定明天就会与他们再度重逢，绝不会像杜甫在《赠卫八处士》中所说“明日隔山岳，世事两茫茫”，以后再也没有相见的机会了。然而我却知道，即使相逢，我与他们再也不会作长夜抵足的深度晤谈了。因为我已剌剌不休地谈了几年，话语积有几十万言之多，并编成两部书出版，显然这些言谈大多都是废话，大有可能见笑于大方之家，似乎再说一句已属多余了。以后书还是要读，但这种漫无边际的所谓文章大概可能不会再写下去了。

“红学”已够热闹，而以红学吃饭的人已复不少，红学知识谫陋如我者，早就应当避之于千里之外了。先前之所以在读红楼的同时还写了一些所谓文章，原因只有一个，那就是对红楼之爱。当初提笔为文的时候，俄国大文豪契诃夫的一句话似乎也给我鼓了劲儿，他曾幽默地说：大狗可以叫，小狗也可以叫，都以自己的声音叫好了（不是原话）。当然，大狗毕竟是大狗，它可以犬声如豹，一吠便可以声震十里，在岑寂的深夜，可闻于沉睡的远村，使嗜睡的人们惊醒并振奋起来。小狗则不行，它只能狺狺而吠，声音仅达数里而已，而且很快便消散在沉沉的暗夜中；然而我却要说，它的声音虽然卑微得很，是不足齿数的，但它也给斑斓的夜晚平添了些许声色。我就是怀着这样的信念来写这些文章的。虽然我叫得不好，声音不高，音色不美，但我毕竟叫了，这总比一声不吭好得多。

或许这样的文章以后不再写了，（谁知道呢？）但《红楼梦》还是要读的，也许要读到地老天荒、生命结束之时罢。

写到这里，不知为什么，我忽然记起了第一次读此书的情景，虽然岁月匆匆已过去了几十年，它还是那样清晰地刻在我的记忆深处：1957年在高中读书的时候，我买了一部人民文学出版社出版的程乙本《红楼梦》。在放秋收假期间，我把它带回在农村的家。母亲在忙完农活之后，每晚都要在灯下做针线活，补破连绽，准备全家人过冬的衣裳。那时农村没有电灯，甚至连煤油灯也没有，我们点的是一盏麻油灯。棉花搓成的灯捻儿浸在麻油灯碗儿里，点着后就冒出一股股黑烟，而烧着的灯捻儿一会儿就分成红红的几瓣儿，活像一只秋蝇的脑袋。昏黄的灯焰欢乐地跳上跳下，像一管挥来挥去的狼毫笔，把我们母子二人的影像黑黑地描在糊着报纸的墙上，于是墙上也有了母子二人：一个在飞针走线地做针线活，一个在贪婪地读着《红楼梦》。墙上那两个剪影陪着我和母亲度过一个又一个长夜。虽然灯烟把我和母亲都熏成了黑胡子老头儿，但那又有什么办法呢？当时我只有一个想法，千万别把书熏黑了。

有一天晚上，当我读到晴雯被逐和惨死的章节，我柔弱的心经受不住这样沉重的打击，不由得十分伤心，以致潸然泪下，眼泪一颗接一颗地落在书页上。当母亲察觉我啜泣的时候，就放下手中的针线活，轻轻地说了一句：“看三国掉眼泪，替古人担忧……”并命我放下书本，不要再看了，以免坏了心性。此时我怎能把书本放下呢？但又不能有违母命，我就把晴雯被逐惨死的情景讲给母亲听，谁知母亲听着听着也流泪了，并且长叹一声，感慨世上的穷人有命无运，墙上的剪影一动不动地贴在那里，也在感叹着穷人的命运。

从这个晚上起，我的心中便生出一种苍凉，从此便以悲悯的情怀来观照世道和人心了。先前我曾幼稚地认为世上之人都是善良的，心地纯洁一如其面，所以刚踏上人生之旅的初阶，一无披挂地就上阵了，对一切都全然无知，不知道世上还有佛陀其面、蛇蝎其心如王夫人者存在。他们“只要脸上留着一个面具，就不觉得羞耻了”（高尔基）。这虽然属于作者的虚构，却是世上应有的实情，所以从此以后我便规行矩步地行路，惊悚四顾地在人间穿行，唯恐被和王夫人一样的恶人把我来之不易的生命赚去。由于在这书中学到了经验，所以以后便时时谨言慎行，处处小心翼翼，碰见恶人绕着走，遇着陡坡慢慢行，因此这大半生过得倒也平安无事。

谁说读书无用呢?

另一次读红的经历，更使我终生难忘。

我记得在那一年的暑假期间，我与父亲到通肯河渔亮子下网捕鱼，晚上住在渔窝棚里读《红楼梦》的情景。那渔窝棚以老龙河柳为骨架，外面苫着厚厚的一层晒干的青草，离远一看倒像一个倒扣的鸟巢。一到晚上，在月映万川的时刻，窝棚内便发出股股幽香：那是草的清香，花的甜香，蜂的蜜香，外面河水哗啦哗啦地流着，又随风传进渔屋中一种水香；甚至鱼腥味也变成一种无可名状的香味扑进鼻孔。推开柳条编的门，金星银月，虫音水韵，皆一起拥进渔屋中来。此时渔屋中一灯如豆。父亲在灯下细心补网，我则借着微弱的灯光贪读《红楼》。这时候，似乎书香与诸多的色香气味融合而为一了，形成了一种沁人心脾的气息直达心底：那便是青春的气息，艺术的气息，红楼的气息，文学的气息。况且此时我读到结诗社的章节，于是那种词采之美，音韵之美，那种激荡在书中的青春朝气便与不舍昼夜的通肯河水相融相会，形成了一种沁入骨髓的生命体验和难以言说的读书之乐，直到今天仍然拷贝在我的心底，这真是一种可遇不可求的读书境界了。

高中毕业之后我到一个偏僻的小镇去教书，仍形影不离地带着1957年出版的《红楼梦》；后来又到县城谋生，这时我才见到《红楼梦》的其他几种版本。最后又到了省城，做起“为他人做嫁衣裳”的工作，当了一名编辑，这时我的红楼藏书已不止五七年的程乙本了，如今算起来已近百种，举凡十多种脂本及一些比较有价值的版本我都一一收藏；评红书籍我也购买了许多，如今已满箧盈箱；加之我常年订阅了《红楼梦学刊》，这样就觉得身边有许多老师在细心地指导我，所以我这时才有机会对《红楼梦》细心品味，一有所得便写成笔记，后来便渐渐大胆起来，竟写起和《红楼梦》有关的文章了。

如今，本人的读书条件已大大地改善了，然而就是在这样优越的条件下，我仍然十分怀念与母亲在麻油灯下泪洒红楼的情景以及在父亲的渔屋中那种书香与万籁相融的读书之乐。这两次特殊的读书经历，似乎给了我太多的人生体验和永远的悲情和力量，使我始终没有放弃读红的努力，并在退休之后竟然心血来潮，不自量力地拿起笔来，书写了这些卑微的小文。用鲁迅先生的话说：仿佛心里有鬼似的。

最后，我还要郑重地说明：此书由我国著名红学家丁广惠教授作序，就使这本书犹如“乱头粗服”的村女鬓上簪上了一朵红花，确实增添了几分靓丽，在这里我向广惠鞠躬致谢。

2014_05_21　小满之日于醉红斋

（文中引用《红楼梦》原文系根据岳麓书社1991年12月版。）